Daniel Mellem

Die Erfindung des Countdowns

Nach dem Ersten Weltkrieg bricht das Zeitalter der Utopien an. 1920 zieht es den jungen Hermann Oberth von Siebenbürgen nach Göttingen, um Physik zu studieren – die spannendste Wissenschaft der Zeit. Hermann will den Menschheitstraum von der Mondrakete verwirklichen. Als der Durchbruch nah ist, weisen seine Professoren ihn ab. Seine lebenslustige Frau Tilla versucht, ihnen einen gemeinsamen Alltag als Familie zu ermöglichen, als doch jemand an Hermanns Forschung glaubt: Wernher von Braun, Mitglied der SS. Statt der Mondrakete soll Hermann die V2 mitentwickeln, eine »Vergeltungswaffe« für die Nazis. Seine Kinder Ilse und Julius verliert er an den Krieg. Und so stellt sich ihm und auch Tilla mit voller Wucht die Frage nach der eigenen Verantwortung vor der Geschichte.

Eindringlich und klar erzählt Daniel Mellem in seinem ersten Roman von einem ganz und gar unwahrscheinlichen Leben, das doch wahr ist. Von menschlichen Sehnsüchten und Verfehlungen, von deutscher Geschichte und der Ethik der Wissenschaft.

Daniel Mellem, geboren 1987, lebt in Hamburg. Sein Studium der Physik schloss er mit einer Promotion ab, bevor er sich am Deutschen Literaturinstitut in Leipzig der Arbeit an seinem ersten Roman widmete. Für ›Die Erfindung des Countdowns‹ wurde er bereits mit dem Retzhof-Preis für junge Literatur und dem Hamburger Literaturförderpreis ausgezeichnet.

Daniel Mellem

Die Erfindung des Countdowns

Roman

dtv

Das Zitat auf Seite 103 f. stammt aus: Hermann Oberth,
»Die Rakete zu den Planetenräumen«,
München und Berlin 1923, Reproduktionsdruck
von Uni-Verlag Feucht 1984, S. 7

Hintergrundmaterial für Ihren Lesekreis finden Sie unter
www.dtv-lesekreise.de

MIX
Papier aus verantwortungsvollen Quellen
FSC® C019821
FSC www.fsc.org

2022 dtv Verlagsgesellschaft mbH & Co. KG, München

Umschlaggestaltung: dtv nach einem Entwurf
von Lübbeke Naumann Thoben, Köln
Umschlagmotive: Ben McLaughlin/Bridgeman Images
und Ilya Nikolaevic/Adobe Stock
Satz: Greiner & Reichel, Köln
Druck und Bindung: Druckerei C.H.Beck, Nördlingen
Printed in Germany · ISBN 978-3-423-14831-3

Die Erfindung des Countdowns

ZEHN

Der Schäßburger Sommer des Jahres 1899 war heiß wie immer. In den Häusern staute sich die Hitze, auf den Uferwiesen der Kokel verbrannte das Gras, und wenn man vom Siechhofberg durch die flimmernde Luft hinunter auf die kleine siebenbürgische Stadt schaute, dann wirkte die mittelalterliche Burg mit Stundturm, Klosterkirche und Bergschule wie eine Erscheinung aus einer längst vergangenen Zeit.

Auf dem Siechhofberg, zwischen Eichenbäumen, streckte Hermann seinen Arm in die Ferne. Ein Hirschkäfer lief seine Hand entlang und erklomm langsam seinen Zeigefinger. Hermann betrachtete den fetten, rotbraunen Rumpf, die langen, schwarzen Beine und das Geweih, das beinahe so lang war wie der Körper selbst. Er hielt den Finger in die Höhe. Dieses plumpe Tier konnte unmöglich fliegen, und doch öffnete der Käfer jetzt seine Flügel. Hermann sah ihm nachdenklich nach, wie er langsam in das Tal hinabglitt.

»Lass uns baden gehen«, riss sein kleiner Bruder Adolf ihn aus seinen Gedanken. Hermann wischte sich den Schweiß von der Stirn und schaute hinunter zur Kokel, die in der Mittagssonne glitzerte. Warum nicht? »Wer zuerst unten ist«, sagte er und ging gleich in die Hocke. Adolf machte es ihm etwas ungelenk nach.

»Eins …«, sagte Hermann. Sie schauten einander herausfordernd an, Adolf stand vor Aufregung der Mund offen.

»Zwei …« Hermann ging noch ein Stück tiefer in die Hocke, um sich maximal in den Sprint hineindrücken zu können.

»Drei!« Damit rannte er los. Sofort war er vorneweg, ließ seinen kleinen Bruder hinter sich, er rannte über den feuchten Waldboden, zwischen den Bäumen hindurch hinüber zum Lehmpfad, der den Berg hinunterführte. Der Pfad war von der Sonne aufgeheizt worden und brannte unter den Füßen, und so lief Hermann schneller und schneller hinunter in Richtung Uferwiesen, er stolperte, verlor fast den Halt, dann fing er sich und war erleichtert, als der Boden endlich wieder flacher wurde. Unten angekommen grub er seine Zehen in den kühlen Flussschlamm und schaute zurück zu seinem Bruder. Noch lief Adolf auf wackligen Beinen, dann fiel er hin und rutschte bäuchlings die Böschung zum Fluss hinunter. Heulend hielt er sich die blutenden Knie. Sofort war Hermann bei ihm und half ihm aufzustehen. »Das wird schon wieder.« Er zog seinen Bruder in die Kokel und wusch die Schrammen aus. Adolf wimmerte, dann zeigte er auf etwas hinter ihnen.

Ein paar Meter entfernt lag halb im Wasser ein großer Büffel, der in der Sonne döste. Das schwarze Fell glänzte, der nasse Schwanz schlug nach ein paar Schnaken aus. Hermann betrachtete ihn, überlegte. Dann bückte er sich, nahm etwas Uferschlamm und warf nach dem Tier. Er verfehlte es knapp, das Wasser spritzte. Der Büffel hob den Kopf. Unter dem Fell zuckten die Muskeln, dann stemmten vier dünne Beine den Körper langsam in die Höhe. Hermann klatschte ein paarmal in die Hände, bis der Büffel ihn endlich ansah. Langsam, ein Schritt nach dem anderen, ging er näher heran, bis er den Atem des Tieres im Gesicht spüren konnte. Er beugte sich noch ein Stück vor, um in die dunklen Augen des Büffels zu schauen, zwei Murmeln, die geheimnisvoll in der Sonne glitzerten. »Hermann, komm!«, rief Adolf hinter ihm. Hermann schüttelte den Kopf. Vorsichtig griff er mit Zeigefinger und Daumen nach einer der beiden Murmeln. Der Büffel brüllte, taumelte zurück. Dann senkte er auf einmal die Hörner.

Durch die Rundbogenfenster fiel Licht herein, an den Wänden schimmerten weiße Kacheln. Die Helligkeit des Krankenzimmers blendete Hermann, er kniff die Augen zusammen. Der Brustkorb schmerzte so sehr, dass er kaum atmen konnte. Langsam kam die Erinnerung zurück. Er sah die zu Halbmonden gebogenen Hörner des Büffels vor sich, dann den riesigen Kopf, der zustieß. Er schämte sich. Er hatte sich in Gefahr gebracht und, was noch viel schlimmer war, er hatte seinen kleinen Bruder in Gefahr gebracht. Hoffentlich war Adolf nichts passiert. Er zwang sich, die Augen wieder zu öffnen. Mühsam drehte er sich auf die andere Seite. Er atmete auf. Auf dem Bett neben der Tür saß sein Bruder und ließ die Beine baumeln. »Du glaubst nicht, wie wütend Vater war.«

Es war eine Strafe, dass ausgerechnet der Vater Direktor des Spitals war. In den folgenden Tagen traute Hermann sich in seinem Krankenbett kaum zu atmen. Nicht nur, weil die gebrochene Rippe so wehtat, wichtig war vor allem, so leise wie möglich zu sein und bloß keine Aufmerksamkeit zu erregen. Die Tür zum Krankenzimmer stand den ganzen Tag offen, er konnte sehen, wie der Vater, Vollbart und kurz geschorene Haare, die Treppen hinauf- und wieder hinuntereilte und die Flure entlanghetzte. Hermann war jedes Mal erleichtert, wenn der Vater nicht bei ihm im Türrahmen stehen blieb und ihn mit schmalen Augen anblitzte, bevor er weiterhastete. Hermann war sich sicher, das Einzige, was den Vater davon abhielt, von morgens bis abends mit bösem Blick bei ihm im Zimmer zu stehen, war sein ewiges

Pflichtgefühl. Von nichts redete der Vater häufiger als von seiner Pflicht. Achtzehn Stunden am Tag arbeitete er, selbst nachts stand er auf und ging vom Wohnhaus, wo sie mit einer anderen Arztfamilie lebten, nebenan ins Spital, um nach seinen Patienten zu sehen. Alle in Schäßburg bewunderten den Vater. Es hieß, er mache keinen Unterschied, ob einer arm sei oder reich, und könne jemand die Behandlung nicht bezahlen, dann übernehme er die Kosten selbst. Aus ganz Siebenbürgen kamen Patienten nach Schäßburg, sogar aus Budapest und Wien, um sich mit der neuartigen Strahlenmaschine, die der Vater angeschafft hatte, untersuchen zu lassen. Einmal hatte er einen ungarischen Bauern von seiner Taubheit befreit und der hatte ihn daraufhin einen Gott genannt. Der Vater hatte abgewunken. Es sei doch nur eine einfache Spülung gewesen.

So wohlmeinend der Vater mit seinen Patienten war, so hart war er gegen sich selbst. Vor einigen Monaten hatte er an einem Tag unter heftigen Bauchschmerzen gelitten. Gleich mehrmals war er aus dem Spital zu ihnen ins Haus gekommen und war lange auf der Toilette verschwunden. In der Nacht hatte Hermann ein seltsames Gestöhne aus dem elterlichen Schlafzimmer gehört und hatte sich in den Flur geschlichen. Durch den Türspalt konnte er sehen, wie der Vater seinen nackten Bauch abtastete und die Mutter bat, ihm seine Arzttasche zu bringen. Besorgt sah sie ihn an. Er solle sich doch lieber im Spital behandeln lassen, wozu sonst stecke er ihr ganzes Erspartes dort hinein? Doch der Vater schüttelte den Kopf und wie immer, wenn er auf etwas bestand, gab die Mutter nach. Sie holte die Tasche, der Vater zog sich eine Spritze auf und setzte sie sich in die Seite. Dann befahl er der Mutter, sich mit der Öllampe neben das Bett zu setzen und einen Spiegel in der Beuge zwischen Oberschenkel und Leiste zu platzieren. Sie tat wie geheißen, doch wandte ihr blasses Gesicht ab und starrte zu Boden. Plötzlich stach sich der

Vater mit einem Skalpell mitten in den Bauch. Hermann musste einen Schrei unterdrücken, als er sah, wie fürchterlich es blutete. Der Vater wies die Mutter an, das Blut wegzuwischen und die Wunde so weit aufzuziehen, dass er ganz hineinsehen konnte. Hermann merkte, dass auf einmal sein kleiner Bruder neben ihm stand. Adolf wollte auch in das Zimmer der Eltern hineinschauen, aber Hermann drängte ihn zurück und hielt ihm die Hand vor die Augen. Der Vater steckte sich ächzend eine Schere in die offene Wunde, öffnete und schloss sie wieder. Dann holte er mit einer Hand etwas aus der Wunde heraus, das wie eine blutige Wurst aussah. Er warf sie neben das Bett und ließ sich von der Mutter Nadel und Bindfaden reichen. Hermann wurde übel, aber er konnte den Blick einfach nicht abwenden. Erst nachdem der Vater sich den Bauch wieder zugenäht hatte, hatte Hermann seinen Bruder an der Hand genommen und war mit ihm zurück ins Bett geschlichen.

Jetzt lag Hermann im Krankenzimmer und er war sich sicher, ohne den Verband um seinen Brustkorb hätte es längst eine Tracht Prügel gegeben. Am ersten Abend im Spital hatte der Vater ihn angebrüllt. »Was erlaubst du dir, einen Büffel zu reizen! Wie kannst du es wagen, mir mit solchen Dummheiten die Zeit zu stehlen!«

Sogar die Mutter hatte den Kopf geschüttelt. Dabei hatte sie Hermann sonst immer zur Seite gestanden. Im vergangenen Winter zum Beispiel, als er heimlich zum Bahnhof gelaufen war. Dort war er, während der Lokomotivführer auf dem Bahnsteig stand und seine Pfeife rauchte, in das Führerhaus der Wusch gestiegen. Die kleine Schmalspurbahn verband seit zwei Jahren Schäßburg mit Agnetheln und Hermann liebte es, wenn sie am Marktplatz vorbeifuhr und die Dampfglocke pfiff. Im Führerhaus hatte er vor den vielen Skalen der Manometer gestanden und vor den zahllosen Schläuchen, Drehverschlüssen und

Hebeln, und hatte sich gefragt, was sie wohl bedeuteten und was sich mit ihnen anstellen ließ. Er hatte angefangen, daran herumzuspielen und plötzlich hatte es gezischt und es hatte gefaucht, der Zugführer war herbeigestürmt, hatte ihn herausgezerrt und ihm eine ordentliche Ohrfeige verpasst. Auch der Vater hatte später sehr geschimpft, nur die Mutter war nicht böse gewesen. Still, aus ihrem weichen, melancholischen Gesicht hatte sie ihn angesehen und ihm über den Kopf gestrichen, als er ihr von dem aufregenden Führerstand erzählte.

Doch bei dem Vorfall mit dem Büffel hatte auch sie verständnislos geschaut. »Was ist nur in dich gefahren?« Hermann hatte geschwiegen. Er wusste es nicht.

Einen Monat nachdem er wieder genesen war, weckte ihn die Mutter kurz nach Sonnenaufgang. Zusammen mit Adolf verließen sie das Arzthaus. Der Morgen war düster. Im Garten hämmerte der ungarische Spitaldiener schweigend auf einem Stück Holz herum, auf der Straße schoben sich Ochsenkarren und Pferdewagen langsam durch den Nebel aus Schäßburg hinaus. Hermann lief mit seiner Mutter und seinem Bruder durch die kleine Stadt, sie stiegen die schmalen Stufen zur Burg hinauf, kamen an der Klosterkirche vorbei, am Marktplatz, schließlich am Stundturm. Der große Kasten neben dem Ziffernblatt, aus dem zur vollen Stunde an jedem Wochentag ein anderes Männchen mit wilder Fratze heraussprang, machte Hermann immer noch Angst. Schnell lief er weiter, als der zornige Soldat seinen Speer präsentierte.

Die meisten anderen Jungen hatten sich schon vor Lehrer Both aufgestellt. Sie standen dort mit geschwellter Brust, viele waren größer als er und fast alle waren sie laut. Manche schubsten, um ganz vorne zu stehen, einer zog einem anderen so fest an den Haaren, dass der anfing zu weinen. Die Mutter ließ Hermanns Hand los und gab ihm einen Klaps. Dann stellte sie sich zu den anderen Müttern und nahm Adolf auf den Arm. Das hatte sie lange nicht getan. Der Sommer war vorüber.

Warum ging in der Elementarschule alles so langsam zu? Die sonst so lauten Jungen verrenkten unter den Pulten ihre Finger, wenn es bloß darum ging, zwei Zahlen zusammenzuzählen. Und wenn das Ergebnis größer war als zehn, dann musste man befürchten, dass sie sich die Finger verknoteten. Hermann verstand nicht, warum Lehrer Both Rücksicht auf diese Jungen nahm. Erst fragte Both den langen Erwin, der ganz hinten saß, wie viel zwei plus zwei ergebe. Erwin spreizte Zeigefinger und Mittelfinger an beiden Händen und antwortete »Vier«. Dann stellte der Lehrer dem Jungen daneben genau die gleiche Frage noch einmal. So wanderte er durch die Reihen nach vorne, bis er schließlich bei Hermann ankam. »Vier, das musst du doch jetzt eigentlich wissen«, antwortete er. Lehrer Both machte große Augen, griff zum Zeigestock und ließ ihn auf Hermanns Hand niedersausen. Die Finger liefen blau an und taten den Rest des Tages so weh, dass er sie kaum bewegen konnte. Aber immerhin brauchte er sie nicht zum Rechnen.

Hermann war froh, wenn die Schule vorüber war und er seine Nachmittage im großen Garten des Arzthauses verbringen konnte. Kein Lehrer, der ihm befahl, etwas zu lernen, das er längst wusste. Er schlug mit Feuersteinen Funken, baute aus Pappe eine Sonnenuhr, fing mit einem alten Fischernetz am duftenden Flieder Schwalbenschwänze und Admirale. Bei ihm war immer nur sein kleiner Bruder, der staunte, was er so trieb.

Beim Abendbrot erzählte Adolf von ihren Abenteuern und tat dabei so, als seien Hermanns Ideen seine eigenen gewesen. Hermann schimpfte darüber und versuchte, die Dinge richtigzustellen, sie so zu erzählen, wie sie sich eigentlich zugetragen hatten. Doch aus seinem Mund klang alles seltsam schal, weniger aufregend als bei Adolf, und dann wurde er rot, warf die Hände in die Luft und schrie, versuchte mit Lautstärke auszugleichen, was mit Worten nicht gelang. Die Mutter hielt ihn fest. »Ruhig, Hermann. Wir wissen doch, wie es war.«

Nach dem Essen nahm sie ihn mit auf den Dachboden. Hier bewahrte sie in einer Eichentruhe die Gedichte von Großvater Friedrich auf. Zusammen saßen sie neben der offenen Truhe und die Mutter erzählte vom Großvater. Friedrich Krasser war ein Arzt und berühmter Dichter gewesen, der den Klerus abgelehnt und an die Lehren Darwins geglaubt hatte. Seine Freunde hatten ihn den Reformator genannt und in seiner Studienzeit in Wien hatte er Arbeiterfamilien behandelt, die an Typhus litten und in Kellerlöchern hausten. Danach war er sein Leben lang für die Rechte der Ausgebeuteten eingetreten.

Die Mutter las das Gedicht *Tabula Rasa* vor, mit dem der Großvater im Jahr 1869 für großen Aufruhr im Kaiserreich gesorgt hatte. Hermann fand das Gedicht recht öde, es schien darin nur ums Schlafen zu gehen. Es hieß, jeden Tag gehe im Osten die Sonne auf, doch die Strahlen würden nicht über die Karpaten hinwegreichen und so bleibe es im Abendland dunkel und die Menschen lägen dort weiterhin im Schlummer. Der Ärger über das Gedicht war groß gewesen und Hermann war überzeugt, die Leute waren empört, dass es so langweilig war. Gegen den Großvater wurde ein Prozess eröffnet. Der schrieb daraufhin den Aufsatz *Die moderne Inquisition*. Das erzürnte die Mächtigen nur noch mehr und schon bald darauf wurde er in Graz verurteilt. Für zwei Jahre sollte er ins Gefängnis. Aber die Menschen in Siebenbürgen waren dem Großvater dankbar für seinen Einsatz für die erste Arbeiterkrankenkasse in Hermannstadt und so schrieben Freunde aus hohen Kreisen Suppliken an den Kaiser Franz Joseph und es dauerte nicht lange und der Kaiser erließ Amnestie. Und der Großvater, der eigentlich nichts übrighatte für die Stände und den Adel, nannte Hermanns Mutter bei ihrer Geburt, ganz wie der Kaiser seine Tochter, Valerie.

»Du bist auch ein Krasser«, sagte die Mutter lächelnd und Hermann konnte dabei Stolz in ihrem Gesicht erkennen.

Fortan fiel es ihm etwas leichter, Adolf bei Tisch über seine Abenteuer reden zu lassen.

Im Herbst aber geschah etwas Seltsames. Adolf klaute auf einmal nicht mehr seine Abenteuer, sondern die von Walli, dem Sohn des Spitaldieners. Auch die Nachbarskinder bewunderten ihn, denn Walli schaffte es, den Ball vom Apfelbaum bis zu den Geläufen der Pferde zu werfen, er hatte den langen Erwin im Armdrücken besiegt und neulich war es ihm sogar gelungen, eine Ratte zu fangen. Hermann verstand die Aufregung nicht. Walli hatte die Falle nicht selbst gebaut und noch dazu klemmte das Tier tot unter dem Metallbügel und war bloß noch Futter für die Katzen.

Bald schon leuchteten im Apfelbaum die Früchte rot und die Väter der Nachbarskinder kündigten an, sie am Wochenende zu ernten. Das Warten war kaum auszuhalten und so standen die Kinder zusammen unter dem Baum und sahen sehnsüchtig hinauf. Adolf rief nach der Mutter, die gerade Wäsche von der Leine nahm. Die schüttelte den Kopf und meinte, ein paar Tage müssten sie sich noch gedulden.

Walli wollte sich nicht gedulden. Er nahm Anlauf und probierte, mit einem Sprung einen Ast zu greifen. Er kam nicht heran, versuchte es erneut, verfehlte den Ast auch diesmal. Er neigte den Kopf, trat an den Baum heran, umarmte den Stamm und legte beide Füße auf die Rinde. Langsam schob er sich in dieser Haltung den Stamm hinauf. Obwohl kühler Wind von der

Kokel heraufwehte, schwitzte Walli, Hermann konnte sehen, wie sehr er sich anstrengte. Schließlich aber griff Walli den Ast, den er mit seinen Sprüngen verfehlt hatte, und zog sich daran in die Baumkrone. Er pflückte ein paar Äpfel und ließ sie auf den Boden fallen. Die anderen Kinder jubelten und selbst die Mutter applaudierte. Adolf nahm einen Apfel und biss herzhaft hinein.

Hermann ging zum Baum und wollte es Walli nachmachen. Er rutschte mit den Sohlen auf der Rinde herum und fragte sich, wie Walli das nur geschafft hatte. Endlich hing er am Baum, Arme und Beine um den Stamm geschlungen. Er hörte die anderen hinter sich kichern. Seine Beine zitterten. Er versuchte, sich am Stamm hochzuziehen, doch verlor den Halt und fiel auf den Hintern. Mit rotem Kopf stand er auf, wütend und beschämt, die anderen lachten ihn aus, Wallis kleiner Bruder Gyula hielt sich den Bauch. Hermann wurde schwarz vor Augen. Er sprang auf Gyula zu und verpasste ihm mit der harten Spitze seines Lederschuhs einen heftigen Tritt gegen das Schienbein. Gyula fing an zu weinen und Hermann rannte davon, so schnell er konnte. Niemand sollte sehen, dass auch er weinte.

Am Abend lag er lange wach. Als der Vater nach Hause kam, war es draußen längst dunkel geworden. Die Dielen quietschten, als der Vater den Flur entlangkam und in das Schlafzimmer nebenan ging. Hermann lauschte an der Wand, ob die Eltern sich unterhielten. Er hörte nur ein unverständliches Murmeln der Mutter. Plötzlich wurde die Tür zum Kinderzimmer so heftig aufgerissen, dass sie gegen die Wand schlug. Der Vater stürmte herein, hinter ihm die Mutter, eine Öllampe in der Hand, sodass der Vater einen weiten Schatten in den Raum warf. Adolf schreckte aus dem Schlaf und fing an zu weinen. Der Vater riss Hermann aus dem Bett und drohte mit dem Gürtel, aber die Mutter flehte und so blieb es bei der Hand. Schon nach dem vierten Schlag ließ der Vater wieder von Hermann ab. »Wie kannst du Menschen bloß so grundlos wehtun«, sagte er leise. »Das tut man nur, wenn man ihnen helfen will.«

Ewigkeiten noch lag Hermann wach und spürte seinen schmerzenden Hintern, als die Tür sich plötzlich wieder öffnete. Sofort setzte er sich auf. Der Vater schaute herein. »Komm mal mit.« Hermann klopfte das Herz, doch er schlüpfte in seine Pantoffeln und schlich am schlafenden Adolf vorbei aus dem Zimmer.

Der Flur war kühl und in silbriges Licht getaucht. Durch das offene Fenster schien der Vollmond herein. Davor war auf einem Stativ ein Fernrohr aufgebaut. Der Vater führte Hermann heran. »Mein Teleskop«, sagte er. »Manchmal, wenn ich im Spital sehr viel Ärger habe, schaue ich mir abends den Himmel an.« Er richtete das Teleskop aus und forderte Hermann auf hindurchzusehen. Hermann drückte sein Auge gegen das Okular. Kurz erschrak er. Der Mond war plötzlich so riesig, dass er das gesamte Blickfeld ausfüllte. Helle und dunkle Landschaften erstreckten sich über die Oberfläche, Meere und Gebirge, gleißend helle Hochebenen und weite Schatten, dazu überall Krater. Eine fremde Welt. Hermann versuchte, das Teleskop zu schwenken, doch er zog zu heftig am Rohr und der Mond verschwand. Übrig blieb tiefe Schwärze. Der Vater half, das Teleskop wieder auszurichten. Hermann sah auf die geheimnisvollen Landschaften. Wenn schon ein Fernrohr so viel Neues zeigen konnte – was mochte man alles finden, wenn man selbst dort war? Er starrte hinauf, traute sich nicht mehr, das Teleskop zu bewegen, er wollte das Bild nicht wieder verlieren. Schließlich zog der Vater ihn zurück. »Es ist genug für heute.«

Hermann schaute aus dem Fenster in den Nachthimmel, wo der Mond nun wieder nur als leuchtende Scheibe erschien. »Kann man da hinfahren?«, fragte er.

»Wenn man will, dann kann man alles«, sagte der Vater. »Aber für einen Arzt gibt es dort oben nichts zu tun.«

Beim Schilf unten im Garten lag schon seit Ewigkeiten ein altes Ruderboot. Es war an einem morschen Holzpflock vertäut, und selbst der alte Schmied, der sonst immer Bescheid wusste, hatte keine Ahnung, wem das Boot gehörte. An einigen Stellen waren Planken herausgebrochen und man konnte das Gerippe sehen. Hermann zog sich gern in das Boot zurück, es war wunderbar ruhig hier, man hörte die anderen Kinder im Garten kaum. Ein paarmal war er in Gedanken versunken aufgeschreckt, wenn Adolf plötzlich aufgetaucht war, doch er hatte seinen Bruder immer wieder fortgeschickt und inzwischen hatte er den Ort ganz für sich.

An diesem Nachmittag pendelte er mit dem Oberkörper hin und her, er wollte das Boot zum Schaukeln bringen. Währenddessen kaute er auf dem stumpfen Ende seines Bleistifts herum. Da trat jemand ans Ufer und er sah auf. Die Mutter stand dort und lächelte. »Ach, hier bist du also.« Sie bückte sich, zog die Schuhe aus und kam durchs flache Wasser zum Boot gewatet. »Was malst du denn Schönes?« Sie zeigte auf die Zettel in seinem Schoß. Er gab sie ihr und sie durchblätterte sie vorsichtig. »Was ist das? Die Klosterkirche?« Hermann schüttelte heftig den Kopf. Er versuchte, ihr die Blitzfabrik zu erklären. Gestern Abend, als es heftig gewittert hatte und er nicht durch das Teleskop schauen konnte, war ihm die Idee dazu gekommen. Gewaltig und grell waren die Blitze durch die Dunkelheit gezuckt, es brauchte etwas, das ihre Kraft einsammeln konnte.

Die Mutter nickte, aber er merkte, sie verstand ihn nicht richtig. Enttäuscht nahm er die Zeichnungen wieder an sich. Sie strich ihm übers Haar, dann stand sie auf und stieg langsam wieder die Böschung hinauf. Hermann sah ihr nach. Das Boot schaukelte noch eine Weile hin und her, nachdem sie aufgestanden war. Dann nahm er sich ein neues Blatt und machte sich an die nächste Zeichnung.

NEUN

»Schaut, wie der Hermann durch die Scheiße watet!« Das achte Schuljahr hatte gerade begonnen, da liefen die Klassenkameraden auf dem Heimweg von der Bergschule neben Hermann her. Walli rief und die anderen lachten. Aber sollten sie nur lachen. Sie hatten keine Ahnung, wie praktisch es war, in den Gräben für das Abwasser zu spazieren. Im Sommer, wenn es nicht regnete, trocknete die Jauche in den Gräben aus, und man konnte darauf so gut spazieren wie auf den Kieswegen daneben. Wenn ihn die anderen Jungen nicht gerade störten, konnte Hermann hier in Ruhe seinen Gedanken nachhängen. Er musste nicht ständig achtgeben, mit jemandem zusammenzustoßen. Auf dem Kiesweg war er dem Schreiner einmal ins Fahrrad gelaufen und der hatte sich ein Bein gebrochen. In den Gräben passierte so etwas nicht.

In den letzten Monaten dachte Hermann beim Spazieren am liebsten über Jules Verne nach. Die Mutter hatte ihm Vernes Roman *Reise um den Mond* geschenkt. Erst hatte die Geschichte wie ein Märchen geklungen, aber kaum hatte Hermann ein paar Seiten gelesen, hatte er nicht mehr davon lassen können. Was für großartige Ideen dieser Verne hatte! Er erzählte in seiner Geschichte, wie man zum Mond kommen konnte. Eine riesige Kanone aus Gusseisen, zweihundertvierundsiebzig Meter lang, konnte Menschen in einem Hohlprojektil aus Aluminium dorthin schießen. Verne wusste auch, wie schnell man sein musste, um der Erde zu entkommen: über elftausend Meter in der Sekunde!

An einem Abend am Teleskop stellte Hermann sich vor, wie es wäre, in dem Projektil zum Mond zu fliegen. Erst die Dunkelheit im Kanonenrohr und das bange Warten. Dann ein gewaltiger Knall, den er selbst nicht würde hören können, weil das Projektil schneller war als der Schall. Beim Schuss würde er so stark in die Polster gepresst, dass ihm keine Luft zum Atmen blieb, womöglich würde es ihm aber doch gelingen, nicht in Ohnmacht zu fallen wie Vernes Reisende. Dann würde er nach dem Abschuss die Luke zur Erde freimachen und hinunterschauen. Weit entfernt würden Schäßburg und die Kokel unter ihm sein, fort wäre er vom Spital, wo der Vater vor lauter Pflichten den Abschuss nicht mitbekommen würde, fort vom Elternhaus, wo die Mutter und Adolf auf seine Rückkehr warten würden. Schon bald würde das alles als grünbrauner Brei erscheinen, er würde die Krümmung des Planeten erkennen und eintauchen in ein unendliches Schwarz, bis der Mond näher und näher käme.

Oft nahm Hermann Verne mit ins Ruderboot. Er hatte neue Planken eingesetzt und es wieder fahrtüchtig gemacht. Es war wunderbar, mit dem Boot die ruhig dahinfließende Kokel hinabzutreiben und von der Reise um den Mond zu lesen. Von Verne konnte man so viel mehr lernen als von den Lehrern an der Bergschule. Das Gymnasium war ihm ein Graus. Jeden Morgen musste er die Schülertreppe auf den Berg hinaufsteigen, hundertfünfundsiebzig Stufen durch einen dunklen Tunnel, in den nur durch die schmalen Ritzen zwischen den Brettern ein wenig Licht hineinfiel. Der Rektor war ein Greis von über siebzig Jahren, der zu Beginn jedes Schuljahres ein Loblied auf die humanistische Bildung sang. An der Decke der Aula prangten in roten und schwarzen Buchstaben die Weisheiten des Philosophen Immanuel Kant, des Schäßburgers Georg Daniel Teutsch, des Dichters Homer. »Durch die Schultüren strahlt der Morgenstern«, hieß es da von Stephan Ludwig Roth. Hermann konnte sich nicht erinnern, dass dieser Stern je in die Bergschule hineingeschienen hätte. Die Lehrer kannten nichts als altgriechische Vokabeln und antike Jahreszahlen. Sie alle wollten nur wissen, was in der Vergangenheit einmal gewesen war. Niemanden hier schien zu interessieren, was die Zukunft bereithielt.

Nach dem Unterricht versteckten sich die Klassenkameraden häufig im Gebüsch am Friedhof. Hermann wollte wissen, was es damit auf sich hatte, und ging mit ihnen. Sie hockten in einer Runde zwischen Ligustersträuchern und Walli zog eine Pfeife aus seiner Schultasche. Er erklärte, er habe sie sich vom Vater geliehen. Gekonnt stopfte er ein wenig Tabak in den Pfeifenkopf, hielt ein brennendes Zündholz hinein, zog an der Pfeife, bis Rauch herauskam. Dann reichte er sie weiter. Der lange Erwin nahm einen Zug, räusperte sich und spuckte aus, lobte die »herrliche Note« des Tabaks und gab die Pfeife dem Nächsten. Bald war Hermann an der Reihe. Der bitterscharfe Geschmack trieb ihm die Tränen in die Augen, seine Lunge brannte. Er musste heftig husten, die anderen lachten. »Manche werden eben schneller Männer als andere«, sagte Walli.

In der folgenden Woche besuchte die Klasse das Burenwirtshaus, wo sie sich den Chor der Mädchenschule anhörten. Zwei Dutzend Mädchen mit geflochtenen Zöpfen standen auf der Bühne und sangen die *Siven Krueden*. Die Jungen flüsterten aufgeregt miteinander, Professor Fabini musste sie immer wieder ermahnen, endlich ruhig zu sein. Hermann saß still neben ihnen. Am Rand des Chors stand ein blondes Mädchen und ihm war, als sähe es die ganze Zeit zu ihm. Immer wieder musste er auf seine Schuhe schauen, er hielt den Blick ihrer hellen Augen einfach nicht aus. Er war erleichtert, als das Konzert vorüber war und der Chor von der Bühne stieg.

Auf dem Heimweg sah er das blonde Mädchen vor sich gehen. Er wechselte aus dem Wassergraben auf den Kiesweg. Er lief schneller, um sie einzuholen, und bald war das Mädchen nur noch wenige Meter entfernt, die blonden Zöpfe pendelten neben dem schlanken Hals. Er wollte etwas sagen, aber er wusste nicht was. Plötzlich sah das Mädchen sich um. Er öffnete den Mund, kein Wort kam heraus, Blut schoss ihm in den Kopf. Schnell bückte er sich und band seine Schnürsenkel neu. Als er wieder aufsah, war sie weitergelaufen und bog auf einen anderen Weg ab.

Am Abend im Bett bekam er das Mädchen nicht aus dem Kopf. Er versuchte, sich ihr Gesicht vorzustellen, doch es gelang ihm nicht. Immerfort sah er nur die pendelnden Zöpfe vor sich. Er verfluchte sich. Warum nur hatte er es nicht über sich gebracht, sie anzusprechen? Er starrte an die Decke und dachte darüber nach, Adolf davon zu erzählen. Der war neulich mit der Tochter des Spitaldieners im Schuppen erwischt worden, sie hatten einander geküsst und es hatte eine Menge Ärger gegeben. Doch Adolf schlief schon und Hermann wollte ihn nicht wecken. Eine ganze Weile lag er da und dachte an das Mädchen. Schließlich schüttelte er wütend über sich selbst den Kopf. Es gab Wichtigeres! Er warf die Bettdecke beiseite, ging zum Fenster und richtete das Teleskop aus. Was war ein Mädchen schon gegen den Mond?

Der Vater schimpfte über das schlechte Zeugnis. Schwach in Geschichte und Magyarisch! Über die guten Noten in Mathematik und Physik verlor er kein Wort. »Du lernst nicht richtig. Hast nur deine Fantastereien im Kopf und hängst abends ständig am Fenster! So war das nicht gedacht.« Und so nahm der Vater ihm das Teleskop wieder weg. Auch mit der Mutter schimpfte er, als er auf Hermanns Nachttisch Vernes Roman liegen sah. »Und du förderst diese Träumereien auch noch!«

Die Mutter widersprach nicht. »Er ist eben ein Krasser«, sagte sie nur und klang dabei gar nicht mehr stolz. In letzter Zeit war sie schweigsam geworden und oft schlechter Laune. Ganze Tage verbrachte sie im Bett, Kopfschmerzen plagten sie, ihre Fingernägel waren abgenagt. Als Hermann ihr von Vernes Kanone hatte erzählen wollen, hatte sie ihn ohne ein liebes Wort fortgeschickt. »Du bist schon so besessen wie dein Vater!«

Der Vater befahl Hermann, den Roman in die Stadtbibliothek zu bringen. Hermann nickte und lief los, brachte es aber dann doch nicht über sich und machte auf halbem Weg kehrt. Heimlich versteckte er das Buch im Kleiderschrank. Fortan stand er nachts, wenn der Vater sich nach der Arbeit schlafen gelegt hatte, auf, zündete sich eine Kerze an, holte Verne aus dem Schrank und las. Manchmal wachte Adolf davon auf. Aber er verriet dem Vater nichts.

Eines Nachmittags trieb Hermann im Boot langsam die Kokel hinunter. Wolken waren vor die Sonne gezogen und von Südwest her strich Wind über den Fluss. Er wollte in Ruhe nachdenken. Ihm war im Roman etwas aufgefallen, das nicht stimmen konnte. Hatte Verne einen Fehler gemacht? Die Kanone war zu kurz – trotz ihrer zweihundertvierundsiebzig Meter! Nervös rechnete Hermann noch einmal die Kraft aus, die auf die Mondfahrer wirkte, wenn sie durch den Schuss mit der Kanone auf die Fluchtgeschwindigkeit beschleunigt wurden, auf jene elftausend Meter in der Sekunde. Inständig hoffte er, sich bisher verrechnet zu haben, aber sooft er die Werte auch in die Formeln einsetzte, das Ergebnis blieb immer dasselbe: Das Zigtausendfache der Erdanziehung drückte auf die Mondfahrer. Völlig ausgeschlossen, dass sie den Kanonenschuss überlebten. Wenn sie im Weltraum ankamen, schwebten sie als fleischiger Brei im Projektil. Hermann wippte unruhig vor und zurück. War die Reise zum Mond gar nicht möglich?

Der Himmel wurde dunkler, das Boot schaukelte, der Roman rutschte von der Sitzbank in den Bootsbauch. Hermann sah sich um. Rechts am Ufer zogen die Brombeerbüsche vorbei, links die herbstbunten Wälder des Siechhofbergs. Der Wind wurde stärker, es begann zu regnen. In der Ferne sah Hermann schemenhaft die Burg, aus der die Spitze des Stundturms ragte. Er dachte darüber nach, wie es wohl wäre, im Boot sitzen zu bleiben und dem Lauf der Kokel zu folgen. Die Burg hinter sich zu lassen, die Bergschule, das Elternhaus, und sich vom Fluss treiben zu lassen, bis hin nach Blasendorf, wo sich die Große Kokel mit der Kleinen Kokel vereinigte, dann noch weiter bis in die Mierisch, dann in die Theiß, die Donau hinunter bis zum Schwarzen Meer, und dann – irgendwohin.

Es donnerte, der Regen peitschte Hermann ins Gesicht und er musste sich festhalten, um nicht aus dem Boot zu fallen. Die Zettel mit seinen Berechnungen fielen aus seinem Schoß in den Bootsbauch, wo schon das Wasser stand. Plötzlich schlug drüben im Wald ein Blitz ein. Er erschrak und sprang über das Heck in den Fluss. Er geriet unter Wasser, Kälte umgab ihn, es gurgelte, der Schatten eines Fischs huschte vorbei. Er strampelte wild, tauchte wieder auf, rang nach Luft. Mühsam kämpfte er sich ans Ufer, die Kleider klebten schwer an seinem Körper. Er schaute auf den Fluss. Durch seinen Sprung hatte er dem Boot einen Stoß gegeben und es noch tiefer in die Kokel hineingestoßen. Zitternd stand er im aufgeweichten Sand und sah zu, wie es langsam forttrieb. Plötzlich durchzuckte etwas seine Gedanken. Sein Sprung – ein Stoß! Er rannte zurück ins Wasser, schwamm ein paar Züge, bekam das Boot am Heck zu fassen und zog es mit aller Kraft ins flache Wasser. Hastig stieg er auf das Heck und sprang ans Ufer. Er drehte sich um. Das Boot entfernte sich langsam. Schnell holte er es wieder zurück, stemmte eilig ein paar schwere Ufersteine hinein und kletterte hinterher. Er schleuderte den ersten Stein über das Heck hinaus. Das Boot löste sich vom Ufer. Er warf den zweiten Stein. Es wurde schneller. Er warf den dritten, dann den vierten – und mit jedem beschleunigte es weiter! Er klatschte in die Hände, sprang auf, jubelte, der Regen prasselte auf ihn nieder. Er wusste nun, was die Lösung für Vernes Fehler war.

»Du bist spät, wo warst du?« Der Vater saß allein daheim in der Stube und löffelte die Hühnersuppe direkt aus dem Topf. Von Hermanns Ärmeln und Hosenbeinen tropfte es auf die Dielen, aber den Vater schien das nicht zu kümmern. Er teilte die Suppe auf zwei Schüsseln auf. »Iss.« Nass und zitternd setzte Hermann sich an den Tisch und erzählte, wie er mit dem Boot in den Sturm geraten war. »Du bist oft im Boot«, sagte der Vater. Hermann wartete darauf, dass er mit ihm schimpfte. Doch der Vater schwieg. Dann stand er auf und ging ins Bett, noch bevor Hermann aufgegessen hatte.

Am Sonntag wollte der Vater nach dem Gottesdienst mit ihm spazieren gehen. Hermann wunderte sich. Sonst verschwand der Vater nach der Kirche immer gleich im Spital. Schweigend liefen sie ostwärts am Ufer der Kokel entlang, bis sie zu der Stelle kamen, an der Hermann während des Gewitters ins Wasser gesprungen war und das Boot an Land gezogen hatte. Sie stiegen hinein und ruderten die Kokel ein Stück in Richtung des Arzthauses hinauf. Der Vater lief in den Garten. Als er zurückkam, hielt er in der Hand eine Axt. »Mit den Träumereien reicht es jetzt«, sagte er und hielt Hermann die Axt hin. »Sonst gehst du eines Tages darin unter.«

Hermann sah auf das Boot. Seit Ewigkeiten hatte es hier an der Kokel gelegen, es hatte gequietscht und geknarrt, aber nie war es untergegangen, auch nicht, als der Sturm es im Fluss hin und her geworfen hatte. »Los!«, sagte der Vater und drückte Hermann die Axt in die Hand. Sie war überraschend leicht, der Stiel alt und rissig. Hermann zögerte. Der Vater machte einen Schritt auf ihn zu und deutete auf das Boot. Vorsichtig schlug Hermann auf die Bordwand. Er traf nicht richtig, aber das Holz war brüchig und zersplitterte gleich. Er tat einen zweiten Schlag und verfehlte das Boot, erst mit dem nächsten traf er wieder. Die Schneide blieb im Holz stecken und er hatte Mühe, sie wieder herauszuziehen. Er spürte den unnachgiebigen Blick des Vaters, der sehen konnte, wie ungeschickt er sich anstellte. Hermann versuchte, schneller zu schlagen, seine Hiebe gingen oft ins Leere. Bald schon taten ihm die Schultern weh. Es dauerte lange, bis das Boot in zwei Teile zerbrach. »Gib her, den Rest mache ich«, sagte der Vater und wollte ihm die Axt aus der Hand nehmen. Aber Hermann hielt sie fest. Er sah die zerbrochenen Planken und das freiliegende Gerippe. Der Vater sollte das Boot nicht zerschlagen, wenn es schon geschehen musste, dann wollte er es selbst tun. Endlich ließ der Vater die Axt los. Hermann schlug noch einmal zu. Das Holz splitterte, das Gerippe zerbrach. Er spürte, wie ihm die Tränen in die Augen stiegen. Immer wilder drosch er auf das Boot ein. Er wollte es so klein hacken, dass nichts davon übrig blieb als ein paar zerschlagene Bretter und auch die würde er noch kleiner schlagen, nichts als ein Haufen Späne sollte übrig bleiben, die der Wind forttragen konnte. Schließlich rutschte ihm die Axt aus der Hand und er sank auf den Boden. Er schloss die Augen. Er wollte nicht weinen, nicht vor dem Vater. Sanft legte sich eine Hand auf seine Schulter. Er sah auf. Zum ersten Mal schaute ihn der Vater mit der ernsten Freundlichkeit an, mit der er sonst nur seine Patienten anblickte. »Gut gemacht, mein Sohn!«

Am nächsten Tag ging die Familie zusammen ins Burenwirtshaus, um Adolf auf der Trompete zu hören. Die Tanzkapelle spielte. Hermann saß mit dem Vater, der Mutter und anderen Leuten am Tisch. Es herrschte ein großes Gedränge, die Gäste riefen betrunken durcheinander, überall stank es nach Schweiß und Bier. Hermann flüchtete sich auf die Toilette. Er wartete, dass die Zeit endlich vorüberging, und zählte die Fliesen an der Wand. Doch schon bald rüttelte jemand an der Tür und er musste zurück in den Saal.

Nach seinem Auftritt kam Adolf zu ihnen an den Tisch. Der Schreiner, der bei ihnen saß, war begeistert. »Großartig, wie du spielen kannst!« Stolz erklärte Adolf ihm, er werde in einigen Jahren als Musiker die Welt bereisen. Mit leuchtenden Augen sprach er über die Musik, die er liebte, und welche Lieder er besonders mochte. Die Leute am Tisch hörten gebannt zu. Der Schreiner wandte sich an Hermann. »Und was willst du einmal werden?« Es wurde still am Tisch. Hermann errötete, die Leute starrten ihn an. Was sollte er antworten? Sollte er von Jules Verne erzählen? Vom Mond? Sollte er von der Erdanziehung sprechen oder von der Fluchtgeschwindigkeit? Er rutschte auf seinem Stuhl hin und her, die Handflächen schwitzig, und alle sahen sie ihn an und warteten auf seine Antwort. Da legte ihm der Vater die Hand auf die Schulter, ganz fest dieses Mal. »Hermann wird Arzt.«

Er floh aus dem Wirtshaus. Weg von hier, irgendwohin, ganz egal, ob es später Ärger geben würde. Er hielt es nicht länger aus. In der Abenddämmerung rannte er allein auf den Siechhofberg hinauf und durch den Wald. Unter seinen Schuhen knisterte das Herbstlaub, ziellos stolperte er zwischen den kahlen Bäumen umher. Neben einem Baumstumpf entdeckte er einen Dachs. Das Tier verharrte kurz und starrte ihn an – er ging ihm ein Stück entgegen und der Dachs huschte davon. Hermann sank auf den Baumstumpf und konnte die Tränen nicht länger zurückhalten. Niemand verstand ihn, er war allein, nicht einmal die Mutter hörte noch zu. Und warum bloß hatte der Vater diese Erwartungen an ihn? Auch er, Hermann, habe es im Blut, Arzt zu werden. Aber wenn das stimmte und man solche Dinge tatsächlich im Blut hatte, wieso sollte sein Bruder dann nicht auch Arzt werden? Und warum konnte Adolf dann so wunderbar von seinen Träumen erzählen und er selbst konnte es nicht?

Ein paar Tage darauf stand die Klasse im Treppenhaus der Bergschule vor einem Kupferstich Albrecht Dürers. Professor Fabini mühte sich ab, das rätselhafte Bild zu erklären. Er sprach über den Mann mit dem langen Gewand und den Engelsflügeln, der trübsinnig mit einem Zirkel in seinem Schoß herumspielte, über den schwermütigen Hund, der zusammengekauert zu den Füßen des Mannes lag, über den Himmel mit dem seltsam strahlenden Gestirn und dem Regenbogen, über die Sanduhr, die Glocke, das Zahlenquadrat an der Hauswand und die Nägel, das Lineal, die Säge am Erdboden. Nur über das riesige Rhomboeder links unter dem Himmelsgewölbe verlor er kein Wort.

Nach dem Unterricht sah Hermann sich das Rhomboeder genauer an. Seltsam sah es aus, unförmig und trotzdem symmetrisch. Es war nicht verziert wie die anderen Dinge im Bild. Die Flächen waren glatt und ungeschmückt, geheimnisvoll, so als wäre in der Geometrie etwas verborgen. Das Rhomboeder schien perspektivisch korrekt gezeichnet zu sein, die Schatten auf den Flächen passten zum Rest des Bildes – und trotzdem konnte Hermann sich nicht recht vorstellen, dass es so ein Rhomboeder in der Realität wirklich geben konnte.

Nach dem Unterricht stellte er sich mit seinem Schreibheft vor den Kupferstich und malte das Rhomboeder ab. Zu Hause versuchte er, anhand seiner Kopie dem Rhomboeder eine neue Perspektive zu geben. Er nahm ein Lineal und maß jede Seite genau ab. Er rechnete aus, wie lang die Seiten unter einem neuen Blickwinkel sein mussten, und zeichnete – doch das Rhomboeder war schief und krumm und sah nicht aus wie auf Dürers Kupferstich. Nun versuchte er, das Rhomboeder aus Papier nachzubauen. Immer wieder entwarf er neue Knickmuster, faltete und fand geometrische Formen, die er bis dahin nicht gekannt hatte: Isokaeder, Kuboktaeder, Dodekaeder. Doch das Rhomboeder war nicht dabei. Bis tief in die Nacht saß er am Schreibtisch und knickte. Und dann hielt er das Rhomboeder auf einmal in der Hand. Er stellte es neben die Kerze, sodass die gleichen Seiten im Schatten lagen wie auf Dürers Kupferstich. Warum hatte er so lange gebraucht, um die Form zu entschlüsseln? Sie war doch eigentlich simpel. Eine einfache Geometrie, an der überhaupt nichts Geheimnisvolles war. Hermann zerknüllte das Papier. Warum hatte Dürer das Rhomboeder überhaupt in das Bild aufgenommen?

Er zog sich für die Versuche in den Gartenschuppen zurück. Der Vater mochte seine Pflichten haben, Hermann hatte seine eigenen – und wenn er ihnen heimlich nachgehen musste. Zum Glück hatte er im Ruderboot die Lösung für Vernes Fehler noch gefunden. Er war sich nun ganz sicher: Verne hatte sich geirrt. Ein Kanonenschuss war nicht der richtige Weg, wenn man den Mond lebendig erreichen wollte. Nicht ein einziger gewaltiger Stoß war nötig, sondern viele kleine hintereinander! So, wie ein Boot immer schneller vorwärtstrieb, wenn man nach und nach Steine über das Heck warf. Es brauchte nicht eine große Explosion, es brauchte viele kleine. Und dafür brauchte man Alkohol.

Im Schrank vor dem Physikraum bewahrte Professor Fabini die Chemikalien auf. Der Schrank war abgeschlossen, aber Fabini ließ seinen Schlüsselbund immer auf dem Pult liegen, wenn er in der großen Pause seine Pfeife rauchte. Niemand bemerkte es, als Hermann den Schrank aufschloss und die Alkohole in die leeren Weinflaschen füllte, die die Mutter daheim hinter dem Waschtrog versteckte.

Bald schon hatte er im Schuppen alles beisammen, was er brauchte: die Alkohole aus der Bergschule, die Spritzen aus der Arzttasche des Vaters, den Leim und das Holz aus der Werkstatt des Schreiners, die rote Pappe von Adolfs Basteltisch. Die Skizzen fielen ihm leicht, die Konstruktion aber bereitete ihm Schwierigkeiten. Schon zwei Holzstreben miteinander zu verleimen, machte ihm große Mühe. Er durfte nicht zu viel Leim nehmen, damit an den Fugen nichts überquoll, er durfte aber auch nicht zu sparsam sein, weil sich sonst die Verbindung direkt wieder löste. Auch war es ein Problem, die Streben im richtigen Winkel zu verkleben. Eigentlich hatte er auf seinen Skizzen alle Maße genau berechnet, aber als er den Zylinder zusammengeklebt hatte, war er viel zu schief. Er warf ihn unten im Garten in die Kokel. Viele krumme Holzzylinder folgten. Bald fürchtete er, sie könnten irgendwo wieder an Land gespült worden sein und er suchte das Flussufer ab. Doch er fand nichts. Die Zylinder waren von der Kokel aus der Stadt hinausgetragen worden.

Eines Tages erwischte ihn sein Bruder. Mit der Tochter des Spitaldieners an der Hand stand Adolf plötzlich in der offenen Tür. Die Brüder schauten einander erschrocken an, wie sie sich da gegenseitig bei ihren Heimlichkeiten ertappten. Adolf schickte das Mädchen fort, Hermann tat, als wäre nichts weiter und machte sich wieder an die Arbeit. Adolf setzte sich auf eine Kiste und sah ihm schweigend zu. Schließlich hielt Hermann es nicht länger aus. Sein Vorhaben und alles, was damit zusammenhing, er musste es erzählen, es sprudelte förmlich aus ihm heraus. Und obwohl da bloß sein kleiner Bruder vor ihm saß, geriet er vor Aufregung ins Stottern und verhaspelte sich. Adolf sah aus, als verstünde er kein einziges Wort. Aber er hörte ruhig zu, und als Hermann schließlich fertig war, sagte er: »Das musst du unbedingt den anderen zeigen!«

Schon am nächsten Tag erzählte Adolf dem langen Erwin davon, Erwin sprach mit Walli darüber und der wiederum sagte es den anderen Jungen. Und so dauerte es keine Woche, da saß Hermann mit dem fertigen Modell auf dem Friedhof hinter der Bergschule und sie alle standen im Halbkreis vor ihm. Sein Bruder erzählte, was passieren würde. Hermann war froh, dass er ihm das abnahm. In wunderbaren Worten beschrieb Adolf die Flamme, die hinten aus dem Zylinder heraustreten würde – eine schöne Blume nannte er sie. Er erklärte, wie sie gleich alle den Kopf in den Nacken legen müssten, um hinaufzuschauen zu einem Fleck am Himmel, der immer kleiner und kleiner würde. »Und wenn Hermann das in groß nachbaut, kommt es bis zum Mond.«

Die anderen lauschten gebannt, selbst Walli hatte seine Pfeife aus dem Mund genommen. »Was soll das denn sein?«

»Eine Rakete«, sagte Adolf.

Die Jungen raunten. »Eine Rakete!«

Hermann suchte vor einem Grabstein nach einem festen Stand für den Zylinder. Inzwischen bereute er es, sich seinem Bruder anvertraut zu haben. Seine Hände zitterten. Was, wenn der Start misslang? Er rollte die Zündschnur aus und stellte sich zu den anderen. Das erste Zündholz zerbrach auf der Reibfläche der Schachtel, auch das zweite zündete nicht. Erst beim dritten brannte die Lunte.

»Eins …«, sagte Adolf und die anderen beugten sich ein Stück vor. Die Lunte wurde schnell kürzer, die brennende Knospe rückte vorwärts.

»Zwei …« Hermann kniete nieder und beobachtete aufgeregt die kleinen Tropfen, die unten aus dem Zylinder rieselten. Kam auch genug Alkohol aus den Spritzen? Die Lunte war kurz, die Knospe ganz nah.

»Drei!« Die Knospe erblühte. Leuchtend rot und gelb waren ihre Blätter. Sie öffnete sich weiter, wuchs, erstrahlte in hellem Blau – dann knallte es fürchterlich. Holzstreben klatschten gegen Grabsteine, Pappfetzen flogen durch die Luft, trockene Blumen fingen Feuer. Adolf und ein paar andere sprangen auf die Gräber und trampelten auf den Beeten herum. Sie keuchten, als das Feuer endlich ausgetreten war. Adolf wischte sich verkohlte Pappe von der Schulter, ein Loch war in die Jacke gebrannt. Hermann schaute auf den Zylinder vor dem Grabstein. Nur das zerbrochene Skelett war noch übrig geblieben. Er hob es auf und drehte es in den Händen. Was hatte er bloß übersehen? War zu viel Alkohol auf einmal herausgekommen? Walli zündete seine Pfeife an und lachte. »Der Hermann hat den Friedhof abgefackelt!«

ACHT

Im Krieg kämpfte Hermann in der Schlacht in den Karpaten. Es war der Februar 1915 und sein Regiment der Gemeinsamen Armee Österreich-Ungarns rückte über den Tatarenpass nach Norden vor. Im Hochgebirge herrschte noch tiefer Winter. Der Vorstoß war überstürzt beschlossen worden und die Soldaten trugen noch alte, viel zu dünne Uniformen. Eisiger Wind fegte Schnee von den Gebirgshängen und Hermann fror elendig. Die Truppe marschierte bei Tag und bei Nacht. Die Offiziere erlaubten nur wenige Stunden Schlaf, in denen Hermann an eine Tanne gelehnt fiebrig vor sich hin döste. Er hatte große Mühe, mit den anderen mitzuhalten. Häufig war er in Gedanken vertieft und überhörte die Befehle des Truppführers. So kam es vor, dass die Kameraden schon längst zum Aufbruch bereit waren, während er noch auf seinem gefrorenen Essen herumkaute.

Schon während der Ausbildung hatte er sich ungeschickt angestellt. Besonders frustrierend waren die Schießübungen gewesen. Die Gefreiten hatten Gewehre bekommen, die Josef Werndl schon vor einem halben Jahrhundert konstruiert hatte und die damit so alt waren wie die Donaumonarchie selbst. Für jeden Schuss musste eine neue Patrone in den Tabernakelverschluss der uralten Büchsen eingeführt werden. Hermann brauchte immer Ewigkeiten, bis er den störrischen Zylinder geöffnet und die Messinghülse in die Lademulde eingelegt hatte. Der Abzugsbügel war so schwergängig, dass Hermann beim Schießen der Zeigefinger blau anlief. Und wenn das Schwarzpulver dann endlich doch knallte, riss die Kraft der Explosion den Lauf des Gewehrs nach oben und der Schuss schlug weit entfernt von den aufgestellten Pappkameraden in einem Baumstumpf ein. Ständig kam der Ausbilder zu Hermann und erklärte ihm wieder und wieder den Ladevorgang. Er zerrte beim Ausrichten des Gewehrs an seinen Schultern, stützte seinen Arm, stellte sich hinter ihn und atmete ihm heiß in den Nacken. Das alles machte Hermann nur noch nervöser und er traf die Pappkameraden erst recht nicht. Selten, so der Ausbilder, habe er einen so untalentierten Schützen am Schießstand erlebt.

»Die deutschen Truppen haben Repetierwaffen«, wandte Hermann vorsichtig ein.

»Wie meinen Sie das?«

Hermann erklärte es dem Ausbilder. Die Repetierwaffe sei eine einfache Idee, gar nicht kompliziert. Der Magazinschacht werde über einen Ladestreifen mit fünf Patronen gleichzeitig befüllt und nach jedem Schuss werfe eine mechanische Feder die leere Hülse automatisch aus und führe die nächste Patrone in den Lauf. So spare man enorm viel Zeit.

»Wollen Sie damit sagen, wir sollten all unsere schönen Gewehre am besten wegschmeißen?«

Hermann trat von einem Fuß auf den anderen. »Gründe hätte man.«

Der Ausbilder erkundigte sich, ob er richtig gehört habe. »Wenn der Jäger das Wild nicht trifft, ist nicht das Gewehr schuld!« Er musterte Hermann abschätzig. »Mit der Waffe in der Hand werden Sie jedenfalls zum besten Mann des Feindes. Wir können nur hoffen, Ihre Talente liegen woanders. Sie werden Sanitäter.«

Nach langem Marsch gelangten sie nach Czernowitz, das von den Russen besetzt war. Über einhunderttausend Menschen lebten in der Stadt, viele Völker miteinander, Deutsche, Polen, Ungarn, Juden, Armenier, Ruthenen, Rumänen. Hermann lief mit seiner Truppe über schneebedeckte, gepflasterte Straßen, vorbei an hellen kakanischen Bauten, am israelitischen Tempel mit der maurischen Architektur, über die breiten Kieswege vor der Residenz des Erzbischofs der Bukowina. Er blieb stehen und schaute das Backsteingemäuer der Kirche hinauf. Der Hauptturm mündete in einer byzantinischen Kuppel, die nicht wie die Spitze der Schäßburger Klosterkirche bloß in Richtung Himmel wies, sondern wie das Himmelsgewölbe selbst erschien. Es musste ein fantastischer Anblick sein, wenn ein Projektor inmitten der Kuppel ein Abbild des Firmaments an das Halbrund warf. Der Projektor könnte sich auf einem Motor drehen und dann würden die Planeten auf ihren Bahnen wandern und es würde sich anfühlen, als wäre man selbst dort oben im Weltraum und Venus und Mars und Jupiter zögen vorbei. Hermann war versucht, die Stufen zur Kirche hinaufzusteigen, aber der Truppführer packte ihn am Kragen und zog ihn weiter.

Bald stießen sie in das Stadtzentrum vor. Überall knallten Granaten, Rauchsäulen trübten die Sicht, durch die Straßen hallten die angsterfüllten Schreie der Menschen. Vor dem Rathaus verschanzte Hermanns Truppe sich hinter einer verwaisten Straßenbahn. Der Truppführer lud sein Gewehr nach. Er deutete zum Treppenaufgang. »Gleich stürmen wir das Rathaus. Seid ihr bereit?« Hermann schaute auf die dünnen Kabel, die über der Straßenbahn entlangliefen. Der Truppführer griff ihn im Genick. »Ob Sie bereit sind, habe ich gefragt!«

»Ja«, sagte Hermann schnell und massierte sich den Nacken.

»Warten Sie hier. Wenn die Luft rein ist, kommen Sie nach.«

Langsam krochen die Kameraden an den Rand der Straßenbahn. Der Truppführer hob die Hand und spähte um den Waggon herum. »Auf!« Die Soldaten rannten los. Sie schlitterten über die eisglatte Straße zum Treppenaufgang. Sofort knallten Schüsse. Ein Kamerad rutschte aus und stürzte auf das Pflaster. Sein Körper erbebte unter einem Treffer. Die anderen Kameraden erreichten den Aufgang und schossen zurück. Hermann starrte auf den Getroffenen. Verzweifelt versuchte der Kamerad aufzustehen, sank aber kraftlos zurück auf die Straße. Blut quoll aus der Uniform, neben ihm bildete sich langsam eine rote Pfütze. Wo war er getroffen worden? In der Leber? Oder sogar in der Lunge? Plötzlich hörte Hermann die Rufe des Truppführers. »Worauf warten Sie?« Hermann sah sich um. Die Schüsse hatten aufgehört, die Luft schien rein. Er sprang auf und stolperte über die Straße zum verwundeten Kameraden. Das Gesicht des jungen Mannes war bleich wie der Schnee. Mit zittrigen Händen öffnete Hermann den Verbandskasten. Der Soldat stöhnte vor Schmerzen. Hektisch zerschnitt Hermann am Einschussloch die Uniform. Es war ein Steckschuss, die Patrone hatte Haut und Fettgewebe durchschlagen und war tief ins Fleisch eingedrungen. Aus der Wunde suppte es rot heraus, eilig drückte Hermann eine Mullbinde darauf. Der Soldat hustete und spuckte Blut. Die Kugel steckte eindeutig in der Lunge. Kurz musste Hermann den Blick abwenden. So schrecklich jung war der Kamerad noch, vermutlich in Adolfs Alter, keine zwanzig. »Vorsicht! Rechts!«, hörte er den Truppführer. Schüsse knallten, Kugeln pfiffen vorbei. Hermann sprang auf und wandte sich panisch um. Rechts aus wessen Sicht? Schon riss ihn ein heftiger Schlag von den Beinen. Er knallte mit dem Hinterkopf auf das vereiste Pflaster. Alles drehte sich, die Geräusche um ihn herum verdichteten sich zu einem hohen Summen. Er kämpfte dagegen an, nicht das Bewusstsein zu verlieren. Schatten huschten durch sein Blickfeld, er sah seine Truppe um eine Straßenecke eilen. Er wollte ihnen nachrufen, aber aus seinem Mund kam nichts als ein Krächzen. Er starrte in den Himmel. Auf einmal fühlte er sich sehr müde, er musste die Augen schließen, ein paar Sekunden nur. Die Welt wurde leiser, die Schüsse entfernten sich. Eine angenehme Wärme breitete sich um seinen Bauch herum aus.

Nur seine Hände waren furchtbar kalt. Er legte sie auf den Bauch, die Uniform fühlte sich feucht an. Er öffnete die Augen wieder. Seine Hand war rot. Ein Bauchschuss. Panik erfasste ihn, jetzt spürte er die Schmerzen. Er schaffte es aufzustehen, stolperte ein paar Schritte, brach wieder zusammen. Neben ihm der Verbandskasten. Hektisch tastete er nach Schere und Morphium. Er schnitt ein Loch in den Ärmel und setzte sich selbst die Spritze. Sofort spürte er das Rauschgift in seinen Adern. Sein Blick wurde unscharf, der Schmerz nahm pulsierend ab. Er sank zurück auf die Straße. Da war eine Sehnsucht fortzugleiten, fort vom eisigen Pflaster und fort von Rauch, Explosionen und Schüssen um ihn herum. Nur die Augen musste er schließen, Sekunden würde es dauern. Doch in der Ferne sah er die schwarze Kuppel der Kirche und er blieb in der Kälte. Er hob den Kopf und zerschnitt die Uniform. Entblößt lag sein Bauch vor ihm, mit der Hand wischte er das Blut beiseite. Da unter dem Bauchnabel war das Einschussloch. Wie automatisch griff seine Hand in den Verbandskasten, fand die Zange, steckte sie in die Wunde hinein. Er schrie auf, der Schmerz schrillte durch seinen Körper, ihm wurde schwarz vor Augen. Er drückte die Zange weiter ins Fleisch. Er stieß auf etwas Hartes, griff danach. Wie durch ein Wunder bekam er die Kugel zu fassen. Zog sie heraus, Blut spritzte hervor. Er drückte eine Mullbinde auf die Wunde, griff eine zweite. Irgendwie gelang es ihm, den Verband um seinen Bauch zu wickeln. Zitternd sank er abermals auf das Pflaster zurück. Am Himmel über ihm hatten sich die Wolken zusammengezogen. Kleine Flocken, fein wie Staub, rieselten herab.

Er wusste nicht, ob Minuten vergangen waren oder Stunden, als sie ihn auf eine Trage stemmten und forttrugen. Bald lag er in einem Zelt. Der Stabsarzt beugte sich über ihn, löste den Verband, begutachtete die Wunde. Er stutzte, dann sah er Hermann ungläubig an. Ob er noch ganz richtig im Kopf sei? Man dürfe sich nicht selbst behandeln, wo komme man denn da hin? Der Arzt notierte sich etwas. »Eine Sanktion wird nicht zu vermeiden sein.« Hermann holte Luft und sammelte alle Kräfte, die in seinem Körper noch verblieben waren. Dann richtete er sich auf und gab dem Arzt eine Ohrfeige.

Zurück in Schäßburg herrschte in der Stube bedrücktes Schweigen. Neben dem Ofen flackerte eine Lampe, vom Schaukelstuhl her klackerten die Stricknadeln der Mutter. Obwohl der Winter schon zu Ende ging, strickte sie an Wollpullovern und Schals. Zwischendurch nagte sie an ihren Fingernägeln. Der Vater war noch seltener zu Hause als vor dem Krieg und wenn er doch einmal da war, hockte er schweigend am Esstisch und blätterte in seinen Untersuchungsberichten. Hermann saß mit einem Verband um seinen Bauch im Sessel und vermisste seinen Bruder. Adolf hätte bestimmt etwas zu sagen gewusst in dieses Schweigen hinein, doch er musste an der Front ausharren. Nur alle paar Wochen erreichte sie ein Brief von ihm. Die Schreiben erleichterten Hermann, immerhin wusste er dann, dass sein Bruder noch lebte. Gleichzeitig wuchs in ihm die Angst, Adolf könne das gleiche Schicksal ereilen wie jenen jungen Kameraden in Czernowitz. Würden die Eltern das verkraften? Manchmal fragte Hermann sich, ob es nicht besser gewesen wäre, sein Bruder wäre an seiner statt von der Front heimgekehrt. Womöglich dachte der Vater das Gleiche. Der Sohn, in den er all seine Hoffnungen gesteckt und von dessen Hilfsbereitschaft und Geselligkeit und Freundlichkeit er immer geschwärmt hatte, litt an der Front, und er, Hermann, war mit einem Heimatschuss davongekommen.

Eines Abends schob der Vater seine Untersuchungsberichte beiseite. Er schaute ernst in die Runde. »Ich habe eine großartige Neuigkeit.« Er stand auf und warf einen Holzscheit in den Ofen. Funken stoben. »Ich habe heute mit dem Kommandanten des Lazaretts im Spital gesprochen, Doktor Csallner. Wenn du wieder genesen bist – und der Tag ist hoffentlich nicht mehr fern –, dann musst du nicht wieder zurück an die Front, mein Sohn. Stattdessen wirst du Hilfsarzt bei uns im Spital.«

Hermann sank im Sessel zusammen. Hätte Csallner ihn nicht einfach wieder zu seinen Kameraden an die Front schicken können? Der Vater schritt durch die Stube. »Aus dir wird ein Arzt! Sie haben dich beim Heer nicht ohne Grund zum Sanitäter gemacht.« Er schaute triumphierend zur Mutter. »Hermann ist jetzt Sanitätsfeldwebel.« Die Mutter legte die Stricknadeln beiseite und schnäuzte sich.

»Bleibt die Frage, wo du nach dem Krieg Medizin studierst«, sagte der Vater. »Ich war in Wien. Aber auch München hat einen hervorragenden Ruf.« Hermann schwieg. Wie sollte er dem Vater bloß begreiflich machen, dass er nicht vorhatte, Medizin zu studieren? Konnte man dem Vater so etwas überhaupt begreiflich machen? Als Kind hatte Hermann ihn einmal bei einem Selbstgespräch im Garten erwischt. »Warum redest du so viel mit dir selbst?«, hatte er den Vater damals gefragt. Der hatte gelächelt. »Ich rede eben gerne mit gescheiten Menschen.«

Sosehr Hermann sich auch wünschte, die Wunde am Bauch möge nie verheilen: Nach einiger Zeit hörte sie auf zu nässen, ein wenig später verschwand auch das Jucken, dann verlor die

Haut ihre rote Färbung und wurde blass – und schließlich blieb nur eine weiße Narbe zurück. Er musste seine Arbeit im Lazarett des Schäßburger Spitals aufnehmen.

Monat für Monat wurden mehr und mehr Verwundete von der Front eingeliefert. Viele Kameraden litten an grauenvollen Verletzungen durch Granatsplitter. Manche waren mit Gasbrand infiziert, ihre verletzte Haut war übersät mit schwarzen Blasen, aus denen faulig stinkendes Sekret austrat. Einige hatten Arme und Beine verloren, einem Patienten fehlte der Unterkiefer. Wenn die Krankenschwestern ihn fütterten, steckten sie ihm den Löffel direkt in die offen liegende Speiseröhre. Hermann musste an den Feldarzt denken, der vor dem Aufbruch in die Karpaten von den modernen Kriegswaffen geschwärmt hatte. Regelrecht human seien die! Die kleinkalibrigen Geschosse würden sauber ins Fleisch eindringen, das bakterizide Metall sei leicht zu entfernen, es würde kaum Wundinfektionen geben. Die neue Technik sei wirklich ein Segen! Der Krieg verliere so seinen Schrecken, man könne ihn künftig beinahe als Sport betreiben! Später war der Feldarzt bei einer Granatenexplosion in Czernowitz gefallen.

Der Krieg begleitete Hermann bis in den Schlaf. Durch seine Träume hallten die Artillerieschüsse und Schmerzensschreie der Kameraden. In einem Traum sah er Adolf, der ausgestreckt in einem staubigen Schützengraben lag, die Augen glasig in den Himmel starrend, neben ihm die zerbeulte Trompete. Hermann schrak schwitzend auf. Er wälzte sich zur Seite und spürte, wie die Hose seines Schlafanzugs nass an den Oberschenkeln klebte. Er schämte sich fürchterlich. An der Ostfront und in den Alpen vor Italien litten die Kameraden und er lag daheim im warmen Bett und nässte sich ein.

Ein paar Tage darauf rief Doktor Csallner die Hilfsärzte zu sich. Der Spitalkommandant war ein kleiner, glatzköpfiger

Mann, der aus seinem schmalen Gesicht immer streng schaute und nie viele Worte verlor. Eine Schwester sei krank geworden, jemand müsse die Speisung des Kieferlosen übernehmen. Hermann meldete sich sofort. Csallner sah ihn zweifelnd an. Er habe doch sonst schon bei den Armamputierten zittrige Hände. Ob er sich wirklich sicher sei?

Hermann nickte fest. »Ich bin mir sicher.«

Csallner rückte sich die Brille zurecht. »Die Speisung ist kein schöner Anblick.«

Hermann schwieg.

»Sie sind ja jetzt schon ganz bleich.«

»Ich habe wohl zu wenig gefrühstückt«, erwiderte Hermann und nahm die Schüssel mit dem Kartoffelbrei entgegen. Auf wackligen Beinen trug er sie zu dem Kieferlosen. Der Mann saß aufrecht in seinem Bett und sah ihn aus halbem Gesicht an. Hermann zog einen Stuhl heran. »Jetzt gibt es etwas zu essen«, erklärte er unsicher. Der Kieferlose gab einen kehligen Laut von sich und legte den Kopf in den Nacken. Der Schlund tat sich auf, Kehlkopf und Luftröhre lagen offen da. Die Speiseröhre war ein fleischiger Stollen, tief unten ein dunkelrotes Loch. Hermann versuchte, sie sich als einen Schlauch vorzustellen, über den man eine Maschine betankte. Es gelang nicht. Er musste den Blick abwenden und rührte den Brei. Der Löffel klackerte auf dem Porzellan. Der Kieferlose gab ein röchelndes Geräusch von sich. Es klang fordernd. Zögerlich füllte Hermann den Löffel. Gierig streckte ihm der Kieferlose den Schlund entgegen. Bläuliche Adern pulsierten im offenen Rachen. Hermann führte den Löffel hinein. Langsam rutschte der Brei die Speiseröhre hinunter. Rasch füllte Hermann den Löffel erneut. Er musste das so schnell wie möglich hinter sich bringen. Der Kieferlose hustete, Brei spritzte aus dem Schlund. Hermann spürte eine Hand auf der Schulter. Der Vater schaute ihn an. »Nicht so eilig.«

Schon bald ließ Hermann sich für den Nachtdienst einteilen. Nachts mussten keine eiternden Wunden versorgt werden, keine Glieder wurden amputiert, der Kieferlose hatte keinen Hunger und vor allem war der Vater nicht da. Nur gelegentlich verlangten Patienten nach einem Glas Wasser oder mussten auf die Toilette gebracht werden.

Viele Stunden stand Hermann allein am Fenster und starrte nach draußen in die Dunkelheit. Der Krieg beherrschte seine Gedanken. Nichts schien voranzugehen, ein endloser Stellungskrieg schien es zu werden, ohne dass die Mittelmächte oder die Entente einen Vorteil erringen konnten. In den Schützengräben stapelten sich die Leichen, viele Soldaten würden ihre Heimat niemals wiedersehen. Und Adolf?

Es bedrückte Hermann, dass immer seltener Post von seinem Bruder kam. Auch erzählte Adolf in seinen Briefen kaum noch von sich selbst und schrieb nur von seiner Truppe, die den Schrecken an der Front in Norditalien gemeinsam erlebte. Östlich des Isonzo kämpfte sie gegen die Offensiven der Italiener. Sie harrten aus in den Gräben und Kavernen der Gebirgshänge, lagen unter Artilleriefeuer, überall Leichengestank, sie litten Hunger und Durst, fürchteten den Tod. Bald verschwand aus Adolfs Briefen auch die Truppe und es blieb nur ein »man«: Man hört die Donnerschläge der Feldkanonen, das Knattern der Gewehre, das Geschrei der Kameraden. Man sieht die Feuerbrunst über den Schutthaufen, die Blitze der Explosionen, man riecht das Schwarzpulver und den süßlichen Verwesungsgeruch, man spürt das Zittern des Berges, man fühlt die Erschütterung.

Die Beschreibungen wurden mit jedem Brief kürzer und bald stand darin kaum mehr als der Ort, von wo aus sein Bruder ihnen geschrieben hatte. Der Krieg musste schnell vorübergehen, bevor Adolf vollends verstummte.

Früher hatte Hermann nur in der Kirche gebetet, weil der

Gottesdienst das eben so vorschrieb, aber nun am Fenster überkam es ihn manchmal und er faltete stumm die Hände, in der Hoffnung, es möge seinem Bruder helfen. Doch er wollte nicht nur hoffen, er wollte selbst etwas tun. Und er hatte auch schon eine Idee.

Seine Rakete konnte nicht nur in den Weltraum fliegen. Sie konnte auch einen Krieg entscheiden. Sie konnte Frontlinien, Schützengräben und Schlachtfelder überflüssig machen. In wenigen Minuten konnte sie von Österreich nach Italien gelangen, von Deutschland nach Frankreich – keine Möglichkeit, sie aufzuhalten. Sie konnte Rüstungsanlagen angreifen und feindliche Anführer bedrohen – Leute, die entschieden, den Krieg zu führen, ihn aber selbst nie erleben mussten. Was würde der Entente übrigbleiben, als die Kapitulation zu erklären? Soldaten, die jetzt noch hungernd an der Front ausharrten, würden heimkehren. Adolf würde heimkehren.

Die kommenden Monate saß Hermann während des Nachtdienstes im Büro seines Vaters und arbeitete an der Rakete. Viel schneller als zu Schulzeiten kam er voran. Er musste nicht, wie damals noch im Ruderboot, die Flächen unter Funktionenkurven in Raster teilen und die vielen kleinen Rechtecke für ein grobes Ergebnis aufsummieren. Die Infinitesimalrechnung half ihm, Integrale und Differentiale innerhalb weniger Minuten exakt zu lösen.

Er fühlte einen kindlichen Stolz, am liebsten wäre er zur Mutter gegangen und hätte ihr wie früher davon erzählt. Doch so-sehr er sich auch danach sehnte, es wäre vergeblich gewesen. Sie hätte geistesabwesend in die Ferne geschaut und stumm genickt, so als habe man ihr eine Tasse Tee angeboten. Oder sie wäre wütend geworden und hätte, ganz den Vater im Sinn, geschimpft, er solle von diesen Fantastereien die Finger lassen.

Und zum Vater konnte er erst recht nicht gehen. Er musste an einen Streit denken zwischen Großvater Friedrich und dem Vater, von dem ihm die Mutter einmal erzählt hatte. Da hatte der Großvater auf einem Weihnachtsfest verkündet, in der Medizin sei die Zeit der Messer und der Scheren bald vorbei. Der Vater hatte den Kopf geneigt und seine Gans geschnitten. Was er dazu meine, hatte der Großvater ihn gefragt.

Er habe da seine Zweifel, hatte der Vater heiser erwidert.

Der Großvater war aufgesprungen. Wie könne man da Zweifel haben!

Der Vater schaute auf seinen Teller. Im Körper würden schlimme Dinge passieren, erklärte er. Da bleibe einem Arzt nichts anderes übrig, als sie herauszuschneiden.

Jesus Christus, rief der Großvater. So könne nur ein Chirurg sprechen. Ob der Vater denn auch glaube, die Gans auf dem Tisch sei mit Pfeil und Bogen geschossen worden?

Das glaube er nicht, sagte der Vater.

Oder ob er glaube, in den neuartigen Glühbirnen lodere ein Feuer?

Auch das schließe er aus.

Man könne es also sehen: Überall in der Welt gehe der Fortschritt voran. Nur in der Medizin werde man auch zukünftig bei den primitivsten Werkzeugen bleiben? Das könne man doch nicht ernsthaft behaupten!

Das behaupte er auch nicht, erwiderte der Vater. Er habe bloß Zweifel, dass man ganz auf sie verzichten könne.

Der Großvater warf die Hände in die Luft. Ob der Vater wirklich so fantasielos sei? Ob er sich nicht vorstellen könne, dass Pillen und Tränke bald Scheren und Messer ersetzen würden?

Der Vater kaute.

Ob er das ganz und gar ausschließen könne?

Ausschließen könne er natürlich nichts, sagte der Vater.

Na also! Der Großvater klatschte in die Hände. Habe man das also geklärt. Er setzte sich wieder an den Tisch und nahm ein weiteres Stück vom Gänsebraten. Und der Vater schwieg.

Der Krieg zog sich hin. Die Westfront in Frankreich und Belgien war wie erstarrt und am Isonzo folgte Schlacht auf Schlacht. Von Millionen Toten war die Rede, und selbst das kleine Schäßburg hatte nach dem dritten Kriegsjahr schon Dutzende von Toten zu beklagen. Das Lazarett war mittlerweile so überfüllt, dass Betten auf den Fluren aufgestellt werden mussten.

Im Herbst kehrte Hermanns Kamerad Alfred von der Ostfront heim, ein Granatsplitter hatte ihm den Oberschenkel zerfetzt. Als er das Spital nach vielen Wochen endlich verlassen konnte, lud er Hermann auf ein Bier im Burenwirtshaus ein. In einem Anfall gedankenloser Höflichkeit sagte Hermann zu. Bald schon bereute er das zutiefst. Seit Jahren war er nicht mehr in dem Wirtshaus gewesen, allein der Gedanke an das Gebrüll, Gedränge und den Gestank verursachte ihm Übelkeit.

So zögerte er am Abend ihrer Verabredung seinen Aufbruch immer wieder hinaus. Er half den verwunderten Schwestern beim Waschen der Arztkittel, er stellte allen Patienten ein Glas Wasser ans Bett, er reparierte im Operationssaal eine elektrische Lampe, die seit einer Weile flackerte. Irgendwann aber fiel ihm nichts mehr ein, was er noch hätte erledigen können, und so zwang er sich loszugehen.

Der Winter war hereingebrochen und der Schnee war tief. Es dauerte, bis er am Burenwirtshaus in der Altstadt ankam. Die Musik der Tanzkapelle drang dumpf nach draußen und er fühlte einen Stich. Spielte jemand an Adolfs Stelle auf der Trompete? Er atmete einmal durch, dann zog er an der Klinke. Die Tür war verschlossen. Er schaute auf seine Taschenuhr, die der

Vater ihm zum Abitur geschenkt hatte: Über eine halbe Stunde war er zu spät. Er klopfte und wartete. Nichts passierte. Wenn ihm niemand öffnete, dann musste er wohl wieder heimgehen. Es war nicht seine Schuld, wenn sein Kamerad vergeblich auf ihn wartete.

Hermann stieg die Stufen vom Eingang gerade wieder hinunter, als er plötzlich ein Rufen hörte. Er sah sich um. Von der alten Eiche her kam ihm ein Fräulein im Trachtenkleid entgegen. Die blonden Haare waren zu Zöpfen geflochten, sie pendelten hin und her. Vor ein paar Tagen erst hatte Hermann das Fräulein im Spital gesehen. Da hatte sie für Ärger gesorgt. Sie hatte einen kleinen Jungen hereingetragen, der sich heulend das Bein gehalten hatte. Das Fräulein hatte erzählt, sie habe ihn auf der zugefrorenen Kokel gefunden. Er sei beim Schlittschuhlaufen gestürzt und habe schlimme Schmerzen am Knöchel, vermutlich sei er gebrochen. Sofort wurde ein Arzt herbeigerufen. Schnell stellte sich jedoch heraus, dass der Knöchel ganz und gar unversehrt war, gebrochen war nur ein kleiner Finger. Der Arzt schiente und bandagierte den Finger und schimpfte über die dreiste Lüge. Das Fräulein zuckte mit den Schultern. Der Knöchel habe eben auch wehgetan. Der Arzt machte eine wegwerfende Handbewegung. Das habe sie sich doch nur ausgedacht, den Ärzten fehle für kleine Finger im Moment wirklich die Zeit. Das Fräulein hatte gelächelt. »Offensichtlich ja nicht«, hatte sie gesagt und war mit dem Jungen gegangen.

Nun stand sie Hermann gegenüber. Er konnte ihr die Unverschämtheit ansehen, wie sie die Lippen kräuselte und spöttisch die feinen Brauen hob. Er entschied, dass es besser war weiterzugehen. Sie fasste ihn am Arm. »Wollen Sie gar nicht zu der Feier?«

»Nein.«

»Aber eben haben Sie doch noch vor der Tür gestanden?«

»Eigentlich wollte ich ... Die Tür ist verschlossen.«

»Und da geben Sie schon auf?«

»Wenn man nicht hineinkommt, kommt man eben nicht hinein.«

Das Fräulein musterte ihn unverhohlen. Dann zeigte sie auf ein offenes Sprossenfenster schräg über dem Eingang. »Und dort oben kommt man auch nicht hinein?«

»Höchstens mit einer Räuberleiter.« Hermann bereute die Antwort sofort.

»Ein kluger Kerl.« Das Fräulein lief hinüber zum Fenster. »Soll ich hinaufsteigen und Sie machen die Räuberleiter?«

»Nein.«

»Also anders herum.« Das Fräulein hockte sich nieder und verschränkte die Hände ineinander.

»Das macht keinen Sinn«, sagte Hermann. »Ich bin ja viel schwerer als Sie. Theoretisch müssten schon Sie hinaufsteigen.«

»Mein Lieber, Sie müssen sich mal entscheiden. Aber gut, dann steige ich eben hinauf.« Das Fräulein bückte sich, zog sich die schwarzen Schuhe aus und warf sie durch das offene Fenster ins Wirtshaus. Ihre nackten Füßen versanken im Schnee. »Worauf warten Sie? Sie müssen in die Hocke gehen!«

»Ich habe doch gar nicht gesagt, dass ich da mitmache.«

Das Fräulein stemmte die Hände in die Hüften. »Wollen Sie mich hier etwa ohne meine Schuhe stehen lassen?«

»Die haben Sie doch selbst da oben hineingeworfen!«

»Weil Sie gesagt haben, Sie machen die Räuberleiter!«

»Theoretisch, habe ich gesagt.«

»Schöne Theorie!« Das Fräulein schüttelte verächtlich den Kopf und rieb sich die Füße, die von der Kälte rot angelaufen waren. Hermann fluchte innerlich. Die Frau war nicht bei Trost. Erst warf sie ihre Schuhe weg und nun gab sie ihm die Schuld dafür, dass sie barfuß im Schnee stand. Längst hätte er auf dem

Heimweg sein können. Wütend ging er in die Hocke. Das Fräulein stieg wortlos in seine Räuberleiter. Die schlanken Füße waren eiskalt und er musste dem Impuls widerstehen, sie warm zu reiben. Das Fräulein zog sich am Rahmen hoch, schob das Fenster weiter auf und schlüpfte hindurch.

Es dauerte nicht lang, da öffnete sich die Tür zum Wirtshaus. Hermann blieb auf der Schwelle stehen. Lärm und stickige Luft kamen ihm entgegen. Hinten auf der Bühne spielte die Tanzkapelle, an den Holztischen stießen Männer mit Bierkrügen an. Sie hatten Verbände um den Kopf gewickelt oder trugen den Arm in einer Schlaufe, an den Stühlen lehnten Krücken. Das Fräulein war verschwunden. Sie hatte sich nicht einmal für die Hilfe bedankt, und das, obwohl sie mit ihren kalten Füßen auf seine Hände gestiegen war.

Alfred rief nach ihm. Er stand an der Theke, stützte sich auf den Tresen und hatte ein paar Leute um sich geschart. Jemand drückte Hermann ein Bier in die Hand. Es schmeckte nicht und er stellte es beiseite. »Wo warst du?«, fragte Alfred.

»Im Spital gab es viel zu tun.«

»Tja, ganz der Vater.«

Die Runde sprach über den Krieg. Einer mit Augenklappe konnte gar nicht aufhören, von den Grausamkeiten zu erzählen, die er am Isonzo erlebt hatte. Einem Kameraden habe eine Granate derart den Bauch zerrissen, dass Magen und Eingeweide neben dem Körper gelegen hätten. Im Darm habe man noch die Suppe vom Vortag erkennen können. »Und der hat noch gelebt!«

Hermann erschauderte, er musste an Adolf denken.

»Hoffentlich ist der Krieg bald vorbei«, sagte Alfred.

»Ich glaube, der wird noch ewig dauern«, erwiderte der mit der Augenklappe fröhlich.

»Und nichts kann man tun.«

»Ich glaube schon«, sagte Hermann. Die anderen sahen ihn neugierig an. Er überlegte, wie er es ihnen erklären konnte. Plötzlich kam einer der Kameraden mit einer neuen Runde Bier und alle griffen zu den Gläsern und stießen grölend an. Hermann ließ den Blick schweifen. Am Ende der Theke entdeckte er das Fräulein. Sie trug über dem Kleid eine Schürze. Sie arbeitete hier, demzufolge musste sie einen Schlüssel haben. Es war nicht zu fassen! Erst kam sie zu spät zur Arbeit und hatte dann noch die Chuzpe, ihm einen Streich zu spielen. Alfred fasste ihn an der Schulter. »Du wolltest uns etwas sagen.«

»Wir sind ganz Ohr«, sagte der mit der Augenklappe. »Übrigens habe ich nach einer Granatenexplosion mal eins im Graben gefunden. Ein einzelnes Ohr!« Der Kerl wieherte. »War nur noch Futter für die Ratten.«

»Wie?«, fragte Alfred. »Du hast das Ohr verspeist?«

Die Runde lachte und schon hatten sie Hermann wieder vergessen.

An einem Sonntagmorgen klingelte es zu Hause an der Tür. Hermann, noch im Schlafanzug, öffnete. Kalter Wind fegte über die Schwelle, der Kurier stand dort. Er reichte ein Telegramm der Gemeinsamen Armee. Hermann spürte, wie sein Herz sich zusammenzog. Steif nahm er das Telegramm entgegen und ging zum Frühstückstisch, wo der Vater und die Mutter saßen. Er starrte auf das zerknickte Papier. Er musste es nicht lesen. Er wusste, was darauf stand. Die Eltern waren bleich geworden. Endlich brachte er es über sich. »Adolf ist bei Monfalcone gefallen.«

Er ließ das Telegramm auf den Tisch sinken und verließ das Haus. Barfuß lief er über den frostigen Boden, den Garten hinunter und zur Kokel, am Ufer entlang und an den Brombeerbüschen vorbei. Er blickte auf den gefrorenen Fluss, der in der

Morgensonne blendend weiß erschien. Er wartete darauf, dass ihm die Tränen kamen. Aber da kam nichts. Seine Augen blieben trocken, er hatte keinen Kloß im Hals, musste nicht einmal schlucken. So sehr hatte er sich vor dieser Nachricht gefürchtet, aber nun war da keine Traurigkeit, nur Leere. Sein Bruder war tot, der Zettel auf dem Küchentisch bezeugte es. Doch nichts schien sich verändert zu haben. Der Boden war so kalt wie am Tag zuvor, die Bäume standen kahl, auf dem Fluss funkelte das Eis. Unvermittelt fiel ihm ein Spruch von Epikur ein, den sie in der Bergschule gelernt hatten. Der Tod geht uns nichts an; solange wir existieren, ist der Tod nicht da, und wenn der Tod da ist, existieren wir nicht mehr.

Nun hier an der Kokel erschien Hermann dieser Gedanke unsinniger denn je. War die Aussicht auf Nichtexistenz nicht schrecklich genug? Im Sterben zu liegen und zu wissen, man würde nicht mehr sein – konnte es etwas Schlimmeres geben? Er hoffte sehr, der Tod hatte seinen Bruder plötzlich und ohne Qualen ereilt.

Obwohl er dienstfrei hatte, zog Hermann sich noch am selben Tag ins Spital zurück. Wo die Traurigkeit fehlte, fühlte er Zorn. Er ertrug die Ungerechtigkeit nicht. Die Mächtigen, die diesen Krieg immer weiter fortführten, saßen daheim feist in ihren Sesseln und die Soldaten litten in den Schützengräben. Dieser Schrecken musste ein Ende haben, die Mittelmächte mussten den Krieg endlich gewinnen. Wütend stürzte er sich in die Arbeit, skizzierte und rechnete, füllte Seite um Seite. Die Formeln drangen auf ihn ein, er sah ihn vor sich, den Flug seines Raketengeschosses, in Überschall würde es fliegen, im Feindesland erst zu hören, wenn es einschlug. Er schwitzte, doch er gönnte sich keine Pause, genauso wenig wie es an der Front eine Pause gab und die Kugeln bei Tag und bei Nacht flogen und das Beben der Einschläge und der Gestank des Schwarzpulvers immer um einen war.

Eines Abends verlor er die Konzentration. Ein seltsames Geräusch hatte begonnen, ihn zu stören. Eigentlich hatte er sich daran gewöhnt, dass es auch nachts nie ruhig im Spital war: Wasserhähne tropften, Betten knarrten, Patienten stöhnten im Schlaf oder riefen um Hilfe. Doch dieses Geräusch war unerträglich. Ein metallisches Hämmern, das von irgendwoher bis in das Büro des Spitaldirektors hallte. Ständig unterbrach es ihn in seinen Gedanken und er musste die Rechnung durchstreichen und wieder von vorn beginnen.

Bald hielt er es nicht länger aus und machte sich auf die Suche. Er schlich durch die schwach erleuchteten Korridore und schaute in die Krankenzimmer: Er hörte die raschelnden Bettdecken und das Ächzen der Verwundeten, doch ansonsten war es ruhig. Er stieg hinunter ins Erdgeschoss und schaute in die Waschräume, doch dort schimmerten nur still die Fliesen im Mondlicht. Im Operationssaal surrte eine elektrische Lampe noch leise vor sich hin und er schaltete sie aus. Dann endlich, ganz am Ende des Flurs, im Lagerraum, fand er die Quelle: Der elektrische Kühlschrank mit den Impfstoffen wummerte vor sich hin, die Blechwand an der Rückseite schlug in regelmäßigen Abständen gegen das Aggregat. Erstaunlicherweise war das Geräusch viel leiser, als es im ersten Stock erschien. Hermann lief wieder hinauf und lauschte. Tatsächlich war das Hämmern nun leiser. Er ging zurück ins Büro und setzte seine Arbeit fort. Doch kaum hatte er den Stift in die Hand genommen, wurde das Hämmern wieder lauter. Er stand noch einmal auf und ging zurück in den Lagerraum. Der Kühlschrank war so leise wie zuvor. Er stieg wieder hinauf. Eine ganze Weile ging das so: Er saß am Sekretär, lauschte, lief hinunter, lief hinauf, versuchte, das elende Geräusch zu ignorieren. Dann, nachdem er Formel um Formel durchgestrichen hatte und keinen Schritt vorangekommen war, lief er noch einmal nach unten und nahm den Kühlschrank vom Strom.

Endlich hatte er seine Ruhe und konnte die Rechnung fortsetzen. Sie war kompliziert. Es ging um die günstigste Geschwindigkeit beim Aufstieg, den Kampf gegen Luftwiderstand und Gravitation, die Rakete durfte nicht zu schnell, aber auch nicht zu langsam sein. Er grübelte. Plötzlich räusperte sich jemand hinter ihm und er schrak auf. Spitalkommandant Csallner stand im Türrahmen. »Sind Sie taub?« Hastig stand Hermann auf und strich seinen Kittel glatt. Csallner sah ihn mit erhobenen Brauen an. »Hören Sie nicht, dass da jemand ruft?« Hermann hörte es. Er eilte in den Flur. Einem Patienten, dem kürzlich beide Arme amputiert worden waren, war die Wolldecke vom Bett gerutscht. Rasch deckte Hermann ihn wieder zu.

Im Büro stand Csallner inzwischen über den Sekretär gebeugt. Er drehte eine Skizze, als wüsste er nicht, wo oben und unten war. »Was ist das?«, fragte er streng.

»Eine Skizze«, sagte Hermann. Nervös öffnete er einen Knopf seinen Kittels. Schnell schloss er ihn wieder.

»Was Sie nicht sagen. Und wofür?«

Hermann starrte auf seine Schuhe. »Eine Rakete.«

»Planen Sie ein Feuerwerk?«

»Nicht direkt.«

Csallner schlug auf den Sekretär. »Himmelherrgott, jetzt reden Sie endlich!«

Am folgenden Abend in der Stube bat der Vater Hermann zu sich an den Tisch. »Ich denke, es wäre langsam an der Zeit«, sagte er. Hermann verstand nicht und sah ihn fragend an. Der Vater spielte mit dem Ring an seiner rechten Hand herum. »Du bist dreiundzwanzig.«

Hermann hustete und rückte auf seinem Stuhl zurecht. »Du warst über dreißig.«

»Das waren andere Zeiten.« Der Vater griff zu einem Untersuchungsbericht. »Deiner Mutter würde es helfen.«

Hermann schwieg. Die Mutter litt sehr unter Adolfs Tod. Nach wie vor bezog sie jede zweite Woche sein Bett mit frischer Wäsche. Danach saß sie stundenlang auf der Bettkante, strich mit der Hand über das Laken und starrte auf den Kleiderschrank, wo noch verblichene Kritzeleien aus der Kindheit der Brüder klebten.

»Doktor Csallner hat mit mir gesprochen«, sagte der Vater. »Er hat mir erzählt, du fährst nächste Woche nach Kronstadt und sollst da infizierte Stuhlproben untersuchen lassen.«

Hermann nickte und suchte, dem Blick des Vaters zu entkommen. Ob er etwas ahnte? Ob er wusste, warum Csallner ihn eigentlich nach Kronstadt schickte?

Der Vater schlug den Bericht auf. »Ich will dir etwas zeigen«, sagte er und hielt ein Röntgenbild vor die Lampe. »Was siehst du?«

Die Aufnahme zeigte einen weißen Beutel auf schwarzem Grund, oben führte ein dicker Schlauch hinein, und unten einer heraus. »Einen Magen«, sagte Hermann zögernd.

»Genauer.«

Hermann entdeckte einen gräulichen Klumpen, der unten am Beutel klebte. »Einen Magen mit einem Geschwür.«

»Richtig«, sagte der Vater zufrieden und legte die Aufnahme zurück in die Akte. »Das ist der Magen von Bäcker Hannenheim. Das Geschwür muss herausgeschnitten werden. Eine gute Übung.« Der Vater nickte Hermann zu. »Ich habe schon mit ihm gesprochen. Er ist einverstanden, dass du die Operation unter meiner Aufsicht übernimmst.«

Eine Woche später saß Hermann im hohen Flur des deutschen Konsulats in Kronstadt und wartete. Ihm gegenüber stand eine Uhr, die Zeiger auf dem Ziffernblatt krochen unendlich langsam vorwärts. Noch zehn Minuten. Nervös drehte Hermann die Papprolle mit dem Entwurf für die Fernrakete auf seinem Schoß hin und her. Doktor Csallner hatte ihn hergeschickt. Er hatte sich die Entwürfe gründlich angesehen und dann vorgeschlagen, Hermann solle die Deutschen von der Rakete überzeugen. Hermann hatte sich über das Vertrauen gefreut, aber nun spürte er die Verantwortung, die auf ihm lastete. Das Gespräch mit dem Konsul konnte kriegsentscheidend sein.

Neun Minuten. Hermann knetete seine Hände. Er durfte nicht wieder so schlimm stottern wie vor Csallner. Über zwei Stunden hatte der Spitalkommandant ihn über die Brille hinweg angesehen. Ständig hatte er neue Fragen gestellt, Hermanns Antworten waren ihm oft nicht präzise genug gewesen. Fraglich, ob der Konsul die gleiche Geduld besaß. Vor der Abfahrt nach Kronstadt hatte Csallner ihn noch einmal zur Seite genommen. »Es reicht nicht, etwas nur zu verstehen«, hatte er gesagt. »Man muss auch darüber sprechen können.«

Acht Minuten. Plötzlich schwang die Flügeltür am Ende des Korridors auf und ein großer, beleibter Mann trat heraus. »Da sind Sie ja schon«, rief der Konsul. »Warum kommen Sie nicht rein?«

Das Konsulatsbüro war groß wie ein Saal. Auf dem dunklen Parkett lagen dicke Teppiche, vor den Rundbogenfenstern standen silberne Kandelaber. Hermann kämpfte damit, seine Skizze auf dem Schreibtisch des Konsuls auszubreiten. Immer wieder rollte sie sich auf. Der Konsul sah ihm belustigt zu, dann schob er einen gläsernen Briefbeschwerer auf das eine Ende des Papierbogens und eine Schale mit Walnüssen auf das andere. Er warf sich eine Handvoll Nüsse in den Mund. »Dann erzählen Sie mal.«

Hermann holte tief Luft. Auf Csallners Anraten hin hatte er einen Vortrag vorbereitet, den er nun vor dem Konsul herunterspulte. »Ich habe eine Fernrakete entworfen. Nicht mit Schwarzpulver, wie die, die im Mittelalter aus China kamen. Nein. Meine Rakete wird mit Flüssigkeiten betankt. Am besten mit wasserhaltigem Alkohol und flüssiger Luft. Dadurch kann sie sehr schnell große Distanzen überbrücken. Wenn man sie zum Beispiel mit Sprengstoff bestückt, kann sie feindliche Regierungen direkt bedrohen und Rüstungsanlagen angreifen. Insofern meine ich, kann sie den Krieg entscheiden.« Hermann zögerte. Er hatte viel zu schnell geredet. Unsicher sah er zum Konsul. Der kaute und nickte. »Ja, was? Fahren Sie fort!« Hermann dachte nach. Womit sollte er fortfahren? Er könnte über die Flugkurve sprechen. »Die Rakete ist wie ein Falke«, sagte er und stockte gleich wieder. War das ein gutes Bild? Eine Rakete stürzte zwar wie ein Falke auf ihr Ziel herab, aber ein Falke kreiste vorher am Himmel, eine Rakete dagegen flog ballistisch. Schnell wechselte er das Thema und sprach über die günstigste Geschwindigkeit. Er versuchte, sich kurz zu halten, doch das fiel bei all den Termen in der Formel schwer. Kannte der Konsul die Abhängigkeit des Luftwiderstands von der Geschwindigkeit? Besser, er erklärte das etwas ausführlicher. Beständig griff der Konsul in die Schale mit den Nüssen. Manchmal sagte er »Aha« oder »Soso«. Langweilte er sich? Hermann bemühte sich, schneller voranzukommen. Aber nun stotterte er wieder. Der Konsul hob die Hand. »Soso, bis nach England«, sagte er mit vollem Mund. Mit dem Finger fuhr er über den Entwurf. »Aha, fünfundzwanzig Tonnen Sprengstoff.«

Hermann bat um Verzeihung. »Das ist die Länge. Es sind zehn Tonnen.«

»Nicht einmal die Hälfte also.«

»Es kommt bei der Explosionskraft vor allem auf die Geschwindigkeit an«, sagte Hermann schnell. »Und die ist bei einer Rakete sehr hoch.«

»Sprengstoff ist Sprengstoff«, sagte der Konsul.

»Wie meinen Sie das?«, fragte Hermann irritiert.

»Wie ich es sage.«

»Mit Verlaub, aber die Geschwindigkeit spielt eine Rolle.«

»Mit Verlaub, aber ich habe mehr Erfahrung mit dem Krieg als Sie, junger Mann.« Der Konsul zerbröselte eine Walnuss in der Faust und stopfte sich die Krümel in den Mund. »Sie sind doch von der Gemeinsamen Armee?«

Hermann nickte.

»Also ein Österreicher. Warum kommen Sie dann zu einem deutschen Konsul?«

Hermann räusperte sich. »Eine Entscheidung meines Kommandanten.«

»Und warum hat Ihr Kommandant so entschieden?«

Hermann zögerte.

Der Konsul erhob sich und beugte sich vor. »Ich will das wissen.«

Hermann zog sich die Uniform zurecht. Sein Kommandant habe gesagt, die österreichische Heeresleitung sei manchmal etwas gestrig. Man erfreue sich da noch an Gewehren, die aussähen, als stammten sie aus dem Dreißigjährigen Krieg. Bevor man dort über eine neue Waffe entschieden habe, sei dieser Krieg vorüber und der nächste habe bereits begonnen. Die Deutschen seien in diesen Dingen etwas zügiger.

Der Konsul schlug mit der Faust auf den Tisch. »Das heißt, Sie hintergehen also Ihre eigene Heeresleitung? Wie feige Verräter?« Er stieß mit dem Leib gegen die Tischplatte. Der Tisch polterte und Hermann stolperte einen Schritt zurück.

Der Konsul begann, schallend zu lachen. »Ich liebe Feiglinge! Lassen Sie das hier, ich schicke das mal nach Berlin.«

Das Warten auf Antwort war nicht auszuhalten. Unruhig wanderte Hermann während des Nachtdiensts durch die Flure. An ein Weiterarbeiten an den Entwürfen war nicht zu denken, die Unsicherheit lähmte ihn. Er musste etwas anderes tun. Endlich kam ihm die Idee für ein Experiment.

Er nahm sich von daheim heimlich eine Flasche Rotwein mit, durchsuchte im Spital die Apotheke nach Skopolamin, fand eine kleine Dose mit gelben Pillen und zog sich in einen der Waschräume zurück. Er hockte sich mit Wein und Tabletten vor das große Becken, in dem sonst die Patienten gewaschen wurden. Er steckte sich zwei gelbe Pillen in den Mund und spülte sie mit einem Schluck Rotwein hinunter. Er überlegte kurz, dann nahm er noch zwei Tabletten. Der Wein schmeckte erstaunlich gut. Schnell war die Flasche zur Hälfte geleert.

Die Operation fiel ihm ein, sie stand in zwei Tagen an. Er sah sich am Operationstisch stehen, vor sich den rasierten Leib des Bäckers, neben sich den Vater, der ihm das Operationsbesteck reichte. Mit einem Skalpell würde er die Bauchdecke in einem sauberen Schnitt von oben nach unten öffnen, würde eine große Klammer tief in den Schnitt hineinstecken, um ihn weit auseinanderzuziehen und den rosafarbenen Magen zu sehen. Dann würde er das Geschwür mit einer scharfen Klinge abschneiden. Das Blut würde fließen und eine Krankenschwester würde es wegwischen und auf dem Rollwagen würden sich die nassen, roten Tücher stapeln. Und der Leib des Bäckers würde offen vor ihm liegen, der Magen mit dem fleischigen Geschwür und darunter, bläulich pulsierend, der Darm. Das alles schon in zwei Tagen. Wenn bis dahin nicht doch noch ein Brief der Deutschen kam. Wie herrlich wäre es, dem Vater das Schreiben mit dem Adlerwappen zu zeigen und zu sagen: Du musst den Bäcker selbst operieren. Ich werde gebraucht, um den Krieg zu beenden.

Die Flasche war leer und ihm war schwindlig. Doch er spürte keine Übelkeit. Der Alkohol hatte seine Muskeln betäubt, das Skopolamin sein Gleichgewichtsorgan im Ohr. Er kam sich leicht vor, beinahe als könnte er schweben. Fühlte sich so die Schwerelosigkeit an? Er stand auf und stolperte zum Becken. Im Schein der schwachen Lampe sah das Wasser schwarz aus. Er fasste mit der Hand hinein und das Wasser kräuselte sich, die Lichtreflexe zerstoben zu Funken. Ein Sternenhimmel. Er zog sich aus, griff zu einem Zeigestock, den er von der Röntgenwand des Vaters genommen hatte, und stieg in das Becken hinein. Dumpf fühlte er die Kälte auf der Haut. Er holte Luft, schloss die Augen und tauchte unter. Langsam sank er Richtung Beckenboden. Kühle Schwärze umgab ihn. Der Weltraum war in alle Richtungen gleich und unendlich, oben und unten waren ununterscheidbar, jede Orientierung eine Illusion. Hermann streckte sich aus und drehte sich um die eigene Achse, erst langsam, dann schneller, dann wieder langsamer. Er verharrte einen Moment und versuchte, den Zeigestock nach oben aus dem Wasser zu strecken. Er traf den gekachelten Boden und es gab ein dumpfes Poltern. Er drehte sich erneut, dieses Mal in die andere Richtung, versuchte es wieder. Er stieß auf einen Widerstand, der Stock knackte und zerbrach an der Beckenwand. Ein Glücksgefühl durchströmte ihn. Es gab kein Oben mehr und kein Unten, so fühlte sich die Schwerelosigkeit an, so war es, durch den Weltraum zu gleiten! Die Luft ging ihm aus, aber er wollte das Nichts auskosten und blieb unter Wasser, die Augen geschlossen, eine angenehme Wohligkeit breitete sich in ihm aus. Der Raum war verzerrt und auch die Zeit, er glitt durch die Schwärze, eine Ahnung von Ewigkeit überkam ihn. Dann rebellierten seine Lungen, er musste husten, schluckte Wasser, tauchte auf, rang nach Luft. Ihm war noch schwindliger als zuvor und er brauchte mehrere Versuche, bis er den Beckenrand zu fassen bekam und sich hinausstemmen konnte. Die Ergebnisse des Experiments mussten notiert werden, so schnell wie möglich.

Nass wie er war, zog sich er sich die Kleidung über. Auf dem Weg in den ersten Stock musste er sich am Treppengeländer festhalten. Ihm kam der Verdacht, dass eine Flasche Wein zu viel für ihn gewesen sein könnte. Unvermittelt fiel ihm das Fräulein aus dem Burenwirtshaus wieder ein. Er ärgerte sich maßlos, ihr bei ihrer letzten Begegnung nicht die Meinung gesagt zu haben. Noch am selben Abend hätte er hingehen und sie auffordern sollen, sich bei ihm zu entschuldigen, die Sache wäre erledigt gewesen. So aber blieb das Fräulein ein ungelöstes Problem. Er stolperte die Treppe wieder hinunter und machte sich auf den Weg in die Altstadt.

Obwohl das Frühjahr bald anbrach, war es die letzten Tage noch einmal kälter geworden und er fror, weil er in der Eile vergessen hatte, seinen Mantel überzuziehen. Als er endlich am Burenwirtshaus ankam, hoffte er auf einmal, die Tür wäre wieder verschlossen. Vorsichtig drückte er die Klinke hinunter. Die Tür öffnete sich. Er sah sie sofort. Sie stand hinter der Theke und spülte Krüge und Gläser, mit hochgekrempelten Ärmeln. Sein Blick folgte den schnellen, geübten Bewegungen ihrer schlanken Arme: Wie sie einen Krug griff, ihn in das Seifenbad tauchte, das Glas mit einem Lappen auswischte, es zum Abtropfen einmal schwenkte, noch einmal wischte, mit dem Handtuch darüberfuhr und den Krug schließlich neben den Zapfhähnen abstellte. Plötzlich schaute sie auf und zu ihm herüber. Hastig trat er nach draußen und schloss die Tür hinter sich. Einen Moment blieb er unschlüssig stehen. Dann machte er kehrt und lief zurück ins Spital.

Er krümmte sich und es schüttelte ihn, heiß kam die Luft aus seinen Lungen. Wenn er hustete, spuckte er Blut und es war, als würde ihm der Brustkorb zerbersten. Schmerz fuhr ihm durch die Knöchel, die Knie, die Hüfte hinauf und den Rücken entlang bis in den Kopf, der Schmerz drückte von innen gegen Augen und Ohren. Verschwommen sah er das Krankenzimmer im Schein der Lampen. Ununterbrochen brannten die Lampen, es musste Nacht sein. Wie lange war schon Nacht? Manchmal beugte sich jemand zu ihm herab, mal schien es die Mutter zu sein, mal der Vater. In seinen Ohren rauschte es, reißend floss die Kokel, es stürmte. Aus der Ferne hörte er ihre Stimmen, vom Ufer her riefen sie ihm etwas zu. Die Worte klangen fremd, sie redeten in fremden Sprachen. Riefen sie nach ihm? Er öffnete den Mund und hörte Laute, seine Gedanken bildeten keine Sätze, da war ein A und dann war da ein O, niemand beugte sich hinab. Nur, wenn es rot aus ihm herauskam, waren da noch Gesichter. Immer wieder dieses Blut, es lief aus seinem Mund, lief aus der Nase, er hustete und spie es aus. Die Kokel floss. Da, das Boot, es schaukelte in den Wellen. Ein Seil hing vom Heck herab, er griff danach, es glitt zwischen seinen Fingern hindurch. Plötzlich Dunkelheit. Die Lampen aus, die Nacht ganz da. Nur noch Geräusche. Stimmen, Klirren, Klackern, Plätschern, Ticken, Scheppern, Summen, Rauschen. Langsam abnehmend. Adolfs Trompete von irgendwoher. Jemand hob seinen Arm. Oder war es das Bein? Das Bein war vorne, der Arm unten. Oder war es umgekehrt? Wo war der Boden? Sank er hinab oder war alles angehoben? Niemand hielt ihn fest.

Als er die Augen öffnete, blickte er in das Gesicht des Vaters. Es war hell, die Sonne schien herein. Der Vater schaute auf seine Taschenuhr. »Achtundsechzig Stunden«, sagte er. »Erstaunlich langer Verlauf für eine Grippe.«

Die Worte klangen weit entfernt. Hermann versuchte, sich im Krankenbett aufzurichten, aber ihm fehlte die Kraft. Der Vater stand auf und wanderte im Zimmer auf und ab. »Die Operation war unkompliziert. Eine verpasste Möglichkeit.« Das Sonnenlicht schien dem Vater ins hagere Gesicht, die Falten um Augen und Mund warfen tiefe Schatten. Für einen Moment sah er aus wie ein alter Mann. »Das hier soll ich dir von Csallner geben.« Der Vater legte einen aufgerissenen Umschlag vor Hermann auf die Bettdecke.

Mühsam griff Hermann danach und zog das Schreiben heraus. Die Schrift war verschwommen, er musste die Augen zusammenkneifen, um sie lesen zu können. Nach und nach setzten sich Worte und Sätze zusammen. »Ungeeignet«, stand da. »Raketen fliegen nicht weiter als sieben Kilometer. Ein Fehler ist bei der sprichwörtlichen preußischen Gründlichkeit, mit der auch unsere Stelle arbeitet, ausgeschlossen.« Matt ließ Hermann das Schreiben sinken. Erst langsam begriff er.

Der Vater schaute ihn an. »Du solltest Medizin in Klausenburg studieren«, sagte er. »Die Universität ist nur ein paar Stunden mit dem Zug entfernt. Du könntest öfter herkommen und Operationen übernehmen.« Der Vater nickte, als wollte er sich selbst bestätigen. Hermann schloss die Augen. Seine Lider färbten sein Blickfeld rot. Er öffnete den Mund, atmete ein. Seine Lungen brannten, er musste husten. Dann öffnete er die Augen wieder und sah den Vater fest an. »Ich gehe nicht nach Klausenburg, Vater. Ich werde Physik studieren!«

Es war ein Abend kurz vor Frühlingsbeginn, als Hermann das Spital verließ. Der Schnee schmolz schon und nur kleine, weiße Inseln lagen noch auf den Kieswegen. Hermann ging die Straße entlang, am Spital vorbei, am Elternhaus, entlang der Kokel in Richtung der Altstadt, wo aus der Burgmauer die alten Zunfttürme ragten. Er würde es allen beweisen. Dem Vater, aber vor allem den Preußen. Schon möglich, dass eine Pulverrakete nicht weiter flog als bloß sieben Kilometer – seine Flüssigkeitsrakete aber könnte viele tausende Kilometer fliegen, sie könnte England problemlos erreichen. Die Deutschen hätten gewinnen können, aber sie glaubten ihm nicht. Und so würde der Krieg andauern und die Kugeln würden weiter fliegen und es blieb nur die Hoffnung, dass nicht zu viele davon die armen Soldaten, die jetzt noch im Schlamm hockten, erwischten. Eines Tages aber würde man schon noch begreifen, dass diese Rakete möglich war. Und wenn er erst eine Weltraumrakete bauen musste, um sie davon zu überzeugen.

Er erreichte das Burenwirtshaus. Wie jeden Samstag spielte die Kapelle, er hörte sie bereits von draußen. Er stieg die Stufen hinauf, öffnete die Tür und trat ein. Neben der Garderobe war ein Tisch mit freien Stühlen. Sakkos hingen über den Rückenlehnen, halbleere Gläser standen herum. Er setzte sich. Es war laut wie immer und es stank wie immer. Trotzdem blieb er sitzen. Die junge Frau stand wieder hinter der Theke. Es gab gerade nichts zu tun und sie sah den Tanzenden zu. Ein Mann beugte sich zu ihr und sagte etwas, sie warf lachend den Kopf zurück. Wie harmlos sie lachte. So sah man ihr die Unverschämtheit überhaupt nicht an. Hermann wollte aufstehen und zu ihr hinübergehen, doch etwas drückte ihn nieder. Ein Kellner fragte, ob er etwas trinken wolle, er lehnte ab. Noch einmal zwang er sich aufzustehen. Da drüben stand sie, nicht einmal zehn Meter entfernt. Eine gerade Linie, die er einfach nur entlanglaufen musste. Er machte einen Schritt vorwärts. Und dann noch einen. Und noch einen. Er stieß jemanden an, ein Mann schimpfte, Bier ergoss sich über seinen Arm. Noch ein Schritt. Und noch ein Schritt. Tanzpaare stolperten beiseite, weil er ihren Walzer störte. Endlich stand er vor ihr und sie sah ihn an. Er stemmte die Hände in die Hüften. Sie lachte.

»Wollen Sie tanzen?«

SIEBEN

Hermann heiratete Tilla im letzten Kriegssommer. In der Hochzeitsnacht stieg er mit ihr zu Hause hinauf in den ersten Stock, vorbei am Schlafzimmer der Eltern und am offenen Zimmer seines Bruders. Er schaute auf das leere Bett, den aufgeräumten Schreibtisch, die sauberen Dielen. Ihm war beklommen zumute, aber dann spürte er Tillas warme Hand in seiner und ließ sich von ihr weiterführen.

Als sie schließlich in ihrem geblümten Hochzeitskleid auf seinem Bett lag, stand er unsicher vor ihr und knetete die Daumen in den Hosentaschen. Er wusste, was zu tun war, aber wie tat man es genau? Um Zeit zu gewinnen, schaute er durch das Fenster in den wolkenverhangenen Nachthimmel. Tilla stand wieder auf und zog ihm langsam das Sakko aus. Sie küsste ihn und knöpfte sein Hemd auf. Er hielt ihrem Blick nicht stand. Sie fasste ihn am Handgelenk und zog ihn auf die schmale Matratze. Sie führte seine Hände zu ihrer Hüfte und gemeinsam streiften sie ihr Kleid ab. Nebenan quietschte das Bett der Eltern, im Flur heulte der Wind durch das offene Fenster und die Tür zu Adolfs Zimmer schlug auf und wieder zu.

Tilla öffnete seinen Gürtel und zog ihm die Hose aus. Nun lagen sie nackt nebeneinander. Sie sah ihn erwartungsvoll an und er schaute schnell auf das Kissen, als wäre dort etwas, das seine ganze Aufmerksamkeit erforderte. Tilla schlang ihre Arme um ihn und drückte ihn an sich. Er spürte ihren weichen Busen, doch es gelang ihm nicht, die Umarmung zu erwidern. Tilla hielt ihn fest und er lag da und wartete darauf, dass der Moment endlich vorüberging. Nach einer Ewigkeit ließ sie ihn los. »Es hat ja keine Eile«, sagte sie leise.

Tilla war die Tochter von Baumeister Hummel, den die Schäßburger einst den Stottermönch getauft hatten. Der Baumeister hatte lange ein Junggesellenleben geführt und war täglich nach der Arbeit alleine in die Klosterkirche gegangen. In einer der hinteren Sitzreihen hatte er das Glaubensbekenntnis aufgesagt. Jedes Wort war wie ein Kampf für ihn gewesen, ein Ringen mit Pontius und Pilatus, mit dem Kreuzigen und Begraben, und doch ging er nie heim, bevor er das Gebet zu Ende gebracht hatte.

Als der Baumeister bald dreißig Jahre alt war, zog er nach Mediasch, um bei Reparaturarbeiten an der Margarethenkirche zu helfen. Alle in Schäßburg waren überrascht, als er ein halbes Jahr später zurückkam und die Tochter eines Kürschners bei ihm war. Sie war sehr jung und hatte ein fröhliches Gesicht, leicht konnte man übersehen, dass sie auf einem Auge erblindet war. Als Kind war sie mit einer Stricknadel ihrer Großmutter in der Hand gestürzt: Das Auge habe sie dabei verloren, sagte sie lächelnd. Aber das Sehen gewonnen. Nie hatte man den Stottermönch ein Wort klarer sagen hören als das Ja bei der Trauung.

Tilla erlebte eine glückliche Kindheit mit ihren beiden älteren Schwestern, Marie und Auguste, und ihrem Bruder Eduard. Sie bewohnten ein altes Bauernhaus am Stadtrand mit einem herrlich verwilderten Garten und einem Dachboden, auf dem es spukte. Nachts hörten die Kinder in ihren Betten die Holzbalken über sich knarren und erzählten einander schaudernd, dort treibe ein Poltergeist sein Unwesen. Selbst tagsüber trauten sie sich kaum hinauf, und wenn sie es doch einmal wagten, hielten sie es nicht lange aus im trüben Zwielicht, in dem kleine Schatten und Lichter hin und her huschten. Als Tilla vier Jahre alt war, stand sie in einer Nacht auf und stieg alleine auf den Dachboden hinauf. Zitternd saß sie in der Dunkelheit, hörte das geisterhafte Klopfen auf den Balken um sich herum, roch das morsche Holz und blieb doch sitzen unter dem kleinen Dachfenster, durch das schwach der Mond hereinschien. Am nächsten Morgen fand der Vater Tilla auf den staubigen Dielen, eingewickelt in ein altes Kleid ihrer Großmutter, wie sie selig schlief. Von da an hatten auch ihre Geschwister keine Angst mehr vor dem Dachboden.

Häufig unternahm die Familie Wanderungen in den Wäldern im Süden der Stadt. Manchmal kamen sie bis nach Schaas, wo die Wusch hindurchfuhr. Tilla rannte mit ihren Geschwistern durch die hohen Gräser, sammelte Käfer und Schmetterlinge. Sie zeigte die Insekten dem Vater und der staunte darüber, sagte aber nur selten etwas. Er vermied es, vor seinen Kindern zu stottern, und pfiff stattdessen Lieder. Tilla liebte es, wenn er *Äm Hontertstreoch* anstimmte und sie und ihre Geschwister mitsangen. Die Mutter kannte sich aus mit den Käfern. Sie brachte ihnen bei, dass der Feldsandläufer mit dem schimmernden Panzer ein geschickter Jäger war und der Eichenbock, daumengroß und mit langen Fühlern, sich in die Stämme alter Bäume fraß und dort am Rindensaft leckte. Tilla verstand nicht alles, was die Mutter ihr erklärte, aber es war schön, ihr zuzuhören. Die seltsamen Namen der Tiere klangen wie aus einer fremden Welt.

Als Tilla zwölf Jahre alt war, wurde die Mutter sehr krank. Sie wurde ins Spital eingeliefert und der Vater ging nach Feierabend nicht mehr in die Kirche und saß stattdessen am Bett seiner Frau und hielt ihre kraftlose Hand. Einmal war Tilla mit ihren Geschwistern dabei. Die Mutter musste heftig husten, ihr Körper wurde geschüttelt von Krämpfen, sie rang nach Atem. Der Anfall hörte nicht auf und als er endlich doch vorüber war, sank die Mutter auf die Matratze, lag da und starrte an die Decke, der fröhliche Ausdruck ganz fort. Nur das blinde Auge mit dem milchigen Schleier zuckte noch.

Nach dem Tod seiner Frau ging der Stottermönch nicht mehr in die Kirche. Er arbeitete nun immer bis tief in den Abend hinein. Am Stundturm lahmte das Uhrwerk mit den Holzfiguren und er bekam den Auftrag, es zu reparieren. Noch nach Sonnenuntergang kletterte er vor dem Ziffernblatt herum, schraubte und hämmerte, richtete den Kasten mit dem Krieger und den anderen Figuren aus.

Eines frühen Morgens fanden die Marktfrauen den Baumeister auf den Pflastersteinen vor dem vierzig Meter hohen Turm. Wie genau es zu dem Unfall gekommen war, konnte später keiner sagen. Fest stand nur, dass das Uhrwerk fehlerfrei funktionierte, ohne dass ein weiterer Griff getan werden musste.

Tilla hatte Hermann von ihrer Familie erzählt, als sie nach ihrem Tanz im Burenwirtshaus miteinander spazieren gegangen waren. Hermann war erleichtert darüber gewesen, denn er hatte selbst vor Aufregung nichts zu sagen gewusst. Auch beim zweiten und beim dritten Treffen war das noch so gewesen, beim vierten aber wollte Tilla dann doch wissen, womit er eigentlich seine Zeit verbringe. Hermann erzählte ihr vom Spital, vom Krieg, von seinem Bruder und nach einer Weile war es nicht länger zu vermeiden, dass er auch von der Rakete sprach. Er fürchtete, sie zu langweilen, und redete deshalb viel zu schnell, stotterte, nannte Begriffe, die Tilla gar nicht kennen konnte. Doch sein Gestammel schien sie überhaupt nicht zu stören. Im Gegenteil, sie wollte immer mehr von ihm hören und stellte unzählige Fragen.

Er erzählte ihr, wie sehr er davon träume, nach dem Krieg in Deutschland zu studieren. Wie großartig müsse Göttingen sein! Viele große Wissenschaftler würden dort arbeiten und lehren. Hilbert, Prandtl, Zsigmondy, so viele.

»Sie wollen fort von hier?« Tilla blieb stehen.

»Nur für das Studium«, sagte er eilig. »Danach will ich wieder hierher zurück.«

Tilla bückte sich, hob einen Stein auf. Er wartete. Sie spielte mit dem Stein herum. »Sagen Sie, haben Sie eigentlich nichts Gescheiteres zu tun, als mit mir spazieren zu gehen?«, fragte sie, den Blick ganz auf den Stein geheftet.

»Also, wenn Sie das noch einmal sagen, komme ich gar nicht mehr«, entfuhr es ihm. Sofort war es ihm unangenehm, doch Tilla warf den Stein ins Gebüsch und kam hinterher. Schnell sprach er über etwas anderes. »Im Übrigen begrenzt die Thermodynamik die maximale Ausströmgeschwindigkeit auf einen theoretischen Wert.«

»Thermodynamik?«

»Die Energie in einem geschlossenen System ist konstant. Und die Entropie nimmt immer weiter zu.«

»Die Entropie?«

»Das Maß an Unordnung im System.«

»Das heißt, die Welt wird immer chaotischer?« Tilla lächelte, als würde ihr der Gedanke gefallen. Sie stellte weitere Fragen, doch nur selten halfen ihr seine Antworten. Nach einer Weile bekam er das Gefühl, sie fragte bloß, um ihn reden zu hören. Tagelang zerbrach er sich den Kopf, woran das liegen mochte, und nachdem er eine Weile gegrübelt hatte, blieb nur ein einziger Grund übrig: Tilla mochte ihn. Das verstörte und beglückte ihn gleichermaßen, aber es erschien ihm auch so unwahrscheinlich, dass er lieber noch ein paar Tage länger darüber nachdachte, um ganz sicherzugehen. Doch er fand keine andere Lösung, also blieb ihm nichts anderes übrig, als sie mit der Wirklichkeit zu konfrontieren. Noch nie war er sich einer Theorie so unsicher gewesen. Er fürchtete sehr, sie könnte sich als haltlos erweisen, und als er schließlich an der Siechhofbrücke vor Tilla auf die Knie ging, war er überzeugt, dem peinlichsten Fehler aufzusitzen, der ihm je unterlaufen war. Doch Tilla zog ihn zu sich hoch und auf einmal berührten ihre Lippen seine. Und er erlebte zum ersten Mal, wie schön es war, eine Theorie in der Praxis bestätigt zu wissen.

Als er aber Tilla seinen Eltern vorstellen wollte, tauchte sie nicht auf. Vergeblich wartete er an ihrem Treffpunkt bei der Klosterkirche. Eine halbe Stunde verstrich, schließlich eine ganze, und Tilla kam einfach nicht. Er machte sich auf die Suche und fand sie in ihrem kleinen Modesalon oben in der Altstadt, den sie sich mit dem Erbe ihres Vaters eingerichtet hatte. Sie bearbeitete gerade ein Stück Leinenstoff und blickte nicht auf, als er eintrat. Unsicher blieb er im Eingang stehen. »Warum bist du nicht gekommen?«

Tilla strich den Stoff glatt und griff zu einer Schere.

»Ich wollte dich doch heute meinen Eltern vorstellen.«

»Verflucht! Jetzt habe ich mich verschnitten«, schimpfte sie und sah ihn endlich an.

»Entschuldigung«, sagte er leise.

»Sag mal, hast du nichts Besseres zu tun, als dich mit mir abzugeben?«, rief sie. »Du bist der Sohn vom berühmten Spitaldirektor und ich bin ein einfaches Mädel. Was soll denn das werden?«

»Dann ist er eben mein Vater.«

»Er und deine Familie erwarten etwas anderes!«

»Es ist mir egal, was meine Familie erwartet.« Hermann machte einen Schritt in den Laden hinein.

»Das ist ja noch schöner! Dir ist deine Familie egal«, rief Tilla.

»So habe ich das doch gar nicht gemeint.«

»So hast du es aber gesagt. Deshalb willst du auch in Deutschland studieren. Weil dir alle hier egal sind.«

»Ich will doch danach zurück! Außerdem kann ich auch den Menschen hier mit der Rakete helfen.«

Tilla lachte auf. »Wem soll eine Weltraumrakete helfen?«

»Es kann ja auch eine Raketenwaffe sein. Deutschland wäre so stark gerüstet, dass niemand mehr einen Krieg wagt.«

»Um Himmels willen! Da ist mir ja deine Weltraumrakete noch lieber.«

»Wenn es Raketenwaffen gäbe, hätte dein Bruder Eduard nicht sterben müssen.« Hermann stockte. »Und Adolf auch nicht.«

Tilla betrachtete ihn schweigend. Dann seufzte sie, legte die Schere beiseite und kam zu ihm herüber. Sie zog ihn auf ein altes Sofa neben der Anprobe. »Du vermisst deinen Bruder wohl sehr.«

Hermann nickte. Wie oft hatte er seit dem Tod von Adolf geträumt? Erschreckend wirklich waren diese Träume, in denen er seinen Bruder am Kokelufer oder auf dem Siechhofberg wiedertraf; immer war Adolf dann vollkommen stumm, doch nie wich er von seiner Seite. Wenn Hermann später erwachte, war es, als wäre sein Bruder ein weiteres Mal gestorben.

»Meine Schwester und ich sprechen oft über Eduard«, sagte Tilla. »Er war wie unser Vater, fromm und fleißig.« Sie nahm Hermanns Hand und eine Weile saßen sie schweigend nebeneinander. Schließlich stand Tilla auf. »Ich werde jetzt nach Hause gehen.« Hermann ließ den Kopf sinken. Er wusste nicht, was er ihr noch sagen sollte. Sie deutete auf ihre Schürze. »Etwas anderes anziehen. So kann ich deinem Vater ja wohl kaum unter die Augen treten.«

Der Vater sagte nicht viel, doch sein Gesicht verriet Erleichterung. Womöglich hatte er befürchtet, Hermann würde niemals eine Frau finden, und Hermann war froh, dem Vater zumindest diese Enttäuschung ersparen zu können. Über das Physikstudium hatten sie seit der Grippe nicht mehr gesprochen. Damals im Krankenzimmer hatte Hermann heftigen Widerspruch erwartet, eine Zurechtweisung, eine Bestrafung – all das war ausgeblieben. Der Vater hatte genickt und sich abgewendet. Den geschlagenen Ausdruck in seinem Gesicht hatte er jedoch nicht verbergen können. So als habe er längst geahnt, dass er einen Kampf geführt hatte, den er nie würde gewinnen können. Plötzlich hatte er Hermann leidgetan. Er würde den Wunsch des Vater nicht erfüllen können, weil er sich seinen eigenen erfüllen musste, und er ahnte, welchen Schmerz das für den Vater bedeutete. Diese Wunde würde kein Arzt der Welt heilen können und darüber zu sprechen, hieß bloß, sie weiter aufzureißen. Also schwiegen sie beide.

Nach der Hochzeit fiel es Tilla leicht, die Stille daheim zu vertreiben. Sie erzählte viel von der Schneiderei. Ihre Schwestern würden auch bald heiraten und sie würde ihre Brautkleider nähen. Sie plane ein Arrangement aus Tracht und Mode, erzählte sie beim Abendessen, der Stoff sächsisch mit grünen und weißen Blüten, aber der Schnitt eng und tailliert. Die Mutter nickte. Das klinge wirklich schön. Tilla lud sie ein, ihr im Modesalon bei der Arbeit zu helfen, und die Mutter lächelte dankbar.

Überhaupt saßen die beiden oft zusammen. Tilla zeigte der Mutter ihre Kleider und sie diskutierten darüber. Hin und wieder senkten sie die Stimmen und man konnte nicht verstehen, was sie redeten. Manchmal kicherten sie leise. Einmal blieb Hermann im Flur stehen und versuchte zu hören, was sie besprachen. Das Getuschel verstummte. »Ist etwas?«, fragte Tilla ihn.

Er schüttelte den Kopf und erst als er weiterging, setzten sie ihr Gespräch fort.

Auch sonst veränderte sich mit Tillas Einzug das Haus. An einem Feierabend stand der Vater stirnrunzelnd in der Stube. »Warum steht der Esstisch am Fenster?«

»Tagsüber scheint die Sonne herein«, erwiderte Tilla vergnügt. »Wenn man rechtzeitig von der Arbeit heimkommt, merkt man das auch.« Der Vater brummte etwas in seinen Bart, setzte sich dann aber doch und aß seine Kartoffelsuppe.

Vor dem Schlafengehen arbeitete Hermann oft noch am Schreibtisch an seinen Gleichungen. Während er grübelte, saß Tilla im Bett daneben und skizzierte Schnitte. Hin und wieder ließ sie den Stift sinken und fragte ihn, woran er gerade arbeite. Er schaute auf. »An der Trajektorie. Die Gravitation ist reziprok proportional zum Quadrat des Abstandes zweier Körper und der Luftwiderstand steigt mit dem Quadrat der Geschwindigkeit.« Tilla bat ihn, noch einen solchen Satz zu sagen. Er kam sich veralbert vor.

»Nein, nein«, sagte Tilla. »Ernsthaft. Ich verstehe kein Wort und gerade deshalb fühle ich mich wie im Weltraum.«

Hermann fragte, was das denn nun bitte schön heißen solle.

Tilla lächelte. »Es liegt etwas Schönes darin, eine Sache nicht zu verstehen. Und damit du das lernst, werde ich das nun nicht weiter erklären.«

Später im Bett drängte Tilla sich an ihn. Er wollte sie nicht wieder enttäuschen. Er versuchte, ihr Nachthemd zu öffnen, doch er kämpfte mit den Knöpfen, sie passten nicht durch die Löcher. Endlich gelang es ihm doch. Tillas Oberkörper lag frei. Er sah die weißen Brüste vor sich und wusste plötzlich nicht weiter. Er wartete darauf, dass Tilla etwas tat. Sie legte sich auf ihn und führte seine Hände ihren Körper entlang, küsste ihn, ließ seine Hände wieder los. Er wusste nicht, wohin damit. Er ließ sie auf ihrem Rücken ruhen und versuchte, sich zu konzentrieren. Eine Weile lagen sie still aufeinander. Schließlich stieg Tilla von ihm herunter. Leise fragte sie ihn, ob es denn prinzipiell funktioniere. Davon gehe er aus, erwiderte Hermann kurz. Tilla sah ihn ernst an. »Das musst du doch wissen.«

Hermann errötete. »Ich weiß es.«

»Dann wird es schon werden.« Sie streichelte seine Wange und er schämte sich nur noch mehr.

Am nächsten Morgen erwachte er sehr früh. Draußen war es noch dunkel. Seine Blase drückte. Er wollte aufstehen, doch er spürte die Härte im Schritt und sank fluchend auf die Matratze zurück. Er musste warten. Ihm kam eine Idee. Diese Gelegenheit galt es zu nutzen, bevor sie verstrich. Er rückte näher an Tilla heran. Sie gähnte. »Was ist denn?«

»Ich bin bereit.« Hermann nestelte an ihrem Nachthemd.

»Wie bitte?«

Hastig umfasste Hermann ihre Hüfte. Tilla fragte ihn, ob das sein Ernst sei. Er legte sich auf sie und erklärte ihr mit glühenden Ohren, ihn überkomme es gerade einfach.

»Es ist noch so früh«, stöhnte Tilla. »Kann das nicht bis zum Sonnenaufgang warten?«

Hermann erwiderte, er könne kaum an sich halten. Tilla seufzte und zog ihn an sich. Hektisch suchte Hermann. Tilla half ihm. »Gute Güte«, sagte sie. »Es scheint wirklich dringend zu sein.«

Hermann war selbst überrascht, wie schnell es plötzlich ging. Als es vorüber war, rollte er sich aus dem Bett und eilte zur Tür. Die Klinke in der Hand, schaute er zufrieden zu Tilla. »Hat es dir denn auch gefallen?« Tilla zog sich die Decke unters Kinn. »Aber natürlich«, sagte sie und hatte die Augen schon wieder geschlossen. »Schöner hätte ich es mir nun wirklich nicht ausmalen können.«

Im November 1918 war der Krieg endlich vorbei. Die Mittelmächte und mit ihnen die Deutschen und Österreicher hatten ihn verloren und in Siebenbürgen herrschte große Unsicherheit, was kommen mochte, als Anfang des neuen Jahres die Friedensverhandlungen in Paris begannen.

Hermann wollte keine Zeit verlieren. Die Grenzen waren noch geschlossen, also zog er zunächst einmal für sein Physikstudium nach Klausenburg. Die Hochschule war noch rückständiger, als er befürchtet hatte. Physik wurde dort Philosophie II genannt, die Vorlesungsstoffe waren veraltet, die Professoren kannte niemand. Alle paar Wochen fuhr er heim, um Tilla zu besuchen. Jedes Mal war ihr Bauch runder und sie freute sich mehr, dass sie bald eine Familie sein würden.

Als er Anfang Mai nach Hause kam, war die Stube voll mit Menschen. Die Eltern waren da, Tillas Schwestern, Marie und Auguste, und Tilla selbst saß blass in einem Sessel und lächelte. Er brauchte ein paar Augenblicke, bis er begriff. Das Herz klopfte ihm, als er sich über das Bündel in ihren Armen beugte. Tilla fragte ihn, ob er Julius auch einmal halten wollte, und reichte ihm das Kind, ohne seine Antwort abzuwarten. Er nahm es entgegen und versuchte umständlich, den kleinen Kopf zu stützen. Er schaute in das Gesicht seines Sohnes. Julius war anders als die Neugeborenen, die er sonst kannte; er kreischte nicht, sondern war ganz still. Nur sein flacher Atem aus dem halbgeöffneten Mund war zu hören, auch waren die schwarzen Augen weit geöffnet, obwohl sie doch eigentlich noch fast blind sein mussten. Er trug einen nachdenklichen Ausdruck im Gesicht, fast konnte man den Eindruck bekommen, als suchte er nach einem Grund, warum er in diese Welt geworfen worden war. Hermann liebte seinen Sohn sofort. Unsicher wiegte er ihn ein paarmal in den Armen und war erleichtert, als Tilla ihn wieder zu sich nahm. Sie sah ihn erwartungsvoll an und er sagte eilig, er sei sehr stolz.

»Verständlich«, erwiderte sie. »Bei deinem großartigen Beitrag dazu.«

Im Sommer schließlich unterzeichneten Deutschland und Österreich in Versailles und Saint-Germain die Verträge. Österreich-Ungarn war zerbrochen, Siebenbürgen würde zu Rumänien gehören. Die Donaumonarchie, in der Hermann aufgewachsen war, gab es nicht mehr. Aus der Universität Klausenburg würde nun eine rumänische Hochschule. Hermann erklärte Tilla, da bleibe ihm tatsächlich gar nichts anderes übrig, als nach Deutschland zu gehen. Sie sah ihn mit hochgezogenen Brauen an. »Du sprichst doch schon etwas Rumänisch.«

»Aber nicht so gut wie Deutsch.«

»Das heißt, wäre die Universität Klausenburg deutsch geblieben, würdest du hierbleiben?«

Er schwieg.

»Eben.«

Der Weg nach Deutschland war mühsam. Viele Züge fielen aus, weil die Bahngleise im Krieg zerstört worden waren. Hermann musste im schwülen Spätsommer an der Donau entlang durch die zerfallene Monarchie wandern. Er gönnte sich keine Pause. Erst spätabends kehrte er in Herbergen ein, die überfüllt waren mit Flüchtlingen aus dem Osten. Die Luft war schlecht und aufgeheizt, und auf den Strohsäcken, die als Matratzen dienten, stach er sich die Blasen an den Füßen auf.

Nach zwei Wochen kam er bei Salzburg endlich an der deutschen Grenze an. Erschöpft reichte er dem Grenzbeamten seinen Pass. Der warf einen Blick darauf und schüttelte den Kopf. »Sie können wieder umkehren. Ausländer dürfen nicht einreisen.«

»Ich komme aus Siebenbürgen.«

»Eben«, sagte der Beamte. »Sie sind Rumäne.«

»Aber ich bin doch Volksdeutscher! Die Siebenbürger Sachsen kommen aus Deutschland. Im Krieg habe ich für Österreich an der Seite der Deutschen gekämpft. Hören Sie doch, ich spreche Deutsch!«

Der Beamte zuckte mit den Schultern. Die Siebenbürger Sachsen hätten Deutschland vor über siebenhundert Jahren verlassen und auch die Donaumonarchie gebe es nicht mehr. In Paris seien Verträge unterschrieben worden. Rumänien sei jetzt Großrumänien und Hermann damit kein Deutscher, kein Österreicher – sondern Rumäne. Fassungslos sank Hermann auf seinen Koffer. In diesem Moment wünschte er sich, er hätte Tillas Schlagfertigkeit. Wäre sie an seiner Stelle gewesen, mit dem schmerzenden Rücken und den blutigen Füßen, ihr gegenüber dieser bornierte Beamte – sie hätte die richtigen Worte gefunden. Und auf einmal war Hermann, als könne er ihre Stimme förmlich hören. »Und wenn Siebenbürgen überflutet worden wäre?«, fragte er. »Was wäre ich dann? Ein Fisch?«

Der Beamte musterte ihn stirnrunzelnd, schaute wieder in den Pass. Er zog eine Schublade auf, holte ein Dokument heraus, lächelte schließlich. Er drückte einen Stempel in Hermanns Pass. »Na, dann kommen Sie mal an Land.«

Endlich war er in Göttingen. Was für eine Stadt! Fachwerkhäuser ragten auf, das Rathaus groß wie ein Schloss, und auf dem Marktplatz unzählige Stände. Es roch nach Erdbeeren, Leder und Fisch zugleich, die Turmspitze der St.-Jacobi-Kirche stieß durch die Wolkendecke hindurch in den Abendhimmel. Auf den Gehsteigen spazierten zahllose junge Menschen, Studenten in Anzügen, die lautstark miteinander diskutierten, ein einziges Stimmengewirr, das sich mit dem Klappern der Kutschen mischte, die über das Pflaster rollten. Auf der Brücke über den Leinekanal hörte Hermann ein lautes Röhren hinter sich, und Augenblicke später fegte ein Automobil mit offenem Verdeck vorbei.

Die Luft füllte sich mit Abgasen und dem Geruch von Benzin. Hermann schaute dem Wagen hustend hinterher. Wie wunderbar war Göttingen!

An der Universität durchforstete er die Aushänge nach Wohnungsanzeigen und machte sich auf die Suche nach einer Unterkunft. Viel gab es nicht, das Semester hatte schon begonnen.

Endlich ließ ihn eine Witwe ein. Sie war redselig und tischte ihm Kohlsuppe auf. Die Suppe roch übel, aber Hermann war nach der langen Reise hungrig und aß. Die Alte erzählte vom Krieg. Der Serbe sei an allem schuld, klagte sie. Wäre der Serbe nicht so gierig gewesen, der Franzose hätte ihr im Krieg nicht den Gatten und den Sohn genommen. Sie begann laut zu weinen, es war sehr unangenehm. Hermann dachte an Adolf und löffelte eilig seine Suppe hinunter. Die Frau führte ihn in das Kinderzimmer ihres Sohnes. Es war winzig. Neben Bett, Kommode und einem kleinen Tisch blieb kaum Platz zum Stehen. Hermann ließ müde die Koffer sinken. »Ich nehme es.«

Die Alte sah ihn prüfend an. »Ungewöhnlich, die harte Aussprache mit dem rollenden R. Woher kommen Sie?«

»Aus Siebenbürgen.« Hermann inspizierte das von Holzwürmern durchsiebte Tischchen.

Die Witwe verschränkte die Arme. »Ein Rumäne also.«

»Eigentlich ein Volksdeutscher.«

»Aber Siebenbürgen gehört doch zu Rumänien.«

»Seit Kriegsende. Davor hat es zu Österreich-Ungarn gehört. Dort leben viele Deutsche.«

»Aber Sie sind Ausländer.«

»Und wenn Siebenbürgen überflutet worden wäre, wäre ich dann ein Fisch?«

Die Alte sah ihn dumpf an. »Einen Kerl vom Balkan will ich nicht in der Wohnung.« Sie wischte sich die Hände an der Schürze ab und warf ihn hinaus.

Bis tief in den Abend lief er durch die Straßen, bald brannten die Laternen, dazu die Blasen an seinen Füßen.

Er fand Unterkunft in einer Herberge neben den Bahngleisen. Im Schlafsaal standen die Hochbetten eng an eng, davor lagen in stinkenden Haufen die Habseligkeiten der Gäste, ungewaschene Kleidung und halbleere Flaschen Schnaps. Im Schein der Petroleumlampen warfen Mücken monströse Schatten an die Wände, draußen donnerten Züge vorbei, drinnen grölten und rülpsten die Betrunkenen. Hermann tat kein Auge zu.

Doch die Göttinger Universität war es wert. Über die ganze Stadt verteilt standen modernste Institute: die Aerodynamische Versuchsanstalt von Prandtl, die Erdbebenwarte von Wiechert, das mathematische Institut mit Hilbert und Klein. Wallach hatte hier einen Nobelpreis gewonnen, von Laue hatte hier studiert und auch schon einen, Stark war Dozent gewesen und gerade ausgezeichnet worden – und es war absehbar, dass Nernst, Hertz und weitere bald folgen würden. Die riesige Bibliothek bei der Paulinerkirche schien unerschöpflich, sämtliche Werke gab es hier in den neuesten Ausgaben. Und überall die Studenten, die eifrig über alles Neue diskutierten, in den Instituten, vor den Hörsälen, auf den Straßen standen sie in ihren feinen Anzügen. Hermann legte den abgetragenen Anzug von seiner Hochzeit beiseite und ging in ein Bekleidungsgeschäft, um sich einen neuen zu kaufen. Die meisten waren furchtbar teuer, aber dann fand er doch einen, den er sich leisten konnte. Die Hosenbeine waren eine Spur zu lang und das Sakko an den Ärmeln etwas weit, aber er fühlte sich darin gleich viel wohler, als er die ersten Vorlesungen besuchte. Er hatte sich für so viele Seminare angemeldet, dass er es kaum von einem zum nächsten schaffte. Doch dass er sich dabei in der Eile wieder die Füße blutig lief, störte ihn überhaupt nicht.

Besonders David Hilbert beeindruckte ihn. Der Professor stand zwar immer leicht gebeugt vor der Tafel und redete stockend, aber seine Gedanken waren von so analytischer Klarheit und seine Beweisführung von einer solchen Eleganz, wie Hermann sie noch nie erlebt hatte. Hilberts Mathematik war gänzlich abstrakt, Vektorräume über Körpern komplexer Zahlen, unendlich viele Dimensionen und trotzdem abzählbar. Es war, als würde Hilbert die Welt entkleiden und ihr Gerippe offenlegen, die Bauteile vorführen, als wäre das Ganze bloß die Konstruktion eines äußerst raffinierten Ingenieurs. Hermann hatte das Gefühl, als würde er nicht einmal die Hälfte verstehen. Nach einer Vorlesung nahm er seinen Mut zusammen und ging nach vorne, um bei Hilbert nachzufragen. Der packte gerade seine Notizen zusammen. Hermann räusperte sich nervös. »Stimmt es, dass Funktionenräume auch in der Quantenmechanik wichtig sind?«

Hilbert schaute ihn kurz über seine Brille hinweg an und widmete sich dann wieder seinen Notizen.

Hermann errötete. Er musste etwas sehr Dummes gesagt haben.

Hilbert steckte die Notizen in seinen Koffer. »In der Quantenmechanik besitzt die Menge der möglichen Zustände des Systems die Struktur eines Vektorraums, der vollständig bezüglich der von seinem Skalarprodukt induzierten Norm ist.«

Hermann wurde schwindlig von dem Satz. Angestrengt versuchte er, ihn zu verstehen. »Das heißt, jede Linearkombination von Zuständen ergibt wieder einen physikalischen Zustand?«

»Korrekt.« Hilbert schloss seinen Koffer.

Hermann atmete auf. Eilig bedankte er sich und wandte sich zum Gehen.

»Haben Sie schon über eine Dissertation nachgedacht?«

Hermann blieb überrascht stehen.

»Aufbau der ebenen Geometrie ohne das Symmetrieaxiom – könnten Sie sich so etwas vorstellen?«

»Eigentlich möchte ich in Physik promovieren.«

»Ach so«, sagte Hilbert. »Da wünsche ich Ihnen viel Erfolg.« Sie verabschiedeten sich und Hermann meinte in Hilberts Gesicht Enttäuschung zu erkennen. Er konnte sich kein schöneres Kompliment vorstellen.

Immer öfter jedoch war Hermann in den Vorlesungen übermüdet und hatte Mühe, den Dozenten zu folgen. Der fehlende Schlaf setzte ihm zu, das Geschnarche und Gebrüll in der Herberge war unerträglich. Oft begab er sich schon im Morgengrauen nach draußen und setzte sich auf eine Bank, um ein wenig Ruhe zu finden.

Einmal saß er mit einem alten Türken zusammen, den er in der Herberge kennengelernt hatte. Hermann erzählte davon, dass die Deutschen ihn auf einmal für einen Rumänen hielten. Der Türke nickte. »Die Deutschen sind das Volk der großen Taten und der kleinen Seelen.«

»Nein, nein. Im Grunde beruht das nur auf Missverständnissen«, sagte Hermann.

»Glauben Sie mir«, sagte der Türke. »Jedes Volk hat eine starke und eine schwache Seite. Die starke Seite der Deutschen ist ihre Leistung. Die schwache ihr Charakter.«

»Sagen Sie das nicht. Ich bin eigentlich auch Deutscher.«

»Warum wollen Sie so gerne einer sein?« Der Türke schaute in den Morgenhimmel hinauf. »Ich hoffe, Sie sind keiner.«

Einmal wurde Hermann im Hörsaal von seinem Sitznachbarn wachgerüttelt. Erschrocken sah er auf. Es war still geworden, die Blicke waren auf ihn gerichtet. Vorne stand Professor Hertz und schaute ihn erwartungsvoll an. Er musste eine Frage gestellt haben. Eilig sah Hermann zur Tafel. Die Formel für die Arbeit längs einer Adiabaten war dort hergeleitet worden. Doch was hatte Hertz gefragt? Fieberhaft prüfte Hermann die Rechnung. Endlich entdeckte er den Fehler. »Der Index in der Summe ist falsch. Sie muss bei eins starten, nicht bei null.« Hertz trat an die Tafel und schaute auf die Formel. Dann griff er zum Schwamm und wischte. Der Sitznachbar beugte sich zu Hermann. »Hertz wollte eigentlich nur wissen, ob die Zustandsänderung reversibel ist.«

Nach der Vorlesung versammelten sich die Kommilitonen um Hermann. So eine Chuzpe müsse man erst mal haben! Sich ein Nickerchen gönnen und dann einen Hertz zurechtstutzen!

Sie luden ihn auf ein Bier im Ratskeller ein. Geschmeichelt nahm er an. Kaum waren sie angekommen, bereute er es. Es stank dort wie im Burenwirtshaus, am liebsten wäre er direkt wieder gegangen.

»Schon eine Ahnung wegen Ihrer Dissertation?«, fragte einer. »Zu Hertz können Sie jedenfalls nicht mehr, daran will der bestimmt nicht erinnert werden.« Die Runde lachte.

»Zu Hertz will ich auch gar nicht«, erwiderte Hermann.

Die Studenten sahen ihn ungläubig an. »Jeder will zu Hertz. Der gewinnt hier den nächsten Nobelpreis.«

»Ich will lieber was Neues machen«, sagte Hermann.

»Neuer als die Quantentheorien? Was soll das sein?«

»Eine Rakete.«

Die Kommilitonen schauten irritiert. Dann brachen sie in schallendes Gelächter aus. »Warum nicht gleich das archimedische Prinzip?«, rief ein beleibter Student mit Halbglatze.

Hermann verstand nicht.

»Wo soll denn da das Neue sein?«

»Nicht eine Pulverrakete«, sagte Hermann hastig. »Eine mit flüssigen Treibstoffen. Dann kommt sie über den Rückstoß bis in den Weltraum.«

»Ja, und?«, fragte der Dicke. »Das ist doch banal. Nur klassische Mechanik. Newton. Das ist doch vollkommen aus der Zeit gefallen.«

»Gelöst hat es trotzdem noch keiner«, sagte Hermann.

»Warum auch? In den Weltraum. Sie haben wohl zu viel Verne gelesen. Die Quantentheorien sind ein wirklich neues Feld«, sagte der Dicke. »Die öffnen das Tor zur modernen Physik.«

Einer mit Schnauzbart ging dazwischen. »Tut mir leid, Ihnen das sagen zu müssen. Aber die Quantentheorien sind Quatsch.«

»Wie kommen Sie denn auf diesen Unsinn?«, fragte der Dicke.

»Sie sind nicht mechanisch begreifbar. Uneindeutig. Nicht anschaulich, nicht intuitiv«, erwiderte der Bärtige.

»Die Physik ist, wie sie ist. Und im Mikrokosmos ist sie eben abstrakt. Einstein hat die Quantelung fürs Licht ja auch bestätigt.«

Der Bärtige lachte verächtlich. »Einstein. Was Wunder.«

»Was soll das heißen?« Der Dicke erhob sich.

Der Bärtige stand gleichfalls auf. »Natürlich gefallen Einstein die Quantentheorien. Sie sind dekadent. Jüdisch. Es braucht eine deutsche Physik.«

»Das kann nur jemand sagen, der zu dumm ist, die richtige Physik zu verstehen.«

»Was erlauben Sie sich!« Der Schnauzbärtige rempelte den Dicken an, andere Studenten sprangen auf. Es entstand ein Handgemenge. Eine Brille fiel zu Boden, Biergläser kippten über den Tisch, plötzlich flogen die Fäuste. Eine landete in Hermanns Gesicht. Er taumelte zurück und starrte ungläubig auf die prügelnden Studenten. Dann sah er zu, dass er fortkam.

Am folgenden Tag entdeckte Hermann einen Aushang in der Universität. Ein Philosophiestudent bot ein Zimmer in seiner

Wohnung an der St. Jacobi an. Dass Studenten zusammenwohnten, hatte Hermann noch nicht gehört. Aber besser als die Herberge war das allemal.

Winter war der Erbe eines reichen Stahlbauunternehmers und studierte seit einem Jahr in Göttingen. Er war klein, hatte die Haare über seiner hohen Stirn streng zurückgestrichen und trug eine Brille mit runden Gläsern. Er redete schnell und lachte viel. Belustigt musterte er Hermann und fasste ihn am Anzug. »Sagen Sie mal, wo haben Sie denn den gekauft?« Er deutete auf die schlackernden Ärmel und Hosenbeine. »Das ist ja ein Zelt.«

Hermann wurde rot und schwieg.

»Und das blaue Auge?«

Hermann erzählte von der Schlägerei im Ratskeller. Aber er sei dabei völlig unbeteiligt gewesen.

»Am Ende waren immer alle unbeteiligt. Beim Putsch im März will jetzt auch keiner mehr dabei gewesen sein.«

Hermann erkundigte sich, welchen Putsch Winter meine.

»Ja, wie? Soll das ein Witz sein?« Winter lachte schrill. »Der Putsch von Kapp und so. Der Generalstreik! Wie zum Teufel kann man das denn nicht mitbekommen?«

Hermann erklärte verschämt, er habe in vielen Vorlesungen gesessen und sei auch oft in der Bibliothek gewesen.

»Komischer Vogel sind Sie.« Winter schüttelte ungläubig den Kopf. »Aber gut, ist ja auch schon wieder vorüber. Und in der Reichskanzlei sitzt nun statt dem Sohn eines Gerichtsvollziehers der eines Schaumweinfabrikanten. Manchmal hege ich den Verdacht, die Deutschen haben doch Humor.« Wieder lachte er schrill. »Physik, sagen Sie, ja? Woher kommen Sie denn?«

»Aus Siebenbürgen«, erwiderte Hermann. »Aber ich bin Volksdeutscher!«

»Warum sagen Sie das? Das höre ich doch!«

Winter nahm ihn bei sich auf. Das Zimmer war eigentlich ursprünglich zum Lernen gedacht gewesen, mit Chaiselongue, lederbezogenem Sekretär, teuren Füllfederhaltern. Doch das alles fing Staub, denn viel lieber saß Winter im Salon seiner Wohnung und lud Freunde ein. Bis tief in die Nacht spielten sie Schach und Klavier und lästerten mit Rotweingläsern in der Hand über die Regierung und die Kleidung ihrer Kommilitonen.

Hermann schleppte seine Habseligkeiten aus der Herberge her und sank auf die weichen Polster der Chaiselongue. Er nahm sich vor, ein paar Tage einfach hier liegen zu bleiben und all den verpassten Schlaf nachzuholen.

Als er am nächsten Morgen erwachte, war es draußen noch dunkel. Er drehte sich auf die andere Seite und genoss die Stille. Nur sein eigener Atem war zu hören. Die Turbinentheorie von Zeuner fiel ihm ein. In der Universitätsbibliothek hatten sie die aktuelle Auflage. Was hatte Zeuner wohl Neues zu Radialturbinen zu sagen? Hermann schaute auf seine Uhr. Es war kurz nach sechs. Er seufzte, dann schlug er die Decke zurück und machte sich auf den Weg zur Bibliothek.

Er begann, an einer Dissertation über die Rakete zu arbeiten. Er wollte sie bald Professor Ambronn vorlegen, der die Göttinger Sternenwarte leitete. Niemand in Deutschland kannte sich mit astronomischen Instrumenten so gut aus wie er. Ambronn würde mit Sicherheit begeistert sein. Mit einer Weltraumrakete waren bessere Messungen möglich als je zuvor.

Um möglichst schnell voranzukommen, verbrachte Hermann viel Zeit daheim in seinem Zimmer und schwänzte die Vorlesungen. Die Prüfungen zum Semesterende bestand er trotzdem. Seine mäßigen Noten waren ihm egal. Es kam auf seine Dissertation an.

Einmal die Woche kam ein Brief von Tilla. Julius machte große Fortschritte. Er hatte schon sein erstes Wort gesagt – Da – und auf den Krieger im Kasten des Stundturms gezeigt. Auch zählen konnte er schon. Wenn er zum Nachtisch eine Weintraube weniger als üblich bekam, fing er sofort an zu weinen.

Aber so gern Hermann Tillas Briefe auch las, so vergaß er doch häufig, ihr zu antworten. Die Post war manchmal wochenlang unterwegs und das meiste, was er ihr hätte schreiben können, war längst vergangen, wenn sein Brief in Schäßburg ankam. Als ihn einmal eine schlimme Erkältung plagte, erreichten Tillas Besserungswünsche ihn erst, nachdem er lange wieder gesund war. Und bis Tilla ihm Mut für eine knifflige Formel zusprach, hatte er die Lösung längst gefunden.

Gelegentlich kam Winter zu Hermann herein und beschwerte sich, in dem Zimmer stinke es nach alten Socken und Versponnenheit. An einem Abend versuchte er, Hermann zu einem Glas Rotwein zu überreden. »Trinken Sie mit uns!«

»Alkohol trübt die Gedanken«, erwiderte Hermann.

»Was macht das bei Ihnen schon? Ganz klar im Kopf sind Sie doch sowieso nicht.« Winter zog Hermann in den Salon.

Einige Studenten waren zu Gast, dabei war auch ein älterer Burschenschaftler mit schiefer Nase und mächtiger Narbe auf der Stirn, mit dem Winter sich oft herumtrieb. Alle im Salon rauchten, der viele Qualm trieb Hermann Tränen in die Augen. Das Gespräch drehte sich um Frauen, er wusste nichts beizutragen. Er kam sich vor wie im Gebüsch hinter der Bergschule. »Unser Physiker hier hat nicht lange gefackelt. Der ist schon verheiratet«, sagte Winter. Die Runde nickte anerkennend, Winter erhob sein Glas und man stieß auf Hermann an. »Wie geht es Ihrer Frau eigentlich?«, fragte Winter. Hermann erzählte von den Briefen. Er wisse oft nicht recht, was er Tilla schreiben solle.

»Das wüsste ich auch nicht, wenn ich den lieben langen Tag im Zimmer herumhängen würde«, lachte Winter.

»Die Post müsste einfach schneller zugestellt werden«, erwiderte Hermann. »Mit Raketen würde das gehen. Ein Schreiben wäre schon in wenigen Minuten beim Empfänger und jeder könnte mit jedem zu jeder Zeit reden. Briefwechsel wären wie Unterhaltungen, nur dass man eben nicht sprechen müsste.«

Winter schlug sich theatralisch die Hände vors Gesicht. »Jeder jederzeit mit jedem. Furchtbar! Die Leute würden nur noch über ihren Briefen hängen.« Er nahm einen großen Schluck. »Dabei macht Schimpfen gemeinsam mit einem Glas Rotwein in der Hand doch viel mehr Spaß!«

»Sie arbeiten an Raketen?«, fragte der Narbige neugierig.

»Schon lange«, sagte Hermann. »Ich will eine Dissertation darüber schreiben.«

»Kriegsraketen?«

»Eigentlich Weltraumraketen. Aber man kann sie auch als Waffe gebrauchen. Im Krieg habe ich das den Deutschen sogar vorgeschlagen. Leider hat man meine Entwürfe damals nicht wirklich ernsthaft geprüft.«

»Interessant«, nickte der Narbige. »Nach der Schande von Versailles wäre das vielleicht was. Davon muss ich meinen Leuten mal erzählen.«

»Ich kann die Rakete gerne bei Ihnen vorstellen«, bot Hermann an.

»Sie sind Rumäne, oder?«, fragte der Burschenschaftler.

»Volksdeutscher«, sagte Hermann.

Der Narbige räusperte sich. »Ich werde mal nachfragen, ob das reicht.«

Im Sommer war Hermann mit seiner Dissertation endlich fertig. Am Abend, bevor er damit zu Professor Ambronn gehen wollte, nahm er sich vor, alles noch einmal sorgfältig zu prüfen. Auf der Chaiselongue durchblätterte er langsam sein Manuskript.

Nach einer Weile merkte er, dass er überhaupt nicht prüfte. Er berauschte sich. So viele Jahre hatte er daran gearbeitet und nun lag er vor ihm: der Plan für eine Maschine, die den Weltraum erreichen konnte. Und er allein hatte ihn erdacht. Es war perfekt. Selig schlief er ein.

Am nächsten Morgen war er plötzlich sehr nervös. Um sich Mut zu machen, warf er einen letzten Blick in das Manuskript. Ihm wurde schlecht. Nichts war da perfekt. Es war ein Desaster. Formeln waren viel zu umständlich hergeleitet, Parameter schienen zu fehlen. Zahllose Fehler waren da, ohne jeden Zweifel, und er war nur zu blind, sie zu sehen. Schnell schlug er das Manuskript wieder zu. Er atmete einmal durch, dann machte er sich auf den Weg zur Sternwarte.

Der Flur vor Ambronns Büro war zugestellt mit astronomischen Instrumenten. Überall lagen Teleskope, Okulare und Pendel herum. Hermann musste aufpassen, nirgendwo draufzutreten. Aufgeregt trat er ein. Professor Ambronn saß hinter seinem Schreibtisch, sein langer Bart ruhte auf seiner Brust. »Brauchen Sie zufällig ein Astrolabium?«

Irritiert blieb Hermann stehen. »Eigentlich wollte ich Ihnen etwas zeigen. Haben Sie heute keine Sprechstunde?«

»Ach ja«, sagte der Professor müde. »Was wollen Sie denn?«

Hermann reichte ihm sein Manuskript. Ambronn blätterte darin herum, schlug es wieder zu. Er zeigte auf die Kartons neben seinem Schreibtisch. »Sie brauchen wirklich nichts? Ich muss das Zeug loswerden.« Hermann schüttelte den Kopf und Ambronn gab ihm das Manuskript zurück. »Wollen Sie denn selbst da drin sitzen?«

»Wie bitte?«

»In Ihrer Rakete. Sind Sie da der Pilot?«

»Äh, nein. Darüber habe ich noch nicht nachgedacht.«

»Also soll jemand anderes damit seinen Kopf riskieren?«

»Was? Bemannt werden die Raketen erst später. Eigentlich wollte ich mit Ihnen nur über die Physik sprechen.«

»Ja, dann los. Sprechen Sie über die Physik.«

»Es geht um den Rückstoß … also um den Aufstieg durch den Rückstoß. Gegen die Gravitation.« Hermann begann zu stottern.

Ambronn sah ihn mit hochgezogenen Brauen an. »Gegen die Gravitation. Luftwiderstand gibt es also in Ihrer Physik nicht. Das ist praktisch.«

»Den meine ich natürlich auch«, sagte Hermann eilig.

»Dann habe ich nur nicht richtig zugehört?«

»Nein, ich wollte das gerade erwähnen.« Hermann schoss das Blut in den Kopf, er schwitzte, in seinen Ohren pochte es. Verzweifelt versuchte er weiterzureden, aber kein Satz kam mehr gerade heraus. Ambronn schüttelte den Kopf. »Tut mir leid, aber mit Astronomie hat das überhaupt nichts zu tun. Außerdem gehe ich Ende des Semesters in Pension. Versuchen Sie es mal bei Wiechert. Vielleicht interessiert den der Unsinn.« Der Professor lehnte sich in seinem Stuhl zurück und deutete zum Fenster. »Und was ist mit einem Spiegelteleskop?«

Emil Wiechert hatte in seinem Geophysikalischen Institut auf dem Hainberg die modernste Erdbebenwarte der Welt errichtet und besaß das freundlichste Lächeln überhaupt. Aufmerksam hörte er zu, während Hermann einen Vortrag herunterspulte, den er nach dem peinlichen Auftritt bei Ambronn auswendig gelernt hatte. Es funktionierte überhaupt nicht. Wieder stotterte er, redete zu schnell, vergaß Sätze. Er kam sich vor wie ein Kind, das vor dem Weihnachtsbaum sein Gedicht aufsagte. Wiechert lächelte trotzdem. »Dann zeigen Sie doch mal her«, sagte er. Hermann reichte ihm das Manuskript. Der Professor las die Zusammenfassung auf der ersten Seite, nickte unablässig, sah schließlich fröhlich auf. »Was für ein Quatsch!« Es war wie eine Ohrfeige. Hermann ließ den Kopf sinken.

»In meinen Seismografen musste ich die Pendel auf den Mikrometer genau justieren. Jahrelang. Aber gegen ihr Vorhaben war das ein Kinderspiel.« Wiechert reichte ihm die Arbeit. »Und was sollen wir in der Geophysik damit? Versuchen Sie es bei Prandtl, vielleicht kann der etwas damit anfangen.«

Als Hermann in der Aerodynamischen Versuchsanstalt vor dem Büro von Ludwig Prandtl stand, war er nicht mehr nur aufgeregt. Er hatte Angst. Prandtl war einer der bedeutendsten Professoren in Göttingen, er hatte den ersten Windkanal in Deutschland gebaut. Hermann wollte sich lieber gar nicht erst vorstellen, was wäre, wenn auch Prandtl die Arbeit ablehnte.

Der Professor unterbrach Hermanns Gestammel schon nach wenigen Sätzen. »Also nein, so eine Utopie passt in die Aerodynamik überhaupt nicht rein.« Hermann sank in sich zusammen. Am liebsten hätte er sich gleich hier an Ort und Stelle erschossen.

»Aber geben Sie das mal her«, sagte Prandtl. Mit großer Überwindung reichte Hermann ihm das Manuskript. Nun würde es also erst richtig peinlich werden.

Prandtl blätterte durch die Seiten. Er kritzelte etwas in das Manuskript. »Bei den Ausströmgeschwindigkeiten, die Sie hier angeben, scheint mir die Rakete zu schwer zu sein. So wird das nichts. Vielleicht können Sie andere Treibstoffe nehmen.« Der Professor reichte ihm die Arbeit. »In Ihnen steckt etwas, lassen Sie sich nicht entmutigen. Aber wenn Sie wollen, dass man Ihre Arbeit annimmt, muss sie wissenschaftlich einwandfrei sein.«

In der Woche darauf kam Tilla zu Besuch. Hermann freute sich, sie wiederzusehen, aber eigentlich passte es ihm nicht wirklich gut. Er hatte sich vorerst dagegen entschieden, sich zu erschießen. Prandtl hatte Recht. Die Arbeit musste wissenschaftlich einwandfrei sein und tatsächlich war das Verhältnis aus Raketenmasse und Ausströmgeschwindigkeiten zu schlecht. Er musste das neu durchdenken und dafür brauchte er Zeit und Ruhe, und weil Tilla nach Göttingen kam, hatte er weder das eine noch das andere.

Noch dazu kam Tilla in Begleitung des Vaters. Der wollte an der medizinischen Fakultät sein Wissen auffrischen. In Siebenbürgen würden womöglich bald Deutsche in leitenden Positionen nach und nach durch Rumänen ersetzt, erklärte er. Ihm als Spitaldirektor aber werde dieses Schicksal vielleicht erspart bleiben, wenn man nur merke, wie vertraut er auch in seinem Alter noch mit den neuesten Methoden sei.

Der Vater nahm sich einen Platz in der Herberge und Hermann bekam ihn in den folgenden Tagen glücklicherweise kaum zu Gesicht.

Als Hermann mit Tilla zum ersten Mal seit langer Zeit wieder gemeinsam im Bett lag, nestelte er so schnell mit der Hand an ihrem Nachthemd herum, dass Tilla lachend meinte, sie hätte es ja gar nicht erst anziehen brauchen. Er zog sie an sich, ein Knopf riss, sie stießen mit den Köpfen gegeneinander. Er entschuldigte sich, er wisse auch nicht, was da mit ihm los sei. »Bei dir gibt es wirklich nur Extreme«, sagte Tilla. »Aber dieses hier gefällt mir.«

Sie verbrachten ein paar schöne Tage zusammen, gingen an der Leine spazieren, durchstöberten in der Stadt die Geschäfte. Tilla wollte alles über die neueste Mode in Erfahrung bringen und verbrachte Stunden damit, Kleider anzuprobieren. Stets bat sie ihn um seine Meinung und wenn er sie ihr dann etwas widerwillig mitteilte, schüttelte sie den Kopf und sagte, er habe ja doch keine Ahnung. Während einer Anprobe eröffnete sie ihm, möglichst bald zu ihm nach Deutschland ziehen zu wollen. Julius sei schon über ein Jahr alt und kenne seinen Vater kaum, das könne nicht noch zwei Jahre so weitergehen. »Eine Familie muss zusammenleben. Und wenn du nicht in Siebenbürgen sein kannst, dann kommen wir eben zu dir nach Deutschland.« Hermann fand kein Argument, das er dagegen einwenden konnte. Und so gingen sie in der kurzen Zeit, die sie hatten, gemeinsam auf Wohnungssuche.

Sie verlief so erfolglos wie die letzte. Für Ausländer gab es keine Wohnung. Bald schon verlor Tilla die Fassung. »Im Krieg habt ihr uns die deutschen Waffen nur zu gern in die Hand gedrückt«, beschimpfte sie einen greisen Vermieter. »Aber im Land wollt ihr uns dann doch nicht haben!« Leise wandte Hermann ein, die Gemeinsame Armee habe keine deutschen Waffen gehabt, sondern nur die uralten österreichischen. Das sei ja das Problem gewesen. »Es geht ums Prinzip, Hermann! Das müsstest du als Physiker doch verstehen.« Der Vermieter zuckte nur mit den Schultern. Er habe nie jemandem eine Waffe gereicht und diese Wohnung könne er ihnen auch nicht geben.

Als der Vater und Tilla wieder abfuhren, nahm sie Hermann fest in den Arm. »Halte bitte weiter Ausschau. Es ist mir wichtig. Denk an Julius.« Hermann versprach, sein Möglichstes zu tun. Der Vater reichte ihm steif die Hand und wünschte weiterhin viel Erfolg für das Studium. Hermann bedankte sich ebenso steif. Als der Vater in den Zug stieg, drehte er sich noch einmal um. »Die Medizinvorlesungen übrigens«, sagte er, »die sind wirklich hervorragend. Du solltest dir unbedingt mal eine anschauen.«

Nachdem Tilla fort war, widmete sich Hermann seinen Überarbeitungen. Doch er kam nicht voran. Er hatte ein verfluchtes Problem aufgetan. Tatsächlich reichte die Menge der Treibstoffe nicht aus, um die Rakete in den Weltraum zu tragen. Das bedeutete, dass er mehr davon benötigte. Dadurch aber würde die Rakete schwerer und so brauchte sie noch mehr Energie, um die Fluchtgeschwindigkeit zu erreichen. Das aber wiederum machte zusätzlichen Treibstoff notwendig. Es war ein Teufelskreis. Wochenlang zerbrach sich Hermann den Kopf, doch er fand keine Lösung.

Eines Abends kam Winter herein und riss ihm den Stift aus der Hand. »Es reicht jetzt. Genug ist genug. Wir gehen heute Abend feiern und Sie kommen mit.«

»Ich kann nicht. Ich habe hier ein riesiges Problem.«

»In der Tat. Sie vergammeln hier.«

»Die Rakete kommt nicht in den Weltraum!«

»Sie werden das schon lösen.«

»Es ist nicht zu lösen!«

»Umso besser. Dann können Sie ja mitkommen.« Winter packte ihn am Arm. »Außerdem treffen wir heute Abend jemanden, der sich für Ihre Rakete interessiert.«

Winter schleppte ihn in ein Lokal am Leinekanal. Es war vollkommen überfüllt, mit Mühe zwängten sie sich hinein. Drinnen verstand man sein eigenes Wort kaum. »Da drüben«, schrie Winter. An der Theke warteten seine Freunde. Der Burschenschaftler mit der Narbe war dabei, dazu ein uralter Posaunenspieler, dann ein Kahlköpfiger, der angab, Autor metaphysischer Bücher zu sein, und ein stark parfümierter Vikar. Oft hatte Hermann sich gefragt, was Winter bewogen hatte, ihn bei sich aufzunehmen. Langsam dämmerte es ihm. Er ergänzte diese Sammlung an Sonderlingen perfekt. Der Narbige hatte Hermann neulich auf eine Sitzung eingeladen. Doch für seine Rakete war keine Zeit geblieben. Die ganze Zeit war getrunken und über Versailles geschimpft worden. Zu Recht. Die Entente demütigte Deutschland, zersplitterte es. Hermann fragte sich, wie vielen Volksdeutschen im Osten es wohl so ging wie ihm.

Auf einer Bühne trat ein Conférencier ans Mikrofon. Die Menge wurde leiser. »Heute Abend präsentieren wir Ihnen die stärkste Frau der Welt. Bitte begrüßen Sie mit mir eine Frau mit Schultern, wie von Michelangelo geschaffen.« Der Conférencier machte eine Pause und breitete die Arme aus. »Aus Amerika – der weibliche Herkules!« Ein Vorhang öffnete sich und eine Frau im knappen Kleid betrat die Bühne. Sie überragte den Conférencier um zwei Köpfe und hatte ein Kreuz wie ein Boxer. Ihre Haare waren hochtoupiert und sie trug hochhackige Schuhe. Beides ließ sie noch riesenhafter erscheinen. Sie winkte ins Publikum, streckte ihren Arm aus und der Conférencier setzte sich darauf wie auf einen Ast und ließ die Beine baumeln. Die Leute johlten.

»Unglaublich«, schrie der kahlköpfige Autor Hermann ins Ohr.

»Was meinen Sie?«, schrie Hermann zurück.

»Die Frau! Unglaublich!«

Hermann nahm einen Schluck von seinem Bier. »Wieso? Die ist doch der lebende Beweis, dass Gauß mit seiner Normalverteilung Recht hatte.«

Der Kahle sah ihn verständnislos an.

»Stochastik! Im Mittel haben Frauen weniger Muskelkraft als Männer. Aber über Einzelne sagt das nichts aus. Die Standardabweichung ist groß. Es gibt starke Frauen und schwache Männer. Das zeigt die Glockenkurve!«

»Man merkt Ihr Genie.« Der Kahle reichte Hermann die Hand. »Max Valier. Ich hörte, Sie arbeiten an einem Weltenschiff?«

»An einer Weltraumrakete!« Vom Schreien wurde Hermann allmählich heiser, aber es war zu schön, endlich einmal mit jemandem zu sprechen, den er nicht erst überzeugen musste. Valier klopfte ihm auf die Schulter. »Das müssen Sie groß aufziehen! Ich könnte Ihnen helfen, Sponsoren zu finden.«

»Ich suche gerade nach einem Doktorvater.«

Valier rollte mit den Augen. »Können Sie vergessen! Diese verkalkten Geheimräte sind nicht wirklich offen für Neues.«

Hermann prostete Valier zu. Endlich sprach es mal jemand aus. Er erzählte Valier von dem Weltraumspiegel, den er sich vor kurzem ausgedacht hatte. Die Idee war ihm gekommen, als im Winter die Heizung ausgefallen war und er zitternd in der Wohnung gesessen hatte. Der riesige Spiegel im All könnte das Sonnenlicht auf die Erde fokussieren und so das Wetter beeinflussen. Er könnte Landstriche wie Sibirien bewohnbar machen und die Ernten ganzer Länder retten. Er würde darüber auch in seiner Dissertation schreiben. Der Spiegel konnte die Welt wirklich besser machen.

»Toll!«, schrie Valier. »Damit könnten wir auch die Mondoberfläche schmelzen!«

Hermann erkundigte sich, ob er richtig verstanden habe.

»Glacialkosmogonie! Davon haben Sie doch sicher gehört.«

Hermann schüttelte den Kopf.

»Die Welteislehre. Der Mond und die anderen Planeten bestehen zu großen Teilen aus Eis. Was meinen Sie, woher die Hagelschläge kommen? Das sind Meteore!«

»Meinen Sie das ernst?«

Valier nickte. »Hanns Hörbiger! Ein guter Freund von mir. Dem glauben die Herren Professor auch nicht!«

Hermann deutete auf sein leeres Glas und trat zur Theke. Das war schon eine merkwürdige Zeit, in der gleichzeitig Platz war für die Quantentheorien und solche Idiotie. Er trank sein nächstes Bier und wandte den Blick wieder zur Bühne. Stahlketten wurden zerrissen, Eisenkugeln mit dem Genick aufgefangen, Schmiedehämmer auf den Bauch des weiblichen Herkules geschlagen. Bald war Hermann betrunken. Er musste dringend auf die Toilette. Die Schlange war elendig lang. Er zwängte sich nach draußen und wankte hinter das Lokal. Als er seinen Gürtel öffnete, sah er zwei Gestalten aus dem Gebüsch stolpern. Augenblicke später erkannte er Winter und den Narbigen. Winter erstarrte. Einen Moment lang standen sie einander stumm gegenüber. »Wir haben etwas gesucht«, erklärte sich Winter.

»Und haben Sie es gefunden?«

»Ja.«

Hermann nickte. Etwas sagte ihm, dass er dieser Sache nicht näher auf den Grund gehen musste.

»Und Sie?«, fragte Winter. »Ist Max Valier nun Ihr Verbündeter?«

»Ich hoffe nicht.«

Die Zeit verstrich und er fand einfach keine Lösung für das Masseproblem. Er vermisste Tilla, ihren spöttischen und zugleich liebevollen Blick, die feinen Brauen gehoben, die Lippen geschürzt. Bestimmt hätte ihm das geholfen, die Lösung zu finden.

Auch die Suche nach einer Wohnung blieb erfolglos. Er erzählte Winter von seinen Sorgen. Der nickte. »Ich habe in Heidelberg eine Großtante. Der werde ich gerne schreiben.« Winter rieb sich über die Stirn. »Wahrscheinlich muss ich auch bald dorthin umziehen.«

Hermann sah ihn fragend an.

»Nun schauen Sie nicht so. Es ist für mich eben an der Zeit zu gehen.«

»Aber wieso?«

»Ich habe Lust auf eine neue Stadt. Auf neue Leute.«

»Aber hier kennen Sie doch schon so viele.«

»Das ist das Problem«, erwiderte Winter. »Wenn man viele Leute kennt, wird auch viel über einen erzählt.« Winters Wangen färbten sich rosa. »Gerade unter den Burschenschaftlern.«

Hermann wollte wissen, was denn über ihn erzählt werde.

»Herr im Himmel«, rief Winter. »Wollen Sie nun nach Heidelberg oder nicht?«

Hermann verbrachte viel Zeit in der Universitätsbibliothek. Er hoffte, in einem der zahllosen Bücher etwas zu finden, das ihm weiterhalf. Vergeblich. Schon bald begann er, die Bibliothek zu hassen. Stifte kratzten über Papier, Buchseiten raschelten, Schritte hallten durch die Flure, Studenten flüsterten miteinander. Nur er saß untätig da und kam nicht voran.

An einem Abend in der Bibliothek plagten ihn furchtbare Magenschmerzen. Vermutlich lag es am Käse, der wochenlang in seinem Zimmer herumgelegen hatte. Das Einkaufen war ihm lästig, also kaufte er immer so viel wie möglich auf einmal ein und bewahrte es dann ewig auf. Einmal hatte Winter eine Wurst bei ihm entdeckt, in der sich bereits die Maden wanden. Beinahe hatte er ihn aus der Wohnung geworfen.

Der Käse, Hermann brannten die Gedärme. Er stürmte auf die Toilette, schaffte es kaum, die Tür zu verriegeln, riss die Hose herunter, krümmte sich auf der Klobrille. Es dauerte eine halbe Stunde, bis es endlich besser wurde. Als er wieder in den Flur trat, erschrak er. Es war stockdunkel. Einen Augenblick später begriff er. Der Bibliothekar musste seine letzte Runde gemacht haben, ohne auf der Toilette nachzusehen. Hermann eilte zur Eingangstür. Sie war verschlossen. Er rüttelte, rief nach Hilfe. Nichts passierte. Fluchend ging er zurück in den Lesesaal. Eine Nacht in der verhassten Bibliothek hatte ihm noch gefehlt.

Eine Weile blätterte er an seinem Arbeitsplatz in einer Enzyklopädie. Er war müde und musste sich zwingen, die Augen aufzubehalten. Plötzlich raschelte etwas unter seinem Tisch. Hermann rutschte ein Stück zurück. Seine Tasche war umgefallen und Brotpapier war herausgerutscht. Eine Ratte machte sich daran zu schaffen. Er betrachtete sie. Sie war mager, unter ihrem Fell zeichneten sich fein die Rippen ab. Hermann warf ihr ein Stück vom angebissenen Käse zu. Die Ratte stürzte sich darauf und huschte davon. Er wandte sich wieder dem Buch zu, gähnte. Da hörte er ein Flüstern hinter sich. Er drehte sich um. Niemand war zu sehen. Er schüttelte den Kopf, blätterte weiter. Auf einmal war da wieder das Flüstern. Er sprang auf. »Ist da jemand?« Im Licht seiner Lampe waren nur die verwaisten Arbeitsplätze zu sehen. Er lief mit der Lampe um ein Regal herum. Am Boden kauerte die Ratte. Hermann warf ihr die Reste seines Käses zu. Hatte er sich das Flüstern nur eingebildet? Langsam ging er durch den Lesesaal. Die Regale warfen weite Schatten. Auch im Flur war niemand. Er wanderte durch die Korridore der Bibliothek, die auf den Grundmauern des alten Dominikanerklosters errichtet worden war. Nebenan lag die Paulinerkirche. Seine Schritte hallten unheimlich in der Dunkelheit. Wie lange war er nicht mehr im Gottesdienst gewesen? Er versuchte, das Glaubensbekenntnis zu rezitieren. Aufgefahren in den Himmel. Es musste eine Lösung geben. Er spürte, da war etwas, das er übersah, ein einfacher Trick. Er zog seinen Stift aus der Hemdtasche, nahm ein Buch aus einem Regal und schlug die letzte, leere Seite auf. Er notierte. Alles hing am Rückstoß. Der Rückstoß überwand die Gravitation und den Luftwiderstand, er gab der Rakete ihre Geschwindigkeit. Die Geschwindigkeit erhöhte sich über die Zeit, beschleunigte die Rakete so, gleichzeitig strömte der Treibstoff aus und die Masse nahm ab, die Geschwindigkeit nahm schneller zu, je schneller die Masse abnahm, die Masse, alles hing an der Masse, sie musste möglichst schnell reduziert werden über die Zeit, nur so erreichte die Rakete die Fluchtgeschwindigkeit. Doch wie konnte die Masse schneller abnehmen, als die Formel es vorschrieb? Wieder ein Flüstern – es kam von den Fenstern her! Mit der Lampe in der Hand rannte Hermann los, lief am ersten Regal vorbei und am zweiten, sah die Fenster, lief schneller, blieb plötzlich mit dem Fuß an einem Regal hängen, stolperte, stürzte, die Lampe glitt ihm aus der Hand, er schlug erst mit dem Knie auf, dann mit der Brust. Vor ihm flog die Lampe alleine weiter, die Flamme flackerte, das Licht wurde kleiner, die Lampe schlug unter dem Fenster gegen das Gemäuer. Die Metallfassung schepperte, das Glas zersprang, es zischte – dann war es dunkel. Keuchend blieb Hermann liegen. Vor ihm das Fenster, einen Spalt geöffnet, der Wind zog herein. Ein Pfeifen, ein Flüstern. Im Mondlicht schimmerten die Scherben. Aus seiner Hand hatte die Lampe sich gelöst und war alleine weitergeflogen. Er hielt inne. Starrte auf die Scherben. Weitergeflogen. Alleine weitergeflogen. Er schlug die Hände vors Gesicht. Es war doch so einfach! Nicht eine Rakete musste in den Himmel auffahren – sondern zwei! Die erste Rakete musste die zweite in die obere Atmosphäre tragen und von dort flog die zweite alleine weiter – ohne die Masse der ersten mitzuschleppen! Hermann holte Luft, dann stand er eilig auf. Seine Hose hatte ein Loch, sein Knie knackte hässlich, aber was machte das schon. Er humpelte zurück zu seinem Arbeitsplatz. Zwei Raketenstufen. Am Ende war es immer so einfach!

Im Frühjahr zog Hermann nach Heidelberg. Winters Großtante vermietete ihm dort eine Dachgeschosswohnung. Die Decke hatte feuchte Flecken, die Dielen knarrten bei jedem Schritt, vor der Toilette war nur ein Vorhang, doch immerhin war Platz für drei.

Als Hermann Tilla und Julius am Bahnhof abholte, kam ihm sein Sohn auf seinen kurzen Beinen entgegengestolpert. Das braune Haar klebte ihm verschwitzt im Gesicht, er lachte, und für einen Moment war Hermann, als käme da nicht sein Sohn, sondern sein Bruder Adolf auf ihn zu. Hermann nahm ihn auf den Arm und drückte ihn an sich, strich ihm übers Haar. Wie lange er dieses Haar nicht gesehen hatte – er hatte gedacht, er würde es nie wiedersehen. Tilla kam dazu und Julius drehte sich zu ihr. »Papa weint.« Eilig schüttelte Hermann den Kopf. Er sei bloß erkältet, in der neuen Wohnung ziehe es ganz fürchterlich.

Er kam nun schnell mit seiner Dissertation voran. Er erklärte Tilla, das liege nur an ihr und an Julius. Es helfe ihm, sie beide um sich zu haben. »Lieb, dass du das sagst«, erwiderte Tilla. »Aber warum gehst du dann zum Schreiben immer in die Bibliothek und kommst erst heim, wenn wir längst im Bett sind?«

Hermann zögerte. »Unsere Spaziergänge«, sagte er dann. »Die habe ich wirklich vermisst.«

»Ach, du meinst den vor zwei Wochen?«

»Den heute Abend«, sagte er und freute sich über ihr überraschtes Gesicht, als er sie küsste und mit Julius auf dem Arm aus der Wohnung nach draußen zog. Sie flanierten über den Philosophenweg, setzten sich bald auf eine Bank. Gemeinsam schauten sie hinauf in die Nacht. Der Himmel war klar. »Erzähl mir was«, sagte Tilla und legte ihren Kopf auf seine Schulter, während Julius in ihren Armen schlief. Hermann deutete hinauf. »Der Schleier dort ist der Andromedanebel. Das ist eine eigene Galaxie wie die Milchstraße, mit vielen Milliarden Sternen.«

»Faszinierend, was du da oben siehst«, sagte Tilla. »Aber auch schade, was du dort nicht mehr sehen kannst.«

»Wie meinst du das?«

»Für die meisten Menschen ist das nicht nur ein schwarzer Raum mit Sternen und Planeten.«

»Weil sie sich etwas einbilden.«

»Ach«, sagte Tilla und strich ihm über die Wange. Eine Weile schwiegen sie. »Glaubst du, unsere Brüder sind da draußen?«, fragte Tilla schließlich.

»Du meinst, ob ich an ein Leben nach dem Tod glaube?«

Tilla lachte. »Du musst auch immer gleich grundsätzlich werden.«

»Ich denke schon. Aber man müsste prüfen, ob die Seele Kräfte in der materiellen Welt ausübt.«

»Kräfte in der Welt.« Tilla nahm ihren Kopf von seiner Schulter und richtete sich auf. »Manchmal macht es mir Sorgen, wenn du so redest.«

»So zeigt sich die Welt nun mal«, erwiderte er.

»Nein, Hermann. So siehst du sie bloß.«

Er leitete alle Formeln für die Rakete her, erläuterte die mathematischen Beziehungen zwischen Zeit, Masse, Kraft, Weg, Geschwindigkeit. Er beschrieb die technische Umsetzung: Drei Raketenstufen wurden mit Ballons auf eine Höhe von fünf Kilometern gehoben. Die erste Rakete, angetrieben von Alkohol, zündete hier und trug die beiden anderen zwei weitere Kilometer hinauf. Dort zündete die zweite Alkoholrakete und brachte die dritte, eine Wasserstoffrakete, bis in die obere Atmosphäre, die von dort alleine weiter in den Weltraum flog.

Er fügte noch einen Ausblick an, er schlug Experimente in der Schwerelosigkeit vor, Weltraumteleskope, Beobachtungsstationen, die um den Planeten kreisten, mit Spiegeln telegrafischen Kontakt zur Erde herstellen und so Schiffe vor Eisbergen warnen konnten, er schlug seinen Weltraumspiegel vor, und natürlich: eine Reise um den Mond.

Er hatte auch einen medizinischen Abschnitt geschrieben, in dem er über die physischen Folgen des Andrucks nachdachte, darüber, was ein Mensch aushalten konnte, wenn er mit der Rakete hinaufflog. Zu Übungszwecken schlug er ein großes Karussell vor, mit dem sich die Raumfahrer auf ihre Fahrten vorbereiten konnten. Dazu schrieb er über die psychologischen Wirkungen beim Raketenstart, schrieb auch über die Schwerelosigkeit, über sein Experiment im Becken des Schäßburger Spitals, über den Einfluss von Skopolamin und Alkohol. Ja, er dachte sogar darüber nach, seinem Vater einen Brief zu schreiben; immerhin blieben einige medizinische Fragen offen. Am Ende ließ er es bleiben. Er besuchte zwei, drei Medizinvorlesungen und verwies darauf, dass Physiologen und Psychologen sich mit diesen Fragen würden beschäftigen müssen.

Als er eines Abends nach Hause kam, hörte er schon im Treppenhaus Geschrei. Es kam aus ihrer Wohnung. Eilig stieg er die Stufen hinauf. Oben standen sich Tilla und die Vermieterin keifend gegenüber. »Ein Kind?«, rief die dicke Frau mit der Schürze. »Von Gören hat mir keiner was gesagt. Es hieß ein junges Ehepaar!«

»Wir sind ein junges Ehepaar!«, gab Tilla zurück. »Und stellen Sie sich vor: Dazu gehört ein Kind!«

Die Wirtin drehte sich zu Hermann. »So war das nicht ausgemacht!«, schrie sie. »Sie haben nicht gesagt, dass Sie Ihre Brut hier unterbringen wollen!«

»Es ist doch nur ein kleines Kind«, sagte er.

Tilla rief dazwischen. »Und stellen Sie sich schon mal darauf ein: Bald kommt ein zweites!« Sie strich sich über den Bauch und Hermann sah sie erstaunt an.

Die Wirtin war rot vor Wut. »Ich war schon beim Amt. Eigentlich dürfen Sie als Ausländer überhaupt nicht hier sein.«

»Verdammt noch mal!«, rief Hermann. »Wir sind Deutsche!«

Die Wirtin zog ihre Schürze stramm. »Nächste Woche ist die Wohnung leer. Oder die Polente rückt an!«

Ein paar Tage später reisten Tilla und Julius ab. Tilla sagte, sie bedauere es überhaupt nicht. Die kurze Zeit in Deutschland reiche ihr für ein ganzes Leben. Hermann solle sich bloß beeilen, endlich mit der Arbeit fertig werden und heimkommen.

Er nahm sich ein kleines Studentenzimmer. Mit dem Manuskript ging er zu einem blinden Akademiker, der alles in eine Schreibmaschine tippte. »Faszinierend«, sagte der Blinde, nachdem er die letzte Seite geschrieben hatte. »Aber reichlich bescheiden formuliert. Finden Sie nicht, Sie sollten schon gleich am Anfang erwähnen, dass Sie damit in den Weltraum wollen?«

Hermann schaute auf die gedruckten Seiten. Obwohl er jede Formel und jeden Satz auswendig kannte, war ihm das Manuskript nun – ohne seine Tintenschrift, ohne die Fettflecken auf den abgegriffenen Seiten, ohne die Knicke im Papier – auf einmal sehr fremd. So viele Jahre hatte er die Idee in sich getragen und nun war sie in kantigen Maschinenbuchstaben in die Welt hinausgetreten. Er nahm ein leeres Blatt und notierte etwas.

»Bitte stellen Sie Folgendes voran:«

1. Beim heutigen Stande der Wissenschaft und der Technik ist der Bau von Maschinen möglich, die höher steigen können, als die Erdatmosphäre reicht.

2. Bei weiterer Vervollkommnung vermögen diese Maschinen derartige Geschwindigkeiten zu erreichen, daß sie – im Ätherraum sich selbst überlassen – nicht auf die Erdoberfläche zurückfallen müssen und sogar imstande sind, den Anziehungsbereich der Erde zu verlassen.

3. Derartige Maschinen können so gebaut werden, daß Menschen (wahrscheinlich ohne gesundheitlichen Nachteil) mit emporfahren können.

4. Unter gewissen wirtschaftlichen Bedingungen kann sich der Bau solcher Maschinen lohnen. Solche Bedingungen können in einigen Jahrzehnten eintreten.

Endlich fand sich auch ein Professor, der sich die Dissertation ansehen wollte. Max Wolf, der die Heidelberger Sternwarte auf dem Königsstuhl leitete, ließ sich von Hermanns nervösem Gestammel nicht beirren. Er nahm die Arbeit ohne Umschweife an und versprach, er werde sie gründlich prüfen.

Vier Wochen später bat er Hermann wieder zu sich. Hermann glühten vor Aufregung die Ohren, als er dem Professor die Hand schüttelte. Auf Wolfs Schreibtisch lag etwas, das wie ein Bewertungsbogen aussah. Hermann musste sich sehr beherrschen, nicht zu auffällig hinzustieren.

Der Professor deutete zum Fenster. Der Abend war in Orange getaucht, man konnte schon die Venus leuchten sehen. »Das wird eine wunderbare klare Nacht«, sagte Wolf und lehnte sich über das Fensterbrett. »Also kein Feierabend für mich heute. Aber auch am Astrografen kann man sich ein Glas Wein gönnen.«

Hermann rutschte auf seinem Stuhl hin und her.

»Trinken Sie lieber Rotwein oder Weißwein?«, fragte Wolf.

»Eigentlich trinke ich gar keinen Wein.«

»Da verpassen Sie was!« Wolf streckte sich, dann endlich zog er das Manuskript und den Bewertungsbogen heran. Er betrachtete beides, sah wieder auf. »Ich trinke lieber Rotwein«, erklärte er. Er begann, von einem befreundeten Winzer zu sprechen. Der baue die besten Spätburgunder in ganz Baden an, wunderbar fruchtig, aber mit zartem Bitterton. Der Wein reife sehr lange in den Fässern und sei deshalb sehr teuer. Viele Wirtshäuser würden ihre Weine lieber woanders kaufen, aber die Wirte, die den Wein des Winzers hätten, hätten auch die besten Köche und seien überhaupt hervorragend. »Und es gibt nur wenige hervorragende Wirtshäuser – schon qua definitionem.« Nachdenklich schaute Wolf aus dem Fenster. »Jedenfalls sollten Sie mehr Wein trinken.«

»Und meine Dissertation?«

»Ja, Ihre Dissertation.« Wolf nahm das Manuskript in die Hand. »Die Arbeit ist hervorragend. Wissenschaftlich einwandfrei, sehr überzeugend.«

Hermanns Herz machte einen Sprung.

»Ich habe die Arbeit auch Kollegen gezeigt«, erklärte Wolf, »und wir sind uns leider nicht einig geworden, welcher Disziplin wir das zuordnen sollen. Das ist keine Astronomie und keine Aerodynamik, auch in die Geophysik passt das nicht. Und mit Verlaub: Ihr Vorgehen ist auch reichlich unkonventionell. Normalerweise gehen Sie zu einem Lehrstuhl, erarbeiten da ein Thema und schreiben dann Ihre Dissertation.«

»Aber wenn die Arbeit sowieso nirgends hinpasst, wohin hätte ich dann gehen sollen?«

»Was Sie hier vorlegen, ist eine gründlich ausgearbeitete Theorie. Erst Experimente müssen zeigen, ob diese Utopie in der Praxis etwas wert ist. Wir können die Arbeit leider nicht als Dissertation annehmen.«

Hermann sah ihn fassungslos an. »Wo sollen die Experimente denn stattfinden, wenn nicht an einer Universität?«

Wolf faltete den Zettel zusammen, den Hermann für die Bewertung gehalten hatte, und steckte ihn in einen Umschlag. »Das hier ist eine Empfehlung des Manuskripts an wissenschaftliche Verlage. Vielleicht gelingt dort eine Veröffentlichung.« Benommen nahm Hermann den Umschlag entgegen. Der Professor drückte ihm fest die Hand. »Sie müssen es auf eigene Faust versuchen. Ich wünsche Ihnen dabei viel Glück!«

SECHS

Im Oktober 1922 stellte Hermann an der Kokel das alte Spiegelteleskop des Vaters auf. Julius sah ihm aufgeregt zu, wie er das Okular in den Auszug schob, den Sucher justierte, die Stundenachse auf den Himmelspol ausrichtete. Seit Wochen redete sein Sohn von nichts anderem als den Sternenbildern. Hermann hatte versprochen, sie ihm zu zeigen, und hatte es selbst kaum erwarten können.

Der Fluss lag glatt, der Wind strich ihnen kühl über die Gesichter. Hermann deutete hinauf. »Das ist der Große Wagen, siehst du?« Sofort presste Julius ein Auge gegen das Okular. Aus seinem offenen Mund kam der Atem in kleinen Wolken heraus. »Wo sind die Räder?«

Hermann schmunzelte. »Man kann nur den Kasten und die Deichsel sehen.« Er zeigte auf den mittleren Stern der Deichsel. »Mizar ist ein Doppelgestirn. Da kreisen zwei Sterne umeinander.«

»Was ist eine Deichsel?«

»Damit zieht und lenkt man den Wagen.« Hermann drehte das Teleskop ein Stück. »Der Große Wagen ist ein Asterismus, ein Teil von einem größeren Bild. Er gehört zum Großen Bären.«

»Ich kann den Bären sehen!« Julius wedelte mit den Armen. »Da ist das Auge und da das Ohr!«

»Auge und Ohr gibt es in dem Bild nicht.«

Julius schwenkte das Teleskop hin und her. »Da ist ein Schmetterling. Und da ein Eichhörnchen!«

Hermann hielt das Teleskop fest. Sein Sohn legte den Kopf in den Nacken. Blass zog sich das Band der Milchstraße durch die Schwärze. »Wie weit oben sind die Sterne?«

»Viele Lichtjahre.«

»Was ist ein Lichtjahr?«

»Die Strecke, die Licht in einem Jahr zurücklegt. Über neun Billionen Kilometer.«

»Sieht man von da oben andere Bilder?«

Hermann war überrascht über die Frage. Ein kluger Gedanke seines Sohnes, der ihn mit Stolz erfüllte. »Ja, von anderen Sternen aus sieht man auch einen anderen Himmel. Unsere Sonne ist dann auch Teil eines Bildes.«

Julius machte große Augen. »Kann man da hinfahren?«

Hermann seufzte. Er hörte es neben ihnen rascheln und sah sich um. Bei den Brombeerbüschen stand Tilla und beobachtete sie. Ihre Blicke trafen sich und sie kam zu ihnen herüber. Im Arm hielt sie Erna, die in eine Wolldecke gewickelt war. Obwohl es schon spät war, brabbelte seine Tochter immer noch vor sich hin. »Sie hat jetzt schon mehr geredet als du in deinem ganzen Leben«, lächelte Tilla und stieß ihn mit der Schulter an. »Warum schaust du so ernst? Hat dein Sohn die Jupiterbahn falsch berechnet?«

Hermann schwieg. Währenddessen entdeckte Julius weitere Tiere. »Ein Frosch! Ein Elefant!«

»Oder ist es noch wegen Oldenbourg?«, fragte Tilla.

Hermann starrte auf die Kokel. Das Wasser lag ruhig. Er dachte an die Absagen, die sich auf seinem Schreibtisch stapelten. Nicht nur die Professoren hatten seine Dissertation abgelehnt, auch die wissenschaftlichen Verlage taten es nun. Nicht einmal die Empfehlung von Wolf half. So viel Unfug wurde gedruckt und sein Manuskript galt als unseriös. Ein Verleger hatte sogar geantwortet, die Veröffentlichung einer solchen Arbeit gefährde den streng wissenschaftlichen Ruf des Verlages. Erst Oldenbourg hatte Interesse gezeigt. Doch der Verlag verlangte eine Beteiligung an den Druckkosten, das Risiko sei sonst zu groß. Ein ganzes Wochenende lang hatte Hermann über den Haushaltsbüchern gehockt, hatte Ersparnisse zusammengerechnet. Es reichte bei weitem nicht. Er würde Oldenbourg selbst absagen müssen und das war noch frustrierender als die Absagen seitens der Verlage.

»Hör zu«, sagte Tilla. »Ich weiß, was dir das bedeutet. Und ich weiß, wie viel Arbeit du da hineingesteckt hast und auch für mich war das alles nicht leicht. Das soll nicht umsonst gewesen sein. Deshalb will ich, dass du für die Druckkosten meine eigenen Ersparnisse nimmst.«

Sofort schüttelte Hermann den Kopf. »Ich habe dir schon zu viel zugemutet. Dein Modesalon –«, doch Tilla legte ihm die Hand auf den Mund. »Wage es nicht, das abzulehnen. Du weißt selbst am besten, wie unerträglich Absagen sind.«

Als Tilla im folgenden Jahr zum ersten Mal *Die Rakete zu den Planetenräumen* in den Händen hielt, sah sie Hermann mit hochgezogenen Brauen an. »Das sieht ja aus wie von einem Satanskult.« Sie deutete auf den schwarzen Umschlag. In kantiger Frakturschrift stand dort der Titel geschrieben. Manche Buchstaben mündeten nach oben in zwei Zacken, sodass sie aussahen wie Teufelshörner. Hermann war das völlig egal. Überschwänglich nahm er Tilla in den Arm, drückte sie an sich, drehte sich mit ihr, sie stolperten und fielen aufeinander. Wild gab er ihr einen Kuss, traf dabei die Nase. Tilla lachte. »Zu schade, dass ich nicht mehr Geld herumliegen habe.«

Den ganzen Tag verbrachte Hermann damit, wieder und wieder durch das Buch zu blättern. Hinten gab es sogar eine Faltseite, auf der seine Skizzen in roter und schwarzer Farbe abgedruckt waren. Ihm gefiel auch, dass den Nummerierungen der Kapitel Paragrafenzeichen vorangestellt waren. Seine Ideen wirkten so nicht bloß wie Theorien, sie erschienen wie Gesetze. Jeder konnte diese Gesetze nun lesen. Er hatte sie in die Welt hinausgeschickt.

Und die Welt antwortete. In den folgenden Monaten trafen unzählige Briefe in Schäßburg ein, Hermann kam mit dem Lesen kaum hinterher. Er nahm sie mit zur Bergschule, wo er nun als Lehrer arbeitete, und las sie in den Pausen auf der Bank neben der Schülertreppe. In vielen Schreiben wurde er als Professor angesprochen, das schmeichelte ihm. Eigentlich trugen in Siebenbürgen alle Gymnasiallehrer diesen Titel, aber falsch war es ja auch nicht, also sah er davon ab, die Leute zu korrigieren.

Gelegentlich vergaß er beim Lesen die Zeit und kam zu spät in den Unterricht. Seine Schüler störte das nicht weiter, mit denen verstand er sich ohnehin. Einmal hatte einer einen anderen verpetzt, als der während der Klassenarbeit heimlich in sein Buch geschaut hatte. Hermann hatte nicht eingegriffen. Es komme nicht darauf an, wie viel Wissen einer herumschleppe, sondern was man damit anfangen könne, hatte er gesagt. Er selbst habe früher als Schüler oft Fragen zu historischen Jahreszahlen nicht beantworten können und dann habe es Schläge mit dem Rohrstock gesetzt. Und was habe ihm das gebracht? Nichts außer ein paar blauer Striemen. Seinetwegen könne jeder gerne seine Bücher benutzen, hatte er erklärt und sofort hatten die Schüler in ihren Taschen gekramt.

Sogar aus dem Ausland kam Post. Der Kurier brachte aus Kaluga einen Brief in kyrillischer Schrift. Er kam von einem gewissen Konstantin Ziolkowski. Der hatte vor gut zwanzig Jahren eine Arbeit in der *Wissenschaftlichen Rundschau* in Russland veröffentlicht: *Die Erforschung des Weltraums mittels Reaktionsapparaten.* Hermann war erstaunt, wie ähnlich Ziolkowskis Überlegungen seinen eigenen waren. Er schlug Flüssigkeitsraketen vor, deren Geschwindigkeit davon abhing, wie sich die Masse durch den Treibstoffverbrauch änderte. Hermann antwortete ihm sofort. Es tat gut, seine Theorie endlich von anderen bestätigt zu wissen.

Auch mit einem Raketenwissenschaftler aus Massachusetts war er in Kontakt gekommen. Auf Robert Goddards Arbeiten war Hermann schon in Heidelberg aufmerksam geworden. Der Amerikaner hatte 1920 eine Abhandlung zu Flüssigkeitsraketen veröffentlicht: *Methoden zum Erreichen extremer Höhen.* Die Presse hatte ihn dafür ausgelacht, Mondmann war er genannt worden. Seitdem arbeitete er im Stillen weiter, erhielt dabei aber immerhin Unterstützung von der *Smithsonian Institution* und konnte eigene Versuche durchführen. Hermann kam nicht umhin, Goddard zu beneiden. Die Veröffentlichung war eine Sache, aber Experimente waren viel wichtiger. Erst damit konnte man Zweifler widerlegen. Und was nützte es, eine Idee in die Welt zu bringen, die niemand umsetzte?

Wenn Hermann die Briefe zu Hause las, wartete Julius ungeduldig darauf, die geöffneten Umschläge zu bekommen. Sein Sohn liebte die bunten Briefmarken. In einem Suppenteller, den Tilla ihm hinstellte, weichte er die Umschläge auf, zog die Marken ab und breitete sie auf dem Fußboden aus. Die Briefmarken lagen dann wild durcheinander, eine Logik in der Sortierung war nicht zu erkennen.

»Warum legst du sie so aus?«, fragte Hermann.

»Weil so sieht es schön aus«, erwiderte Julius.

Hermann hockte sich neben ihn. »Schau, hier stehen die Werte«, erklärte er und legte die Marken danach aufsteigend in eine Reihe. Sein Sohn schüttelte den Kopf. »Das ist nicht schön!« Er wischte alles wieder durcheinander. Hermann versuchte andere Sortierungen – nach Ursprungsland, Farbe des Drucks, Alter der Marken, Größe der Perforation –, doch Julius war nie zufrieden. Er fing an zu quengeln und Tilla kam ins Zimmer und fragte streng, was hier vor sich gehe. Julius zeigte anklagend auf Hermann. »Vater macht alles kaputt!«

Im Sommer 1924 sah es endlich danach aus, als könnte es mit den Experimenten etwas werden. Ein Bankier aus Würzburg schrieb, er habe *Die Rakete zu den Planetenräumen* mit Begeisterung gelesen und biete sich als Financier an.

Am liebsten hätte Hermann seine Stelle an der Bergschule sofort gekündigt und wäre in den nächsten Zug nach Deutschland gestiegen, doch Tilla hielt ihn zurück. Bis zu den Sommerferien sollte er schon noch warten, erklärte sie, während sie die kleine Ilse stillte. Sie hätten nun ihr drittes Kind bekommen und so rückständig er die Bergschule auch finde – das Gymnasium bezahle ihren Unterhalt. Oder wolle er etwa wie im Studium weiter seinem Vater zur Last fallen?

Hermann wusste nichts zu erwidern. Er brachte die letzten Schultage hinter sich und fuhr am ersten Ferientag nach Würzburg.

Der Bankier war ein grobschlächtiger Mann, der das Kinn weit oben trug und mit seiner hohen Stimme so schnell redete, dass Hermann kaum mitkam. Die Investition müsse sich alsbald lohnen, erklärte der Bankier. Ob schon in absehbarer Zeit ein Raketenflug mit fünf Zentnern Nutzlast auf einer Strecke von tausend Kilometern möglich sei?

Bei geeigneter Unterstützung könnte in einem Dreivierteljahr die erste Rakete steigen, erwiderte Hermann. Er war bemüht, genauso schnell zu sprechen wie der Bankier. Eilig trug er die Liste vor, die er vorbereitet hatte: Er brauche ein Laboratorium, eine Schweißwerkstatt, einen Mechaniker, einen Maschineningenieur, Baumaterial, Treibstoffe. Tilla hatte die Liste vor seiner Abfahrt auf seinem Schreibtisch gefunden. »Aha«, hatte sie gesagt. »Und wir wohnen dann in der Werkstatt und essen den Treibstoff?« Sie hatte einige Punkte ergänzt: zwanzigtausend Reichsmark Jahreseinkommen, eine Wohnung mit drei Zimmern und Küche, Rückerstattung der Übersiedlungskosten. Ein Umzug sei teuer. Der Bankier griff zum Füllfederhalter und rechnete. Endlich schaute er auf. »Halten Sie sich in Ihrem Hotel bereit. Wir starten in acht Wochen.«

Noch am selben Tag schrieb Hermann Tilla von den wunderbaren Neuigkeiten. Er werde über die Sommerferien hinaus in Würzburg bleiben. Seine Stelle an der Bergschule brauche er nun nicht mehr, hier werde er mehr verdienen, bedeutend mehr. Schon in einigen Wochen könne sie mit den Kindern nachkommen.

Nachdem er den Brief abgeschickt hatte, ging er in Würzburg ins Theater. Oldenbourg hatte ihn gebeten, einen Autor zu treffen, der ganz begeistert von Hermanns Buch gewesen war und nun für den Verlag ein volkstümliches Buch über die Rakete schreiben wollte.

Im Theater hielt der Autor einen Vortrag. Hermann kam zu spät und die Vorstellung hatte schon begonnen. Im Halbdunkel zwängte er sich auf einen freien Platz in den hinteren Sitzreihen. Es war stickig, die Luft roch süßlich nach Parfüm, er musste husten. Eine Dame legte mahnend den Finger auf den Mund. Hermann schaute zur Bühne. Ein Episkop warf flackernd eine Buchseite auf eine Leinwand. Das Sonnensystem war zu sehen, doch die Darstellung war äußerst merkwürdig. Planeten zogen lange Schweife hinter sich her, der Mond glühte, seine Umlaufbahn schloss Erde und Sonne ein. Daneben stand der Autor. Im kalten Licht des Scheinwerfers sah er geisterhaft aus. Sein Kopf war kahl, die Augen lagen unter schwarzen Brauen im Schatten. »Unsere Welt wurde erschaffen aus dem uralten Kampf von Weltglut und Welteis«, erklärte er mit gesenkter Stimme. »Vor vielen Äonen stürzte ein großer Planet in einen Gigantstern und zerbarst in der Glut. Unzählige Bruchstücke wurden in den Weltenraum hinausgeschleudert. Unser Sonnensystem ward geboren. Eine Wolke aus Eisstaub bildete den Schleier der Milchstraße, Eis formte die äußeren Planeten, Glutmassen verklumpten zur Sonne.« Hermann hielt den Unsinn kaum aus. Er sah sich um. Das Ehepaar neben ihm schaute gebannt. Beide trugen Abendgarderobe, die Frisur des Mannes war streng gescheitelt, das Gesicht der Frau gepudert. Unbegreiflich, dass sich solch bürgerliche Leute diesen apokalyptischen Fantasien hingaben.

»Der Äther bremst noch heute die Bewegung der Himmelskörper. Die Erde hatte ihm Laufe der Jahrmillionen viele Monde. Nach und nach verringerte sich durch den Äther ihr Bahnradius, sie zerbrachen und stürzten auf unseren Planeten hinab. Die Geschichte der Sintflut zeugt von einem solchen Ereignis.« Der Autor trat vor. »Einst wird auch unser Mond sich mit der Erde vereinen und einen Weltuntergang bringen!« Die gepuderte Dame griff nach der Hand ihres Mannes. Hermann hielt es nicht länger aus und ging auf die Toilette.

Anschließend setzte er sich in das Foyer des Theaters und schaute durch die Glasfront nach draußen. Auf der Straße fuhren deutlich mehr Automobile als noch während seines Studiums. Damals hatten die Wagen gewirkt, als wären sie aus Teilen, die man gerade zur Hand hatte, zusammengeschraubt worden. Heute sahen sie deutlich ebenmäßiger aus. Ob der Fortschritt bei der Rakete ähnlich schnell vorangehen würde?

Als er wieder in den Saal kam, war der Vortrag vorüber. Vor

der Bühne hatte sich eine Schlange gebildet, Zuschauer ließen sich vom Autor Bücher signieren. Hermann erhaschte einen Blick auf die Einbände. Auf manchen war der abstürzende Mond abgebildet, auf anderen eine tropfende Sonne. Beunruhigt stellte er fest, dass einige Titel dieser Werke in der gleichen diabolischen Schrift gehalten waren wie auf seinem eigenen Buch.

Nachdem der letzte Bewunderer den Saal verlassen hatte, ging er zum Autor. Der sah ihn einen Moment lang nachdenklich an, dann begann er zu strahlen. »Mit Ihrem schwarzen Schnurrbart hätte ich Sie beinahe nicht erkannt. Wie schön, Sie wiederzusehen!«

Hermann räusperte sich. »Guten Tag, Herr Valier.«

Max Valier lud ihn in ein kleines Lokal ein. Außer ihnen waren nur drei ältere Herren zu Gast, die Karten spielten. In einer Ecke klimperte eine Frau in Netzstrümpfen auf einem Klavier. Sie setzten sich, der Tisch war klebrig. »Ihr Buch ist eine Offenbarung!«, eröffnete Valier das Gespräch. »Ein Meilenstein!« Hermann rang sich ein Lächeln ab. Er hatte gehofft, Valier habe sich nun der seriösen Wissenschaft zugewandt. Nach dem Vortrag hatte sich das erledigt.

Valier zeigte ihm sein Manuskript. Natürlich war es voller Fehler. Manche waren so schlimm, dass man sich fragen musste, ob Valier überhaupt je Physik studiert hatte. »Jeder translatorisch bewegte Körper befindet sich in Bezug auf sich selbst in Ruhe«, erklärte Hermann.

»Natürlich.« Valier zupfte sich die Socken zurecht, in denen die Enden seiner Tweedhose steckten.

»Und man darf bei Stoßberechnungen auf keinen Fall den Energiebegriff benutzen!«

»Selbstverständlich.« Valier schaute zu der Frau in den Netzstrümpfen.

»Hören Sie«, sagte Hermann. »Die Physik muss stimmen. Sonst nimmt die Sache niemand ernst.«

Valier faltete die Hände. »Keine Sorge. Wir haben alle Aufmerksamkeit der Welt. Meine Artikel erscheinen in den illustrierten Blättern, sogar in der *Gartenlaube*.«

»Es geht aber nicht darum, Sensationsnachrichten zu produzieren. Das ist etwas anderes als Ihre Welteislehre.«

Valier neigte den Kopf. »Wie meinen Sie das?«

»Da haben Sie die Aufmerksamkeit der Leute, aber unter den Gelehrten nimmt das trotzdem niemand ernst.«

»Haben Sie Hörbiger mittlerweile gelesen?«

»Nicht eine Seite.«

»Das ist das Problem. Ich hatte auch Zweifel. Aber auch dafür brauchen wir die Rakete. Um den Beweis anzutreten.«

Hermann unterdrückte ein Stöhnen. »Bitte halten Sie die Rakete da raus. Das ist Esoterik.«

»Das könnte man über manche physikalische Formel auch sagen. Denken Sie nur an die Quantentheorien.«

»Die Formeln bilden aber die Wirklichkeit ab.«

»Glauben Sie ernsthaft, die Wirklichkeit lässt sich in mathematische Symbole pressen?«

Hermann ignorierte ihn und blätterte weiter. »Erst das Raketenflugzeug und daraus dann das Weltraumschiff.«

Valier strahlte. »Vom Bekannten ins Unbekannte.«

»Das ist nur leider Unsinn«, erwiderte Hermann. »Die Herausforderungen sind ganz unterschiedlich. Ein Flugzeug ist viel schwieriger zu bauen, allein die Aerodynamik ist unheimlich kompliziert. Eine Weltraumrakete dagegen muss nur auf einer vorgegebenen Bahn aufsteigen.«

»Für ein Flugzeug finden sich aber leichter Sponsoren.«

»Nur besteht die Gefahr, dass man an die Weltraumrakete nicht mehr glaubt, wenn das Raketenflugzeug misslingt.«

»Um das Raketenflugzeug müssen Sie sich keine Sorgen machen«, sagte Valier und lächelte geheimnisvoll. Er beugte sich vor. »Udet«, sagte er mit gesenkter Stimme.

»Udet?«

»Ernst Udet. Der berühmte Kunstflieger. Den müssen Sie doch kennen. Nach Richthofen die meisten Abschüsse im Krieg. Udet und ich wollen so bald wie möglich eine Rakete an ein Flugzeug schrauben und einen Höhenrekord aufstellen.«

Hermann warf die Hände in die Luft. »Mein Gott! Das ist doch Zirkus.«

Valier lehnte sich zurück. »Mag sein. Aber Zirkus bringt Aufmerksamkeit. Und Aufmerksamkeit bringt Geld.«

»Aufmerksamkeit wird gar nichts bringen, wenn sich bei so einem Flug jemand den Hals bricht!«

Valier sah ihn eindringlich an. »Ich sage Ihnen mal was. Wenn einer nicht den Kopf riskiert, dann zieht das nicht. Also muss einer den Kopf riskieren. Und dazu bin ich gerne bereit.«

Die Investition verzögerte sich. Ein paar Leute müssten noch Unterschriften leisten, erklärte der Bankier, dazu einige unbedeutende Gutachten, nicht weiter ungewöhnlich, es könne bald losgehen. Hermann schrieb an Tilla und vertröstete sie. Sie schlug vor, er solle in der Zwischenzeit heimfahren, schließlich seien die Ferien vorüber und die Schule gehe weiter. Doch Hermann fürchtete, er könnte den Start der Unternehmung verpassen, also schrieb er ihr, er wolle nicht unnötig Geld für eine Fahrkarte ausgeben, und außerdem trete er ja ohnehin bald seine neue Stelle hier an.

Nachdem er auch die Bergschule informiert hatte und bat, sich bis auf weiteres vertreten zu lassen, machte er sich daran, Valiers Manuskript zu korrigieren. Es war wie der Kampf mit der Hydra. Für jeden Fehler, den Hermann beseitigte, fügte Valier zwei neue hinzu. Hermann bot Oldenbourg an, lieber selbst ein volkstümliches Buch über die Rakete zu schreiben, doch der Verlag ging darauf nicht ein.

Um sich weiter die Zeit zu vertreiben, besuchte Hermann Vorlesungen an der Würzburger Universität. Dabei stellte er fest, dass die Physik an einen merkwürdigen Wendepunkt gelangt zu sein schien. Früher hatte man erst die Natur beobachtet und dann versucht, passende Theorien zu finden. Doch dieses Verhältnis hatte sich nun umgedreht: Neue Theorien wurden entwickelt und dann hoffte man, etwas zu beobachten, das zu den Berechnungen passte. Vor allem die Quantentheorien wurden immer verrückter. Hermann hörte von einem Franzosen namens Louis de Broglie, der behauptete, der Welle-Teilchen-Dualismus gelte nicht nur für das Licht. Auch Elektronen seien Welle und Teilchen zugleich, genauso Atome und Moleküle, überhaupt alle Materie: Sandkörner, Steine, Zellen, Blätter, Bäume, Tiere und schlussendlich auch Menschen. Hermann stellte sich vor, wie die Physiker den Leuten bald verkünden würden: Menschen sind Wellen. Selbst Einstein fehlte der Determinismus und plötzlich erschien Valiers Einwand, auch physikalische Formeln seien Esoterik, gar nicht mehr so abwegig. Ein unangenehmer Gedanke und er vertrieb ihn schnell wieder.

Es dauerte bis in den Dezember, dass der Bankier ihn wieder zu sich bat. Noch bevor Hermann Platz genommen hatte, legte er schon los. »Wir können es kurz machen. Aus der Sache wird nichts.«

»Wie bitte?« Hermann musste sich am Stuhl festhalten.

Der Bankier hielt einen Umschlag hoch. »Ein Gutachten. Professor Franke. TH Berlin. Es ist negativ.«

»Was hat der Professor auszusetzen?«

»Die Prämissen stimmen nicht.«

»Welche Prämissen? Das ist alles klassische Mechanik.«

Der Bankier zuckte mit den Schultern. »Ich bin kein Physiker. Wenden Sie sich an Franke.«

»Aber ich habe doch schon einen Plan gemacht. Ich muss nur die Ausströmgeschwindigkeit messen, dann geht alles ganz schnell. Schon in sechs Monaten kann die Rakete steigen!«

Der Bankier schüttelte den Kopf. »Aber nicht in den Würzburger Himmel. Die Sache hat sich erledigt.«

Kurz nach Neujahr kehrte Hermann heim. Es war bitterkalt geworden. Kinder liefen Schlittschuh auf der Kokel, Eiszapfen hingen über der Haustür herab.

Noch nie hatte er Tilla so wütend gesehen. Sie war bleich vor Zorn und nahm ihn zur Begrüßung nicht in den Arm.

»Es tut mir leid«, sagte er leise. »Ich konnte doch nicht wissen, dass das passiert.«

»Ich habe es gewusst«, sagte Tilla. »Und ich musste dafür nicht nach Deutschland fahren.«

Neben der Krippe am Ofen lag Ilse. Sie war größer geworden und strampelte schon kräftig. Hermann nahm sie unbeholfen auf den Arm, Ilse trat ihm vor die Brust und er legte sie schnell zurück. Neben ihm stand Erna und zupfte ihn an der Hose. Sie konnte auf einmal schon in ganzen Sätzen sprechen. »Vater, das Christkind war da. Jetzt hast du gar keine Geschenke bekommen!«

Hermann trat an den Stubentisch. Julius saß dort, den Blick auf die Zettel vor sich gerichtet, und flog mit dem Bleistift über das Papier. Er war inzwischen eingeschult worden und löste Rechenaufgaben in einer Geschwindigkeit, dass selbst Hermann kaum mitkam. Er legte seinem Sohn die Hand auf die Schulter. »Gut machst du das.« Doch Julius reagierte nicht. Er blickte stur auf die Aufgaben vor sich und schließlich ließ Hermann von ihm ab.

An der Bergschule empfing ihn der Rektor kopfschüttelnd. »Meinen Sie das ernst? Natürlich haben wir die Stelle neu besetzt. Hätten wir hier ewig auf Sie warten sollen?«

»Es tut mir leid.«

»Außerdem waren Ihre Methoden ohnehin von zweifelhaftem Wert.«

»Was meinen Sie?«

»Wer lässt denn bitte schön seine Schüler bei den Klausuren die Bücher benutzen? Und das war noch nicht einmal das Ärgste – Ihre Schüler durften sich sogar die Noten selbst aussuchen.«

»Aber sie wussten ja auch viel besser als ich, wie viel sie verstanden hatten.«

Das Gesicht des Rektors lief rot an. »Und auf jemanden wie Sie sollen wir hier ein halbes Jahr warten?«

Es war nicht einfach, eine neue Stelle zu finden. Während er suchte, hoffte er insgeheim, in Deutschland würde sich doch noch eine neue Möglichkeit für ihn auftun. Die Zahl der Raketenenthusiasten stieg rasant, Max Valiers Buch war ein voller Erfolg. Die erste Auflage war schnell vergriffen, es folgte eine zweite, dann eine dritte. Mehr und mehr Briefe kamen nach Schäßburg, doch immer öfter kamen die Schreiben von irgendwelchen Laien. Hermann musste einen Prokuristen aus Prag abwimmeln, der ihm einhundert Reichsmark für eine Fahrkarte zum Mond bot. Schuld daran war natürlich Valier. Der veröffentlichte zahllose sensationsgeladene Artikel in Illustrierten, und was noch schlimmer war: Er verwies dabei ständig auf Hermann, den Weltraumprofessor. Es war eine Katastrophe. Natürlich nahmen anerkannte Gelehrte so etwas nicht ernst. Der berühmte Professor Hans Lorenz aus Danzig machte Stimmung gegen die Weltraumrakete. Er nannte Hermann einen einfachen Mittelschullehrer vom Balkan und veröffentlichte Artikel gegen ihn. Auch der Astronom Johannes Riem, der auch schon gegen Einstein polemisiert hatte, wetterte gegen die Rakete. Das Rückstoßprinzip sei im Weltraum gar nicht möglich, behauptete er. Hermann konnte sich nur an den Kopf fassen. Als würde Newtons Mechanik ausschließlich auf der Erde gelten. Er versuchte, die unsinnigen Argumente zu widerlegen, doch in Deutschland wollte keine wissenschaftliche Zeitschrift seine Aufsätze drucken. So blieben auch Investoren skeptisch. Hermann ahnte, was das Problem war: Die Rakete war ein Thema für die Illustrierten geworden.

Erst im Frühjahr wurde schließlich am Lyzeum in Mediasch etwas für ihn frei. »Dort kann ich nicht arbeiten«, erklärte er Tilla. »Wir haben kein Haus dort, kennen kaum Leute und ich habe mit den Briefen im Moment auch wirklich viel zu tun.«

»Bist du jetzt vollkommen verrückt geworden?«, fragte sie ihn. »Natürlich nimmst du die Stelle an!«

Als sie beim Sonntagsessen mit den Eltern zusammensaßen, fragte Tilla den Vater nach seinen Plänen für die Zukunft. Der seufzte. »Im Spital wird ein Rumäne Direktor, die schicken mich bald in Rente. Ich werde doch eigentlich erst fünfundsechzig.«

Tilla fasste ihn am Arm. »Dabei hast du so viel für das Spital getan.«

»Man muss es akzeptieren«, sagte der Vater. »Ich habe einem alten Studienkollegen geschrieben. Der arbeitet in Neu-Werbaß in Serbien. Es gäbe dort eine Stelle für mich.«

Neben ihm senkte die Mutter den Kopf.

»Wir werden auch bald umziehen müssen«, sagte Tilla. »Hermann tritt eine Stelle in Mediasch an.«

»Gut«, sagte der Vater. »Ich könnte euch auch kaum noch mehr unterstützen.«

»Eben«, sagte Tilla und schaute zu Hermann.

Er mied ihren Blick.

»Wollen wir nicht zusammen in Mediasch ein Familienhaus bauen?«, fragte Tilla.

Hermann verschluckte sich an seiner Suppe. Er wollte etwas sagen, aber Tilla sah ihn strafend an. Sie wandte sich zur Mutter. »Dann könntest du bei uns wohnen und wärst nicht allein, wenn dein Mann in Serbien ist.«

Die Mutter schaute auf. »Das wäre schön.«

Der Vater nickte. »Eine gute Idee.«

Und Hermann fiel ums Verrecken nicht ein, was er dagegen einwenden konnte.

So zogen sie also kurz darauf nach Mediasch, und nachdem sie eine Weile zur Miete gewohnt hatten, lebten sie im neuen Familienhaus. Nach dem Umzug war das Geld knapp und sie nahmen im Dachgeschoss einen Mieter auf. Oberst Centurian arbeitete in der Fliegerschule im Osten der Stadt, ein großer, stiernackiger Mann mit sonnengegerbter Haut, der morgens früh das Haus verließ und abends erst spät von der Arbeit zurückkam. Hermann und er wechselten nie viele Worte miteinander. Wenn sie sich im Haus über den Weg liefen, grüßten sie einander, erkundigten sich kurz nach der Arbeit, sagten Sätze wie »Läuft gut« oder »Geht voran« und ließen es dabei bewenden.

Hermann wollte nicht länger auf Unterstützung aus Deutschland warten. Er richtete sich das Schülerlabor im Lyzeum für Experimente her. Der Rektor war überhaupt nicht begeistert. Das könne er nicht dulden! Hermann wandte ein, auch die Schüler könnten von seinen Versuchen etwas lernen. Der Rektor runzelte die Stirn. Sie einigten sich schließlich darauf, dass Hermann sein Labor in einer hinteren Ecke des Kellers einrichten durfte, wo möglichst niemand etwas davon mitbekam. Der Versuchsaufbau, mit dem er dort Ausströmgeschwindigkeiten vermaß, war primitiv, aber es war besser als nichts. Die Ergebnisse passten zu den Werten, die er erwartet hatte, doch als er sie nach Deutschland schickte, wollte ihm unter den Gelehrten trotzdem keiner glauben.

In Deutschland hatten sich mittlerweile so viele Raketenenthusiasten versammelt, dass Max Valier mit ihnen in Breslau den *Verein für Raumschiffahrt* gründete. Valier lud auch Hermann ein beizutreten. Es gebe sogar eine Vereinszeitschrift! *Die Rakete* war ein dünnes Heft mit sechzehn Seiten, ein einziger Druckbogen, voll mit Artikeln von Max Valier, darunter ein fantastischer Fortsetzungsroman. Auf der letzten Seite prangte eine Werbung für seine Vorträge. Auch winkten Preise, wenn man neue Mitglieder warb. Bei drei Mitgliedern gab es ein Bildnis von Max Valier mit Autogramm, bei fünf Mitgliedern seine Erzählung »Fahrt ins All«, bei zehn Mitgliedern Max Valiers neuestes Buch, persönlich signiert. Hermann wollte nicht beitreten. Aber war das nicht falsche Eitelkeit? Seine Situation wurde nicht besser, wenn er außen vor blieb. Und war die Zeitschrift nicht die erste Möglichkeit, den Kritikern unter den Gelehrten mit Argumenten entgegenzutreten? Er schrieb zurück an Valier. Er habe da einen Aufsatz gegen einen Professor, der ihn einen Balkanlehrer genannt habe. Ob der Artikel in der *Rakete* abgedruckt werde, wenn er beitrete? Es sei besser, er erscheine dort als nirgendwo. Valiers Antwort kam prompt. Natürlich, das drucke man nur zu gern! Die Schlacht der vielen Formeln gegen die verkalkten Professoren wolle man schließlich gewinnen. Der Artikel sei zwar etwas lang, aber man könne ihn ja auf zwei Ausgaben aufteilen. Ganz wie bei einem Fortsetzungsroman.

Oft hockte Hermann für seine Versuche bis tief in den Abend schwitzend in den schwülen Kellergewölben des Lyzeums und kam erst spät heim. Nach einer Weile fiel ihm auf, dass Tilla und Oberst Centurian abends häufig noch gemeinsam in der Stube saßen. Wenn Hermann den Kopf hereinsteckte und einen guten Abend wünschte, verstummten die beiden. »Das Essen steht in der Küche«, sagte Tilla dann. Erst freute er sich, dass sie sich so gut mit Centurian verstand, nach einiger Zeit begann ihn die Sache aber doch zu stören.

Eines Abends legte er sein Ohr an die geschlossene Tür und lauschte. Die Stimmen drangen nur dumpf hindurch und er konnte nicht verstehen, was sie sagten. Die meiste Zeit schien Tilla zu reden, dann aber sagte Centurian etwas und Tilla lachte laut auf. Schließlich konnte Hermann nicht länger an sich halten. Er trat ein, begrüßte die beiden und setzte sich einfach dazu. Tilla schaute überrascht, Centurian strich über die gestickten Abzeichen auf seiner Uniform. Peinliches Schweigen. Hermann sah Centurian an. »Sagen Sie, haben Sie eine Lavaldüse in der Fliegerschule?«

»Was ist das?«

»Eine Düse in Sanduhrform«, erwiderte Hermann. »Oben verbrennen die Gase, in der Verjüngung werden sie beschleunigt, unten treten sie heraus.«

Centurian nickte. »So etwas haben wir leider nicht. Sonst hätten wir natürlich gerne geholfen.« Der Oberst schaute zu Tilla und lächelte. Wütend blieb Hermann sitzen. Niemand sagte etwas. Centurian hauchte einen Orden am Revers an und wischte ihn ab. Auch Tilla schwieg eisern. Hermann hörte das Ticken der Wanduhr, aber so unangenehm es auch war, er zwang sich, sitzen zu bleiben. Schließlich räusperte sich Centurian. »Es ist wohl Zeit für das Bett. Ich wünsche eine angenehme Nachtruhe«, sagte er. Er verließ die Stube und man hörte, wie er die Treppe in das Dachgeschoss hinaufstieg. Oben öffnete und schloss sich eine Tür. Hermann wollte etwas sagen, aber Tilla erhob sich und sah ihn böse an. »Immerhin bist du noch eifersüchtig.«

Von nun an bemühte Hermann sich, immer rechtzeitig zum Abendbrot zu Hause zu sein. Auch mit den Kindern verbrachte er wieder mehr Zeit. Es fiel ihm schwer. Ilse schrie und strampelte ständig, nur die Brust der Mutter schien sie beruhigen zu können. Julius dagegen war noch schweigsamer geworden. Er hatte es sich zur unsinnigen Aufgabe gemacht, die Bilder auf den Briefmarken abzumalen. Zeichnungen mit dem Dom von Speyer und Friedrich Ebert lagen auf dem Küchentisch herum. Hermann erklärte ihm, so gut wie die Druckmaschinen könne man das ohnehin nicht hinbekommen, ob er sich nicht eine andere Beschäftigung suchen wolle. Julius sagte nichts und verschwand mit den Zeichnungen in seinem Zimmer. Nach den Marken fragte er fortan nicht mehr, doch Hermann hatte den Verdacht, dass Julius sie heimlich aus dem Mülleimer fischte.

Nur Erna suchte ab und zu seine Nähe. Er tat sich schwer, ihre Spiele zu begreifen. Sie baute aus Bauklötzen keine Häuser oder Türme, sondern gab ihnen Namen und bekritzelte sie mit Gesichtern. Die Klötze stritten miteinander und vertrugen sich wieder. Manche heirateten auch. Meist saß Hermann bloß dabei und sah ihnen zu.

Der Vater verbrachte viel Zeit in Serbien. Wenn er doch einmal daheim war, saß er meistens im Sessel, vertieft in medizinische Fachjournale, mit denen er sich auf dem neuesten Stand hielt. Er saß nicht mehr so aufrecht wie früher. Die Schultern hingen durch, oft stützte er den Kopf auf. Man überlasse ihm im Sanatorium in Neu-Werbaß nur die unkomplizierten Fälle, sagte er einmal, ohne von seinem Journal aufzusehen. Er sei sich sicher, er hätte manches Mal helfen können, wo es später geheißen habe, da sei nichts mehr zu machen gewesen.

Hermann, der gerade bei Erna saß, nickte. Er habe auch das Gefühl, man höre zu selten auf ihn.

»Aber klagen«, sagte der Vater, »ist eine Sünde. Ein guter

Mensch krepiert, aber er tut seine Pflicht. Jeden Tag aufs Neue gilt es, sich zu bemühen.« Der Vater kramte sein Taschentuch hervor, hustete und schnäuzte sich. Er rieb sich die müden Augen, dann widmete er sich wieder seinem Journal.

»Dein Kollege Valier arbeitet jetzt also mit Fritz von Opel zusammen?« Tilla reichte Hermann beim Frühstück die Zeitung. »Schau mal.«

Hermann nahm sie entgegen und nickte grimmig. »Sie bauen einen Raketenwagen.« Auf einer Fotografie war Valier in einem der Boliden abgebildet. Er trug den ewig gleichen Tweedanzug, Hermann hatte den Verdacht, dass auch Valier all sein Geld in die Rakete steckte. Die Glatze verbarg Valier unter einer Fliegerhaube. Hinten aus dem Wagen traten Brenngase aus und formten eine riesige Wolke, die das Publikum einnebelte: Arbeiter mit Schiebermützen und Herren mit Zylinder – sie alle waren berauscht von der Zirkusnummer. »Lächerlich«, sagte Hermann.

»Was hast du denn?«, fragte Tilla. »Du hast dir doch immer Experimente gewünscht. Und jetzt gibt es welche.«

»Aber Valier macht die falschen. Dem geht's doch nur um Sensation und Rekorde. 138 km/h! 235 km/h!«

Tilla schüttelte den Kopf. »Manchmal bist du wie ein kleines Kind, weißt du das? Vor ein paar Jahren wolltest du noch, dass alle sehen können, was für ein tolles Spielzeug du dir ausgedacht hast. Und jetzt spielen auch andere damit und da willst du es doch lieber nur für dich haben.«

»Aber darum geht es doch«, rief Hermann. »Es wird nur gespielt. Niemand nimmt die Sache wirklich ernst!«

»Vielleicht nimmst du sie auch zu ernst.«

»Wie bitte?« Hermann sprang auf. »Jahrelang hat mir niemand geglaubt und jetzt ist die Rakete endlich in der Welt und man treibt nur Schindluder damit! Verstehst du das denn nicht?«

Tilla zog ihn zurück auf seinen Stuhl. »Doch, ich verstehe dich. Aber es ändert doch nichts, wenn du dich so aufregst. Du steigerst dich da hinein und das hilft niemandem.«

Er atmete durch und nahm einen Schluck von seinem Tee. »Ich habe übrigens kürzlich eine Einladung nach Berlin bekommen.«

»Was für eine Einladung?«, fragte Tilla. Hermann stand auf, holte den Brief aus seinem Arbeitszimmer und zeigte ihn ihr. Sie las ihn und blickte auf. Er konnte sich nicht erinnern, sie je so beeindruckt gesehen zu haben.

»Ich würde die Einladung gerne annehmen, aber ich wäre dann wohl ein paar Wochen nicht daheim.«

Tilla korrigierte ihn. »Es wären wohl eher ein paar Monate. Oder auch ein Jahr.«

Hermann wies sie darauf hin, dass die Einladung eine Ehre sei. Er könne das eigentlich nicht ausschlagen.

Ach so, es gehe ihm also bloß um die Höflichkeit?

Hermann strich sich über den Bart. »Und es ist zugegebenermaßen eine hervorragende Gelegenheit, Valier etwas entgegenzusetzen. Das öffentliche Bild der Rakete zu verwissenschaftlichen. Was ist da schon ein Jahr.«

Tilla strich sich über ihren Bauch, der sich schon wieder wölbte. »In einem Jahr passiert viel.«

»Ich habe so lange von außen zusehen müssen, ich werde noch wahnsinnig darüber.«

»Das bist du doch jetzt schon.« Tilla lachte.

Hermann nahm ihre Hand.

Sie sah ihn überrascht an. »Das hast du nicht einmal bei deinem Antrag gemacht.«

»Ich bitte dich.«

Sie sah ihn an, nahm sein Gesicht in beide Hände. »Also gut. Das eine Mal noch. Aber danach bleiben wir zusammen. Das musst du mir versprechen.«

Hermann umarmte sie. »Ich verspreche es.« Er hoffte, es war ein Versprechen, das er halten konnte.

Im Sommer 1928 kam Hermann nach Berlin. Die Hitze stand zwischen hohen Häuserreihen, dichter Feierabendverkehr schob sich über das aufgeheizte Pflaster. Auch auf den Gehsteigen herrschte Gedränge. Angestellte, die sich den Hut tief ins Gesicht gezogen hatten, waren auf dem Heimweg, Damen schleppten Einkaufstaschen, Hunde zogen alte Menschen hinter sich her. Jemand rempelte Hermann beiseite, er stieß einen Passanten mit Krücke an, der Kerl schimpfte. Die Hektik der riesigen Stadt machte Hermann nervös und es dauerte eine Ewigkeit, bis er das Romanische Café endlich gefunden hatte. Er fragte sich, wann er das letzte Mal so aufgeregt gewesen war. Es musste bei den Professoren in Göttingen gewesen sein. Eilig trat er durch die Drehtür ein. Sofort stellte sich ein Kellner in den Weg. »Tut mir leid, wir sind ausgebucht.«

»Ich bin verabredet.«

Der Kellner erkundigte sich nach dem Namen der Verabredung. Hermann nannte ihn. Ungläubig sah der Kellner ihn an. »Einen Moment, bitte«, sagte er und verschwand. Hermann sah sich im Café um. An Dutzenden Marmortischen saßen Männer mit aufwendig gekämmten Frisuren. Einige diskutierten lautstark, andere lasen Tageszeitungen, manche rührten nur in ihren Tassen und starrten ins Leere. Endlich kam der Kellner zurück. »Folgen Sie mir, bitte.« Er führte Hermann durch den großen Raum des Cafés in einen kleineren. Nur etwa zwanzig Tische standen hier. Am Fenster saß ein Mann mit streng zurückgestrichenem Haar und Monokel. Der Kellner machte eine Verbeugung. »Ihre Verabredung.«

Fritz Lang sah auf. »Mein Weltraumprofessor!« Er stand auf, begrüßte Hermann mit einem kräftigen Händedruck und wies auf den Stuhl gegenüber. »Setzen Sie sich!« Es klang wie eine Anweisung. Der Kellner schenkte ihnen Kaffee ein. Lang fächelte sich Dampf zu und schloss genießerisch die Augen. »Der beste Kaffee in ganz Berlin. Trinken Sie!« Er zog ein silbernes Etui mit Zigarillos heraus. »Wie läuft es daheim?«

»Wir erwarten bald unser viertes Kind.«

»Großartig, ein Familienmensch!« Lang hielt ihm das Etui hin.

»Danke, ich rauche nicht.«

»Sie verpassen was.« Hermann beobachtete, wie zwei junge Männer mit bunten Krawatten aus dem großen Raum des Cafés zu ihnen hinüberschielten. Die beiden flüsterten miteinander. Einer stand auf und trat zu ihnen an den Tisch. Er streckte dem Regisseur seine Hand entgegen. »Herr Lang, darf ich Ihnen meine Bewunderung aussprechen?«

»Nein!«, sagte Lang, ohne den Mann auch nur anzusehen.

Der Kellner eilte herbei und schob den Bewunderer wieder hinaus. Lang zog an seinem Zigarillo. »Der muss zurück ins Nichtschwimmerbecken.« Er zeigte zum großen Raum. »Die da drüben kommen nur wegen uns her. Die wollen uns kennenlernen. Dazugehören. Es ist wirklich ermüdend.«

Hermann fragte sich, warum das Treffen dann hier im Café stattfand. Lang klopfte mit der Hand auf ein Manuskript, das vor ihm auf den Tisch lag. »Das Wesentliche wissen Sie ja schon aus meinem Brief. Ich will einen Film über die Rakete drehen. *Frau im Mond*. Und zwar einen möglichst realistischen.«

Hermann nickte. »Nach dem ganzen Unsinn über die Raketenautos würde das enorm helfen.«

»Der Raketenstart soll das Herz meines Films werden. Alles soll so glaubwürdig wie irgend möglich aussehen. Deshalb will ich Sie, Professor, auch als meinen Berater dabeihaben. Mit Ihnen glaubt man mir, was ich da zeige.« Lang nickte ihm zu.

»Lassen Sie mich kurz erklären, worum es in der Geschichte geht.« Der Regisseur schlug das Drehbuch auf und begann zu erzählen. Nach ein paar Minuten fragte Hermann sich, was Lang unter *kurz* verstand. Der Regisseur schweifte immer mehr ab. Er erklärte, die Ufa habe ihn überreden wollen, *Frau im Mond* später zu vertonen, aber das komme nicht in Frage. Das passe nicht zum Rhythmus. Ihm gefalle das: Sein letzter Stummfilm im alten Stil und dann über eine Mondrakete! Schließlich begann Lang sogar, einzelne Szenen vorzuspielen. Dabei lief er neben dem Tisch auf und ab, zwischendurch wedelte er mit den Armen. Lang starrte dabei immer wieder irgendwohin, aber als Hermann dem Blick folgte, war da nur die weiße Wand. Lang strahlte, als er fertig war. »Und, was sagen Sie, Professor?«

»Eine schöne Geschichte.«

Lang sah ihn an. »Aber?«

»Ich hatte gehofft, es würde mehr um die Rakete gehen.«

Lang hob den Zeigefinger. »Es ist ein großes Abenteuer. Ein Krimi. Ein Melodram. Und ohne die Rakete würden Wolf und Friede nicht zueinander finden.«

»Ja«, sagte Hermann. »Es ist eine Romanze.«

»Meine Frau Thea von Harbou flicht so was gerne ein«, sagte Lang. »Und in diesen Film passt es auch.«

Hermann räusperte sich. »Aber dann ist die Rakete nur dafür da, eine Liebe zu erfüllen. Das ist irgendwie wenig.«

Lang sah ihn ernst an. »Das ist sogar eine ganze Menge! Sehen Sie es doch mal so: Die Technik ist hier des Menschen Werkzeug, seine Ideale zu verwirklichen. Die einen streben nach Geld, die anderen nach Erkenntnis und manche eben nach Liebe.«

»Aber wieso ist die Rakete das Werkzeug und die Liebe das Ideal? Es könnte doch auch umgekehrt sein.«

»Die Liebe als Werkzeug?« Lang lachte auf. »Das erklärt die vier Kinder.«

»Wie bitte?«

»Nichts für ungut. Dann erklären Sie mal. Wie kann die Rakete ein Ideal sein?«

»Sie steht für den Fortschritt. Und die Liebe hilft, ihn voranzubringen.«

Lang schwieg.

»Den Fortschritt der Menschheit, meine ich«, fügte Hermann hinzu. Er errötete. Es hörte sich plötzlich so banal an.

»Meinen Sie, mit der Technik wird die Welt besser?« Lang reckte das Kinn. »Jeder hat eine andere Vorstellung von der Welt, Technik hin oder her.« Lang drückte den Stummel seines Zigarillos in den Aschenbecher. »Professor, schauen Sie: Sie sind der Experte für die Rakete. Und ich bin der Experte für das Geschichtenerzählen. Lassen Sie uns dabei bleiben.« Der Regisseur nahm sein Monokel vom Auge und putzte es. »Nun aber zum Wichtigsten. Ich will für meinen Film eine ganz besondere Werbung. Etwas, das die Welt noch nicht gesehen hat«, erklärte Lang und klemmte sich das Monokel wieder vors Auge. »Ich biete Ihnen zehntausend Reichsmark. Bauen Sie mir zur Premiere meines Films die erste Rakete der Welt.«

Der Werbemann der Ufa, Herr Seidel, war ein furchtbar penibler Kerl. Er las jede Seite des Vertrags einzeln vor, während Hermann darauf wartete, endlich zu unterschreiben.

»An allen Erträgen, die Sie aus der gewerblichen Verwertung Ihrer auf die Rakete bezogenen Erfindungen erzielen, sind Fritz Lang und die Ufa mit fünfzig Prozent beteiligt«, sagte Seidel langsam. »Der Vertrag läuft bis zum 31. Dezember des Jahres 2020. Er verlängert sich jeweils um zehn Jahre, falls er nicht sechs Monate vor Ablauf mittels eingeschriebenen Briefes gekündigt wird.«

Hermann beugte sich vor. »Lassen Sie mich selbst lesen.«

»Nein, nein. Alles muss seine Richtigkeit haben.« Seidel lächelte. »Ich will später keine Klagen hören.«

Eine geschlagene Stunde später schob Seidel ihm den Vertrag schließlich zu. Hermann kritzelte seine Unterschrift hinein. Er konnte es kaum erwarten anzufangen.

Bevor er die Rakete bauen konnte, musste er Lang bei den Dreharbeiten unterstützen. Er beneidete den Regisseur für das Großatelier auf dem Filmgelände in Babelsberg. Die Ufa hatte es für Langs letzten Film *Metropolis* gebaut. Überall standen moderne Scheinwerfer und Kameras, es gab Metallwerkstätten mit Schweißern und Technikern, Dutzende Mitarbeiter eilten umher und präparierten Filmsets wie Versuchsaufbauten.

An seinem ersten Arbeitstag sprach Hermann mit dem Bühnenbildner über die Darstellung des Mondes. Hermann brachte hochaufgelöste Fotografien mit. Er zeigte die gleißend hellen Terrae, ausgedehnte Hochländer und die dunklen Tiefebenen aus erkalteter Lava, die man früher für Meere gehalten hatte, und die deshalb Mare genannt wurden. Hermann zählte auch einige der vielen tausend Krater auf, die nach Kopernikus, Kepler, Grimaldi, Aristarch und anderen großen Forschern benannt worden waren, und heimlich wünschte er sich, einst möge einer, und sei es auch nur ein ganz kleiner, seinen Namen tragen. Er erklärte dem Bühnenbildner, wie im Laufe der Jahrmillionen unzählige Meteoriteneinschläge die Mondoberfläche nach und nach pulverisiert hatten. Der gesamte Mond sei vermutlich von einer dicken Staubschicht bedeckt. Der Bühnenbildner hörte interessiert zu und bedankte sich.

Ein paar Tage darauf zeigte er Hermann das Ergebnis seiner Arbeit. Er führte Hermann durch das Atelier zu einem Filmset, wo ein Berg aus Sand aufgeschüttet worden war. »Das ist die Wüste, von der Sie gesprochen haben.«

Hermann nahm eine Handvoll des Quarzsands auf und ließ ihn durch die Finger rieseln. »Grundsätzlich nicht verkehrt. Aber eigentlich müsste es eher Staub aus Schwermetallen sein.«

Der Bühnenbildner zog die Brauen hoch. »Sollen wir jemanden hochschicken und ein paar Tonnen davon herholen?«

Hermann ging ein paar Schritte weiter und hielt inne. »Was bitte ist denn das?« Er deutete auf einige Krater, in denen das Wasser stand.«

»Tümpel – im Film sollen sie natürlich blubbern!«

»So ein Unsinn. Wasser gibt es auf dem Mond vermutlich eher nicht, und wenn, mit Sicherheit nicht in diesen Mengen.« Er deutete auf die Kulissenbilder. »Und die sind hoffentlich nicht für diesen Film.«

»Doch, natürlich.«

»Zerklüftete Gebirge und Nebelschwaden? Das kann nicht Ihr Ernst sein.«

Wortlos wandte sich der Bühnenbildner ab und stapfte davon. Kurz darauf kam er mit Fritz Lang zurück. Lang erkundigte sich, was das Problem mit den Kulissen sei.

»Wo soll ich anfangen?«, sagte Hermann. »Für Nebelschwaden braucht es Wasser und Luft. Beides gibt es auf dem Mond nicht.«

Lang hob den Zeigefinger. »So genau weiß man das nicht. War ja noch keiner da.«

»Doch, das weiß man. Der Mond hat keine Atmosphäre.«

Lang neigte den Kopf. »Dann können meine Figuren auf dem Mond aber nicht atmen.«

»Ganz genau.«

»Professor, soll ich meine Schauspieler die ganze Zeit in Taucheranzüge stecken?«

»Selbstverständlich.«

Lang schüttelte den Kopf. »Der Film muss erzählt werden und das geht nicht, wenn man die Menschen nicht sieht, die ihn erzählen sollen. Der Mond braucht Luft.«

»Dann ist es nicht der richtige Mond.«

»Der kann es ja gar nicht sein«, seufzte Lang. »Es ist eine Fiktion.«

Hermann schüttelte den Kopf. »Ich habe das Gefühl, Sie wollen gar keine neue Welt zeigen. Sondern nur eine, die man ohnehin schon kennt.«

Lang lächelte. »Ganz genau.« Er zog das Silberetui mit den Zigarillos aus seiner Hemdtasche und hielt es in die Runde. Der Bühnenbildner griff zu, Hermann lehnte ab. Lang sah ihn streng an. »Die Friedenspfeife schlägt man nicht aus. Rauchen Sie!« Widerstrebend nahm Hermann einen Zigarillo und zog daran. Der Rauch trieb ihm die Tränen in die Augen und er musste husten. Lang schob das Etui wieder in seine Brusttasche. »Wir machen es so, Professor: Sie überlassen mir den Mond. Dafür halte ich mich bei der Rakete an alles, was Sie vorgeben. Einverstanden?«

Lang lud Hermann zum Dreh des Raketenstarts ein. Ein Holzmodell der Rakete stand auf einem großen Tisch, ein Ateliertischler hatte es nach seinen Entwürfen gefertigt. Nach dem Erlebnis mit den Kulissen war Hermann überrascht, wie genau man sich an seine Vorlagen gehalten hatte: Die Rakete war schwarz-weiß gestrichen, der konische Kopf lief dickbauchig zu, sie stand auf vier Flossen und hatte zwei Brennstufen. Im Film würde auch ein Tachometer gezeigt, auf dem die korrekte Fluchtgeschwindigkeit verzeichnet war. »Sogar an das Wasserbecken haben Sie sich gehalten!«

»Sie haben gesagt, anders sei's nicht zu machen«, erwiderte Lang. »Die Rakete müsse aus dem Becken starten, also startet sie aus dem Becken.«

»Ich danke Ihnen«, sagte Hermann. Im nächsten Moment schon war es ihm peinlich. Lang lachte. »Nicht doch. Ich danke Ihnen!«

Um den Startplatz der Rakete waren unzählige Stecknadeln in den Tisch gespießt und mit Pech verkleidet worden: Ein Publikum von abertausenden Zuschauern. Lang wollte, dass die Szenerie im Nebel lag. Er verteilte Zigarren und ließ die Leute den Tisch einqualmen. Vorsichtig nahm Hermann einen Zug. Er blies den Rauch aus und nahm einen zweiten. Der würzige Geschmack war gar nicht mehr so übel. Kurz darauf drückte er seinen Stummel als Erster in den Aschenbecher. »Gute Güte«, sagte Lang. »Sie rauchen ja schon wie ein Schlot.« Er griff in seine Hemdtasche und schenkte Hermann das Silberetui.

Der Dreh begann. »Kamera läuft?«, fragte Lang.

»Kamera läuft!«, sagte der Kameramann.

Lang nickte. »Und – bitte.«

Langsam fuhr die Holzrakete aus der Montagehalle, wurde gefilmt. In den nächsten Einstellung glitt sie in das Wasserbecken. Sofort schüttelte Lang den Kopf. »Grässlich. Nochmal.« Die Rakete wurde herausgezogen, abgetrocknet, erneut ins Wasser gelassen. Wieder zog Lang die Stirn kraus. »Fürchterlich.« Etliche Male ließ der Regisseur das Manöver wiederholen, ohne dass irgendetwas am Aufbau mit Kamera und Scheinwerfer geändert wurde. Hermann fragte sich, was das sollte. Wenn man in der Physik ein Experiment wiederholte, erwartete man, dass das Ergebnis bestätigt wurde. Das nannte sich Testreihe und im Normalfall führten alle Tests einer Reihe zum gleichen Ergebnis. Lang aber schien sich genau das Gegenteil zu erhoffen. Er führte immer wieder den gleichen Versuch durch und hoffte, dass plötzlich etwas Neues dabei herauskam.

»Das sieht nicht ansprechend aus«, sagte Lang schließlich. »Die Wellen sind zu träge. Wir müssen das Becken weglassen.«

Hermann sprang auf. »Moment – man kann eine beweglichere Flüssigkeit nehmen. Äther zum Beispiel.«

»Äther?« Lang runzelte die Stirn. »Na gut, probieren wir es.« Ein Assistent wurde losgeschickt, Äther zu besorgen. Das Becken wurde neu befüllt, die Rakete wieder hinabgelassen. Kritisch beäugte Lang die Wellen. Bange beobachtete Hermann ihn. Endlich richtete der Regisseur sich auf. »Gut. So können wir es machen.« Hermann atmete auf und die Aufnahme wurde gedreht.

Nun schaute nur noch die Raketenspitze aus dem Becken heraus. Ein dünner Draht war daran festgebunden. Ein Techniker sollte die Rakete zum Start herausziehen. »Kamera läuft?«

»Kamera läuft.«

Lang zählte. »Eins ...«

Der Techniker zog den Draht stramm.

»Zwei ...«

Alle starrten auf das Becken.

»Drei ...«

Lang beugte sich ein Stück vor. »Vier ...«

Der Kameramann sah auf die Uhr. Leise fragte er einen Beleuchter, bis wohin gezählt werde. Lang horchte auf. »Wer stört da?«

»Bis wohin wird gezählt?«

»Bis fünf natürlich«, sagte Lang ärgerlich. »Nochmal!«

»Wieso natürlich?«, erwiderte der Kameramann. »Es könnte genauso gut bis zehn gezählt werden.«

Lang überlegte. Er nahm sich das Monokel vom Auge und wanderte unruhig neben dem Tisch auf und ab. Hermann hörte ihn leise fluchen. Der Kameramann trat vor. »Man könnte ja auch sagen: auf die Plätze, fertig, los.«

»Was für ein Unfug!«, sagte Lang. »Das ist doch kein Wettrennen.« Ungeduldig trommelte er mit den Finger auf dem Tisch. Das Wasser im Becken warf kleine Wellen.

»Muss man überhaupt raufzählen?« Hermann fragte, warum die Rakete nicht einfach so starten konnte.

Lang sah auf. »Das ist es – wir zählen runter! Fünf. Vier. Drei. Zwei. Eins. Dann ist jedem klar, dass die Rakete bei null starten wird.« Er klatschte in die Hände. »Was für eine großartige Idee von mir.«

Es war nur eine Wellblechhütte mitten auf dem Filmgelände in Babelsberg, aber zum ersten Mal in seinem Leben hatte Hermann ein eigenes Labor. Schnell hatte er es mit allem ausgestattet, was er brauchte: eine Werkbank, Tanks für Alkohol und flüssigen Sauerstoff, Dewargefäße, Batterien, Lötkolben. Doch seine Freude hielt nicht lange an. Mit Schrecken stellte er fest, dass ihm bis zur Premiere des Films im Oktober kein halbes Jahr blieb. Eilig machte er sich an die Arbeit.

Er versuchte, morgens so früh wie möglich da zu sein. Doch die Fahrt von seiner Pension am Nollendorfplatz hinaus nach Babelsberg verschlang viel zu viel Zeit. Anfangs fuhr er wie in Siebenbürgen mit dem Rad, doch im dichten Stadtverkehr war das stressig. Ständig musste er abbremsen und anhalten, weil ihm Fußgänger oder Autos in die Quere kamen. Er verlor viel Zeit und die Filmleute lachten ihn aus, als sie ihn sahen. Er komme wahrlich vom Dorf! Man fahre hier mit der U-Bahn. Oder, besser noch, habe ein Auto!

Um Zeit zu sparen, erstand er einen alten Buick. Ein widerspenstiger Wagen, der immer mindestens drei Zündungen brauchte, bis er ansprang, dazu ging manchmal während der Fahrt unversehens der Motor aus. Überhaupt war das Autofahren in der Stadt grauenhaft. Oft wurde hinter ihm gehupt, weil er zu langsam fuhr, und wenn er dann in einen höheren Gang schaltete, holperte der Wagen und der Motor ging aus – die Sache wurde hektisch. Wenn es ihm doch einmal gelang, mit dem

Verkehr zu fließen, passierte es ihm oft, dass seine Gedanken abschweiften. Die Auspuffröhren der Wagen vor ihm ließen ihn an die Kegeldüse denken, die er für die Werberakete entwickelte, und wenn ein Insekt auf der Windschutzscheibe zerplatzte, kam ihm die Aerodynamik in den Sinn. Einmal war er so in Gedanken vertieft, dass er eine rote Ampel übersah und mit dem Wagen vor ihm zusammenstieß. Der Fahrer lenkte sein Auto an den Straßenrand und besah das Heck. »Sie Idiot haben mir den Lack zerkratzt«, brüllte der Mann. Hermann kurbelte quietschend das Fenster herunter. »Die Kutschen früher hatten ständig Schrammen, das hat auch keinen gestört!«

»Kutschen? Ich werde Sie in das Jahrhundert prügeln, aus dem Sie gekommen sind«, rief der Kerl und kam auch schon angelaufen. In diesem Moment schaltete die Ampel auf Grün. Hermann drosch den Schaltknüppel in den ersten Gang und schlich weiter. Lieber aus dem vorherigen Jahrhundert als in dieser Großstadt.

Er erwachte in einem fremden Raum. Alles war unscharf. Mühsam hob er einen Arm und befühlte seinen Kopf. Um den Schädel war ein Verband geschlungen, über dem linken Auge klebte ein Pflaster. Ein Mann im Kittel beugte sich zu ihm herab. »Alle Achtung. Geplatztes Trommelfell und zerrissenes Augenlid.« Die Stimme klang weit entfernt. Hermann versuchte, sich aufzurichten. Seine Wirbelsäule knackte und es schwindelte ihn. Er fragte den Arzt, ob er einen Unfall mit seinem Auto gehabt habe. Der schüttelte den Kopf. »Eine Explosion in Ihrem Labor in Babelsberg.«

Hermann schloss die Augen und versuchte, sich zu erinnern. Er sah den Betonboden seiner Wellblechhütte vor sich, ein Dewargefäß mit flüssigem Sauerstoff, einen Eimer mit Alkohol. Er hatte es ineinander gekippt, wollte die Verbrennung in der

Düse testen. Es musste zu viel auf einmal gewesen sein. Er rieb sich die schmerzende Stirn. »Mir ist da wohl ein kleiner Unfall passiert.«

Der Arzt lachte. »In Babelsberg haben die Leute an einen Luftschlag geglaubt. Die sind in Windeseile unter ihre Tische gekrochen. Draußen im Gehege ist ein Filmpony tot umgefallen.«

Mühsam setzte Hermann sich auf und erklärte, die Nachricht mache ihn seltsam froh.

Der Arzt sah ihn ungläubig an.

»Es zeigt die enorme Energie, die bei der exothermen Reaktion von Flüssigsauerstoff und Alkohol frei wird.«

Der Arzt beugte sich zu einer Krankenschwester. »Also auch noch ein Nervenschock.«

Hermann bemühte sich, den Kopfschmerz zu ignorieren und schlug die Decke zurück. Es gehe ihm blendend. Ob er dann jetzt gehen könne?

Der Arzt wies die Schwester an, Beruhigungsmittel zu holen. »Zwei Wochen Bettruhe«, sagte er. »Nicht einen Tag weniger.«

»Dazu habe ich keine Zeit. Ich muss eine Weltraumrakete bauen.«

»Oh weh«, sagte der Arzt, »tatsächlich ein Schock.« Die Schwester griff Hermanns Arm und setzte eine Spritze. Er wollte sich beschweren, doch da sank er schon matt auf die Matratze zurück.

Die Schwester weckte ihn, als es Zeit fürs Abendbrot war. Sie stellte eine Schüssel mit einer übelriechenden Kohlsuppe ans Bett. Hermann fragte, ob er etwas anderes bekommen könne. Die Schwester erklärte, dies sei ein Krankenhaus und kein Restaurant. Sie blieb bei ihm, bis er die Suppe ganz hinuntergewürgt hatte. Dann ließ sie ihn endlich allein. Er wartete, bis im Flur niemand mehr zu hören war. Ganz leise stand er auf und zog sich seine Kleidung über. Dann schlich er heimlich aus dem Spital.

Was für eine furchtbare Nacht! Das verletzte Augenlid juckte maßlos unter dem Pflaster. Immer wieder kniff er das Auge zusammen, um das Lid am Pflasterstoff zu kratzen, doch ständig gelangten Wimpern in die Wunde und machten das Jucken erst recht unerträglich. Hermann setzte sich ans offene Fenster und ließ sein Gesicht von der Nachtluft kühlen. Er schrieb einen kurzen Brief an Tilla, dann griff er zu Langs Etui und zündete sich einen Zigarillo an. Unten auf dem Nollendorfplatz fuhren auch zur späten Stunde noch Autos vorbei. Ihre Scheinwerfer beleuchteten Mietskasernen und Kneipen. Berlin schlief nicht, immer noch drang Lärm herauf. Kam diese Stadt denn nie zur Ruhe? Ein paar Betrunkene torkelten vorbei und grölten *Die Wacht am Rhein*. Unter einem Reklameschild auf der anderen Straßenseite lagen sich zwei Männer mit Hüten im Arm. Die Betrunkenen blieben stehen und riefen wüste Beschimpfungen. Die zwei begannen, die Internationale zu singen. Die anderen kamen herübergelaufen und sie eilten davon. Das Silberetui war leer. Hermann saß da und starrte hinaus. Dann konnte er nicht mehr anders. Er riss sich das Pflaster vom Auge.

Am nächsten Morgen fieberte er. Das Augenlid klebte am Kopfkissen, Eiter und Blut waren in den Bezug gesickert. Vorsichtig hob er den Kopf. Der Stoff löste sich nicht. Er stand mit dem Kissen vor dem Gesicht auf, stolperte ins Bad und spülte behutsam Wasser auf den Bezug. Wieder zog er am Kissen. Er schrie auf. Es fühlte sich an, als würde er sich das Augenlid abreißen. Er nahm eine Nagelschere und zerschnitt den Bezug. Er ließ das Stück Stoff am Auge kleben und machte sich auf den Weg nach Babelsberg. Es ließ sich nicht länger leugnen. Er brauchte dringend Unterstützung für seine Experimente.

Zum Glück fand in Berlin eine Sitzung des Vereins für Raumschiffahrt statt. Wo, wenn nicht dort, konnte er Assistenten finden? Man traf sich in einem Lokal am Kurfürstendamm. Als Hermann ankam, saßen die Mitglieder bereits um einen großen Tisch auf der Empore. Manche hatten Hermann noch nie getroffen und begrüßten ihn überschwänglich. Es war ihm unangenehm und er hob abwehrend die Hände. Ein Student mit kräftigem Kiefer und furchtbar langem Namen machte eine tiefe Verbeugung. Erwartungsvoll sah der Student Hermann an, als müsste er den Namen kennen.

Auch Max Valier war da, doch er hielt sich im Hintergrund. Zuletzt hatten sie sich in den Briefen immer mehr gestritten und schließlich gar nicht mehr geschrieben.

Ein Mitglied mit hoher Stirn und Hakennase zog Hermann auf einen Platz neben sich. Er stellte sich als Rudolf Nebel vor. »Ich muss mich mit Ihnen später über ein paar Ideen unterhalten, die ich zur Finanzierung der Rakete habe«, erklärte er wichtig.

Am Ende des Tisches bat der Vereinsvorsitzende um Ruhe und eröffnete die Sitzung. Eine Diskussion über die Vereinszeitschrift begann. Die Finanzen sahen schlecht aus, womöglich müsste die *Rakete* bald eingestellt werden. Vorschläge wurden in die Runde geworfen. Mehr Reklame, ein kleineres Format, nur noch vierteljährliches Erscheinen.

Hermann ließ den Blick schweifen. Viele der Mitglieder waren Ingenieure, einige Tagesschriftsteller. Er hatte dem Vorsitzenden kürzlich eine kritische Ecke in der *Rakete* vorgeschlagen, in der er den Unsinn widerlegen wollte, den viele hier verbreiteten. Er wollte eine solide theoretische Basis für die Raketenwissenschaft schaffen. Doch die anderen warfen ihm bloß Vielrechnerei vor, einer hatte ihn Balkanbewohner genannt. Wie sollten Gelehrtenkreise die Sache da ernst nehmen?

Rudolf Nebel stieß ihm in die Seite. »Wie läuft es mit Lang? Brauchen Sie Hilfe?«

Valier, der gegenübersaß, beugte sich interessiert vor.

Nebel sah ihn amüsiert an. »Da werden Sie gleich neugierig, was, Valier? Nachdem Ihre Unternehmung mit Fritz von Opel vor die Hunde gegangen ist.«

Hermann mochte Nebel sofort.

»Herr Nebel, Sie haben da etwas missverstanden«, erwiderte Valier. »Fritz und ich haben unsere erfolgreiche Zusammenarbeit einvernehmlich beendet. So was kommt vor.«

Nebel lächelte. »Man erzählt sich, Sie konnten sich bloß nicht einigen, wer beim nächsten Rekord im Wagen sitzt.«

Valiers Wangen färbten sich rosa. »Wir waren uns in verschiedenen Punkten nicht ganz einig. Übrigens bin ich längst in Gesprächen mit den Gebrüdern Espenlaub über ein Raketenflugzeug.«

»Also das nächste Unternehmen, das die Rakete als Reklame missbrauchen will«, sagte Nebel und schaute Hermann an. »Ich wüsste da etwas viel Besseres.«

»Was?«, fragte Valier.

Nebel nahm einen Schluck. »Ich kenne ein paar Leute bei der Reichswehr, bei denen ich wohlgelitten bin. Im Krieg war man recht begeistert von meinen Luft-Luft-Raketen. Ich habe Signalraketen an die Tragflächen meines Fliegers geschraubt und damit so einige Tommys erwischt.«

»Aber viel geworden ist daraus danach offenbar auch nicht«, erwiderte Valier hämisch.

»Nun, die Reichswehr hat gute Gründe, sich für die Rakete doch zu interessieren«, sagte Nebel kühl. »Flüssigkeitsraketen sind im Versailler Vertrag nicht verboten. Selbst wenn man sich zweifellos sowieso nicht an alles hält, macht das eine Waffenentwicklung deutlich unkomplizierter.«

»Die Rakete kann man auch als Waffe verwenden?«, fragte der junge Student.

Nebel wandte sich an Hermann. »Was meinen Sie, Professor?«

Er räusperte sich. »Ich bin so einer Waffe nicht abgeneigt. Deutschland muss sich etwas einfallen lassen, und besser, die Entente merkt nichts davon. Wie ich das sehe, wird es bald wieder einen Krieg geben und den kann man nur verhindern, wenn man Waffen hat, mit denen niemand Bekanntschaft machen will. Und diejenigen, die heutzutage den Krieg erklären und selbst weit vom Schuss bleiben, würden sicher nicht mit Gasraketen beschossen werden wollen.«

»Sie sind für Gasraketen?«

»Ich weiß schon, dem Krieg mit Feuerwaffen hängt leider eine gewisse Romantik an. Aber kann Gas nicht humaner sein? Es erzeugt weniger Wunden und Schmerzen, weniger Invalide, und man kann damit auch nur betäuben.«

»Wenn es den Krieg denn überhaupt gibt«, sagte einer.

Hermann rückte ein Stück vor. »In den nächsten zehn bis zwanzig Jahren ist das nicht ganz unwahrscheinlich. Die Westmächte könnten auf der einen Seite stehen, und Russland, Japan, China, eventuell Indien auf der anderen. Und dann müssten sich die mitteleuropäischen Staaten einer Seite anschließen. Sie wären Aufmarschgebiet. Also sollten sie den Krieg auf eine Basis stellen, auf der es keine Armeen und kein Aufmarschgebiet braucht.«

»Sie sind ja gut informiert.«

Hermann nickte. »Für mein neues Buch *Wege zur Raumschiffahrt* habe ich die Hefte für Geopolitik studiert. Dennoch halte ich meine Rakete für artilleristische Zwecke vorerst für ungeeignet. Die Kreiselkompasse sind noch nicht präzise genug, die Treffsicherheit wäre zu niedrig.«

Plötzlich wurde es unten laut. Die Tanzkapelle begann zu spielen. Die Türen des Lokals öffneten sich und Mädchen in bunten Badetrikots und gerollten Wadenstrümpfen strömten herein. Während einige Vereinsmitglieder schüchtern auf die Damen schauten und mit ihrem Bierglas spielten, eilten andere an die Brüstung. Auch der Platz neben Hermann wurde frei. Sofort stand der Student mit dem langen Namen auf und setzte sich zu ihm. »Professor, ich würde Ihnen sehr gerne helfen.«

»Entschuldigen Sie, wie heißen Sie noch gleich?«, fragte Hermann.

»Wernher Magnus Maximilian Freiherr von Braun.«

Nun hatte er zwei Assistenten. Nebel wirkte ein wenig wie ein Angeber, aber er war Ingenieur, dazu war er ein guter Verkäufer, das konnte noch nützlich sein. Auch machte er als ehemaliger Kampfflieger und Korpsstudent einen zuverlässigen Eindruck.

Ebenso erklärte sich der junge Student von Braun bereit, Hermann bei den Experimenten zu unterstützen. Bereitwillig übernahm er jede Aufgabe, die Hermann ihm zumutete. Gerne unterstrich er das mit großen Worten. »Es ist mir eine Ehre, Professor!«, erklärte er ehrfürchtig. Oder: »Selbstverständlich tue ich das, es war immer mein Traum, für Sie zu arbeiten.« Einmal bat Hermann ihn, ein Gyroskop zu skizzieren, und noch am selben Abend kam von Braun zu ihm und legte stolz seine Entwürfe vor. »Professor, es war mir eine Freude!« Die Zeichnungen waren eine Katastrophe. Die Drehachsen stimmten nicht, die Perspektiven waren falsch. Hermann wies ihn darauf hin. »Da stimmt ja gar nichts.« Eine leichte Röte überzog von Brauns Gesicht. »Mein Studium beginnt erst im Sommersemester.« Hermann schüttelte den Kopf. »Auch ein Abiturient kann perspektivisch zeichnen.«

Immerhin ließ von Braun seine Verbindungen spielen. Die Polizei hatte vorgeschrieben, Hermann dürfe aus Sicherheitsgründen nicht mehr als zwei Liter Flüssigsauerstoff täglich verbrennen. Als von Braun davon erfuhr, versprach er, er werde sich darum kümmern. Er redete mit seinem Vater, der wiederum sprach mit einem Bekannten im Ministerium, und kurz darauf meldete sich die Polizei und ließ Hermann wissen, man habe sich geirrt, vier Liter seien überhaupt kein Problem. Überhaupt besaß von Braun ein beeindruckendes Talent im Reden. Einen Nachmittag schickte Hermann ihn mit Zeichnungen und einem Raketenmodell in das Warenhaus Wertheim am Leipziger Platz. Er sollte dort Spenden sammeln, das Geld von der Ufa wurde knapp. Am Abend kam von Braun mit über zehn Reichsmark zurück. Trotzdem war er unzufrieden. »Wir müssen das anders aufziehen, Professor«, erklärte er. »Ich war heute an einem Montag im Kaufhaus. Die meisten Kunden kommen aber am Wochenende. Ich werde also Samstag nicht mehr im Labor arbeiten und stattdessen sammeln gehen.« Es störte Hermann, wie forsch von Braun nach der Blamage mit dem Gyroskop auftrat. »Ich darf Sie daran erinnern, dass ich der Chef bin«, sagte er streng. »Samstags wird im Labor gearbeitet.«

Auch beim nächsten Brennversuch in Babelsberg verzichtete Hermann auf einen Sicherheitsabstand. Er musste wissen, was genau passierte. Er beugte sich an den Brennofen heran, die Hitze der Flamme schlug ihm ins Gesicht. Er rief Nebel und von Braun zu, sie sollten auch ins Labor hereinkommen. Er wisse jetzt, warum die Explosion im Labor so heftig gewesen sei! Der Brennstoff vergrößere im Flüssigsauerstoff exponentiell seine Oberfläche. Das müssten sie sich ansehen, wirklich hochexplosiv das Ganze!

Nebel und von Braun blieben draußen. Plötzlich begann es nach versengten Haaren zu stinken und Hermann ging lieber einen Schritt zurück. Jemand trat hinter ihm in den Bunker. »Sie riskieren also auch Ihren Kopf.«

Hermann drehte sich um. »Herr Valier.«

»Ich wollte mich verabschieden.«

Hermann wischte sich den Schweiß von der Stirn. »Wohin gehen Sie?«

»Ins Ruhrgebiet. Die Schlotbarone vom Raketenflugzeug überzeugen. Ich will den Ärmelkanal überfliegen.«

Hermann schwieg. Der Kerl war unverbesserlich.

»Ich weiß schon«, sagte Valier. »Aber der Theoretiker am Rechentisch ist nicht der einzig wahre Forscher.«

»Nein«, erwiderte Hermann. »Aber Sie riskieren Ihr Leben, um die Sensationslust der Masse zu befriedigen.«

Valier sah ihn ernst an. »Was glauben Sie denn, wird die Menschen interessieren?« Er nickte in Richtung des rußgeschwärzten Versuchsaufbaus mit der zerbeulten Düse. »Das hier? Oder die *Frau im Mond*?«

Die Wochen vergingen unbarmherzig. Sie arbeiteten Tag und Nacht und versuchten, alles gleichzeitig zu schaffen: die Kegeldüse zu testen, die in den Werkstätten der Ufa geschweißt worden war, den Steuerkreisel für die Flugbahn zu entwickeln, die Treibstoffpumpen zu bauen, einen aerodynamischen Flugkörper zu entwerfen. Als sie sechs Wochen vor der Premiere spätabends das Labor verließen, sah Nebel Hermann ernst an. »Einer muss es Ihnen sagen. Der Termin ist unmöglich zu halten.«

Hermann schüttelte den Kopf. »Wir müssen nur ein wenig länger arbeiten. Die ein oder andere Überstunde machen.«

»Ehrlich gesagt, ich weiß nicht, wo sich zwischen sechs Uhr morgens und zehn Uhr abends noch Überstunden finden, die wir machen könnten.«

»Dann müssen wir eben härter arbeiten. Wahrscheinlich machen wir zu viele Pausen.«

Nebel erinnerte Hermann an das ausgelassene Mittagessen. »Ich habe einen Vorschlag«, sagte Nebel. »Die Rakete bekommt nicht zwei flüssige Brennstoffe. Sondern einen flüssigen und einen festen.«

Hermann bat um Verzeihung. Er habe wohl falsch verstanden.

»Vieles wird dann deutlich einfacher.«

»Einen solchen Hybrid baue ich nicht«, beharrte Hermann. »Das ist keine Flüssigkeitsrakete mehr. Das ist geschummelt.«

»Ein Flüssigtreibstoff ist doch dabei.«

»So einen Hybrid baue ich nicht!«

Nebel seufzte. »Zugegeben, ein Hybrid ist eine Schummelei. Eine Weltraumrakete wird daraus nicht.«

»Eben«, sagte Hermann.

Nebel wiegte den Kopf. »Aber es ist eine Schummelei, die niemand bemerken wird. Ein Scheitern dagegen wird jeder mitbekommen.«

In der Zeitung las Hermann, dass die Ufa eine Pressekonferenz abgehalten hatte: Zur Premiere von *Frau im Mond* werde von der Greifswalder Oie in der Ostsee die erste Rakete der Welt gestartet. Zu seiner Überraschung erfuhr er dabei einige Dinge, die selbst er noch nicht wusste. Es hieß, die Rakete werde über siebzig Kilometer aufsteigen. Wütend lief er mit der Zeitung zum Werbemann Seidel. Der überflog den Artikel und lehnte sich in seinem Stuhl zurück. »Ja, das haben wir der Presse so gesagt.«

»Vierzig Kilometer«, rief Hermann. »Wir haben vierzig Kilometer vereinbart!«

»Vierzig. Siebzig. Einerlei. Das ist vertraglich nicht festgelegt.«

»Was denken Sie sich dabei! Wie kommen Sie dazu, solche Märchen zu erzählen?«

»Das nennt sich Werbung. Mit zerrissenen Augenlidern und geplatzten Trommelfellen lässt sich leider keine machen.«

»Wollen Sie mich in die Kündigung treiben?«

»Ich habe einen Vorschlag«, sagte Seidel. »Ich schaue mir Ihre Experimente einmal persönlich an und werde darüber berichten. Das dürfte doch in Ihrem Sinne sein, nicht?«

In der folgenden Woche lud Hermann den Werbemann auf ein verlassenes Fabrikgelände ein. Es war ein windstiller, kühler Morgen, Nebel und von Braun trugen lange Mäntel. Hermann hatte ein anderthalb Meter langes Modell der Rakete dabei, das mit Aluminiumbronze überzogen war. Er deutete auf den zwanzig Meter hohen Schornstein der alten Fabrik. »Von dort aus wollen wir sie fallen lassen«, sagte er zu Seidel.

Der Werbemann sah ihn an wie einen Verrückten.

»Ein aerodynamischer Test«, erklärte Hermann langsam. »Wir haben leider keinen Windkanal.«

»Ein Test«, sagte Seidel mit gerunzelter Stirn.

»So kann man sehen, wie die Rakete fliegt.« Hermann drückte Nebel das Modell in die Hand. »Mein Assistent wird hinaufsteigen.«

Nebel schaute die rostige Leiter am Schornstein hinauf. Zwischen den roten Klinkersteinen bröckelte der Zement. »Es ist vermutlich besser, Sie steigen selbst hinauf, Professor«, sagte Nebel. »Sie wissen am besten, wie man die Rakete fallen lassen muss.«

Hermann rieb sich das Kinn. Der Schornstein erschien ihm auf einmal doch sehr hoch. Er sah Nebel eindringlich an. »Von oben sieht man nicht so gut. Ich muss den Fall von unten beobachten.«

Seidel stand unschlüssig mit dem Fotoapparat neben ihnen. »Ja, wer denn nun?«

»Ich«, sagte von Braun. Er nahm Nebel das Modell ab und legte es sich über die Schulter. Er trat an den Schornstein und kletterte hinauf. Ein paarmal rutschte er mit dem Fuß vom Rost. Seidel erklärte, von der Kletterpartie werde er lieber keine Fotos machen. Oben angekommen, richtete von Braun das Modell mit der Spitze nach unten aus. Hermann blies in eine Pfeife und von Braun ließ die Rakete fallen. Sie schlingerte durch die Luft, Hermann und Nebel guckten, Seidel knipste. Das Modell klatschte in eine große Wasserwanne vor dem Schornstein. Hermann trocknete die Rakete ab und winkte Seidel heran. »Ich zeige Ihnen den Steuerkreisel.«

Seidel winkte ab. »Nicht nötig. Ich habe meine Fotos.«

Zwei Tage darauf kam von Braun mit einer aufgeschlagenen Zeitung in das Labor in Babelsberg geeilt. Hermann verlötete gerade die Steuerelektronik. »Professor, schauen Sie hier!« Von Braun legte die Zeitung vor ihn auf die Werkbank. Hermann ließ den Lötkolben sinken und sah näher hin. Eine von Seidels Fotografien war in einem Artikel über den Film abgedruckt worden. Sie war so zurechtgeschnitten, dass nur die Rakete und im Hintergrund der Himmel zu sehen waren. Dazu hatte man sie umgedreht, die Raketenspitze wies nach oben. Hermann musste sich setzen, als er die Schlagzeile über dem Artikel las: *Erster Testflug der Rakete erfolgreich*.

Einige Tage vor der Premiere kam Fritz Lang vorbei. »Grundgütiger.« Er blieb in der Eingangstür des Labors stehen. Hermann sah von der Werkbank auf und fuhr sich durch den dichter werdenden Vollbart. Lang starrte ihn an und schaute dann zu Nebel, der mit schmutzigem Hemd an den Drähten einer Platine herumfummelte. Hermann wischte sich die ölverschmierte Hand an der Hose ab. »Morgen ist die Instrumentenkapsel für den Raketenkopf fertig. Dann dauert es nicht mehr lange«, sagte er zu Lang. Seine Stimme krächzte und er räusperte sich.

Der Regisseur trat an ihn heran. »Ziehen Sie einen Schlussstrich.«

Hermann schüttelte den Kopf. »Es wird eng, aber wenn wir uns ein wenig ranhalten, dann können wir es schaffen.« Seine Augen tränten vor Müdigkeit. Lang legte ihm die Hand auf die Schulter. »Lassen Sie es gut sein.«

Hermanns Arme fühlten sich auf einmal sehr schwer an. Er vermied es, zu Lang hinaufzuschauen. Der kniete sich neben ihn. »Es ist doch nicht so schlimm«, sagte Lang tröstend. »Ihre Werbung für meinen Film war so oder so großartig. Wen schert es denn jetzt noch, ob die Rakete startet?«

Die Welturaufführung von *Frau im Mond* fand im Ufa-Palast am Zoo statt. Das Kino war reichlich geschmückt. Die Außenfront war in einen Sternenhimmel verwandelt worden, eine Rakete schwebte zwischen Erde und Mond auf und ab.

Man hatte Hermann gebeten, vor dem Film eine Rede zu halten. Er stieg auf die Bühne und der Rücken schmerzte, vermutlich kam es noch vom Unfall. Er versuchte, sich gerade zu halten, und ging am samtenen Vorhang vorbei zum Rednerpult. Vor ihm geladene Gäste in feinen Abendgarderoben, auch Albert Einstein war da. Hermann hielt sich am Pult fest. Die vergangenen Monate standen ihm vor Augen, all die Kämpfe und vergeblichen Mühen, die doch zu nichts geführt hatten. Er dachte an das Geld, das er vorgestreckt hatte, nachdem das Budget der Ufa und das, was Fritz Lang persönlich beigesteuert hatte, überschritten war, dachte an die Schulden, die er aufgenommen hatte, und für die die Ufa mit ihrem durchtriebenen Vertrag nicht aufkommen musste. Er dachte daran, wie selten er Tilla geschrieben hatte, trotz all der Sorgen, die sie sich nach dem schweren Unfall gemacht hatte, dachte an die Geburt seines jüngsten Sohnes Adolf, die er verpasst hatte.

Er richtete das Mikrofon aus, ein Quietschen drang aus den Lautsprechern, die Menschen in den vorderen Reihen verzogen das Gesicht. Er musste etwas sagen. Journalisten kritzelten in ihren Notizbüchern, einige hatten sich umgedreht und schossen Fotos von der Loge, wo Fritz Lang mit seiner Frau Thea von Harbou saß.

»Dieser Film ist mehr als eine bloße Ausgeburt der Fantasie«, sagte er. »Wir waren bestrebt, alles möglichst so darzustellen, wie es nach den Lehren der Wissenschaft in Wirklichkeit aussehen wird. Die Rakete, die Sie hier sehen werden, habe ich so durchkonstruiert, als würde man sie wirklich bauen und fliegen lassen wollen. Auch die Fahrtrouten sind genau durchgerechnet worden, die Mondlandschaften haben wir auf Basis der besten Mondkarten gebaut.« Er redete weiter, kam zu Raketenflugzeugen, dachte an Valier, brach ab. »Ich bin davon überzeugt, dass uns in zehn bis zwanzig Jahren Raketenraumschiffe zu fremden Weltkörpern tragen werden.« Sagte es und wusste nicht, ob er es tatsächlich noch glaubte. Er hörte das Publikum applaudieren und schlich von der Bühne. Und der Film begann.

Und so fliegt die Rakete zum Mond. Sie wird nicht erdacht, nicht konstruiert, nicht zusammengeschraubt – sie ist einfach da, von einem Moment auf den anderen, und wird umjubelt von abertausenden Zuschauern. Aus dem Wasserbecken schießt sie dem Sternenhimmel entgegen, der untere Teil löst sich und der obere fliegt weiter, es ist eine Stufenrakete, immerhin. Die Passagiere leiden in ihren Pritschen, als wäre der Andruck unerträglich, überhaupt ist die Mannschaft eine Farce. Drei unglücklich Verliebte fliegen mit, dazu ein verschlagener Geschäftsmann, auch ein Kind versteckt sich an Bord. Unter ihnen ist Professor Manfeldt. Nur er hat von der Reise geträumt, seit vielen Jahren schon. Hat Beweise vorgelegt für Gold auf dem Mond, doch seine Wissenschaftskollegen mit den langen weißen Bärten haben ihn ausgelacht, Narr und Schwindler haben sie ihn genannt. An den Wänden seiner Wohnung hängen die Zeitungsberichte dazu, einsam und arm haust Manfeldt in einer Bretterbude und will doch seine Idee nicht aufgeben. Nur sein Freund Wolf besucht ihn manchmal, bringt ein wenig Schinken mit, den der stolze Manfeldt nicht annehmen will, aber dann doch hinunterschlingt. Gemeinsam trinken sie Wein aus gesprungenen Mundspülungsgläsern. Wolf entscheidet sich, zum Mond zu fliegen und Manfeldts Gold zu suchen, vielleicht aus Mitleid, vielleicht auch, weil er dem Professor tatsächlich glaubt.

Manfeldt ist der Erste, der aus Wolfs Rakete steigt und den Mond betritt. Er trägt einen Taucheranzug und zündet ein Streichholz an. Es brennt, er zündet ein zweites an, es brennt auch, er schmeißt es vor Freude in die Mondluft und reißt sich den Helm seines Taucheranzugs vom Kopf. Er atmet sie ein, die Mondluft, dann rennt er los, rennt über Quarzsand hinweg, vorbei an blubbernden Tümpeln, durch Nebelschwaden hindurch, hin zu zerklüfteten Gebirgen. Er hastet in eine Grotte hinein, immer tiefer in die Dunkelheit, und tatsächlich, hier findet er sein Gold, es glitzert im Gestein. Manfeldt reißt die Augen auf, er schreit, er freut sich, er lacht und jubelt. Er hört jemanden kommen, reißt an einem großen Goldbrocken, und der Brocken bricht, Manfeldt presst ihn an seine Brust, will ihn nie wieder hergeben, springt damit umher, taumelt rückwärts, stolpert, fällt. Er stürzt in die Tiefe und wird danach nie mehr gesehen.

Der Sarg war umgeben von weißem Flieder, vorne waren Lorbeerzweige befestigt. Viele Kränze waren niedergelegt worden, einer kam von der Heimatstadt München, einen anderen hatte der Verein für Raumschiffahrt beigetragen. Hermann stand mit den vielen Trauernden im Krematorium in Berlin. Max Valier war tot.

Hermann hatte von dem Unfall aus der Zeitung erfahren. Valiers Tod hatte ihn nicht überrascht, das damit einhergehende Gefühl, die Erschütterung, die er spürte, hingegen schon. Es bedrückte ihn, dass er seinen Streit mit Valier nie beigelegt hatte. Er sah Valiers Gesicht vor sich, die kindliche Begeisterung darin, das unbekümmerte Lachen. Vermutlich hatte sie beide weniger getrennt, als er sich eingestehen wollte. Vielleicht waren es nur die Mittel gewesen, die sie unterschieden, und das machte den Tod nur noch schlimmer.

Es waren Hermanns letzte Wochen in Berlin. Er war zwischendurch schon daheim in Mediasch gewesen und nur noch einmal hergekommen, weil Nebel eine Möglichkeit aufgetan hatte, die Kegeldüse von staatlichen Stellen prüfen zu lassen. Damit werde man endlich auch Sponsoren finden, verkündete er. Hermann hoffte, dass Nebel Recht behalten würde. Ihn drückten die Schulden, er musste seine Ersparnisse für eine Sache opfern, die auf ganzer Linie gescheitert war – und das alles in einer Wirtschaftskrise, die über sie hereingebrochen war. Er hoffte, seine Familie würde nicht zu sehr unter seinen Schulden leiden.

Ein Fabrikdirektor, der mit Valier befreundet gewesen war, sagte einige Worte. In Bozen sei Valier geboren worden und zur Schule gegangen, da und dort habe er studiert, diese und jene Entwicklungsarbeiten habe er für den Raketenmotor geleistet. Zuletzt habe er in Berlin Versuche mit Paraffin durchgeführt. Dabei sei ein Apparat explodiert und habe ihm einen Splitter in die Lungenschlagader getrieben. Der Tod sei Augenblicke später eingetreten.

Der Sarg wurde zu Klaviermusik hinabgelassen. Hermann sah zu, wie er langsam in der Tiefe verschwand. Die Trauerrede bekümmerte ihn, kurz war sie gewesen und hatte nur aus Lebensdaten bestanden. Valier hätte es sich vermutlich nicht anders gewünscht, er war konfessionslos gestorben. Und doch fehlte etwas. Kein Wort über die Bedeutung des Opfers, das Valier gebracht hatte, nichts für die Nachwelt, keinen Ausblick auf das Jenseits. Man solle sich an Valier erinnern und weitermachen, hieß es nur. Aber warum denn?

FÜNF

Neben sich hörte Hermann das leise Pfeifen aus Tillas Mund, durch das Fenster drang das Flackern der Straßenlaternen. Er wälzte sich von einer Seite auf die andere, wartete, lag wach. Er stand auf und ging im Vorgarten spazieren. Seine Augen waren wund vor Müdigkeit. In der Ferne die Lichter des Bahnhofs, gelegentlich rauschte ein Güterzug vorbei. Seit seiner Rückkehr aus Berlin fand er keinen Schlaf mehr. Dabei war er so erschöpft wie noch nie zuvor in seinem Leben. Zehn Jahre lang hatte er gekämpft. Gegen ignorante Gelehrte, gegen zweifelnde Investoren, gegen Max Valier – aber nun konnte er einfach nicht mehr.

Zurück im Schlafzimmer knarrte die Tür. Tilla wachte auf und fluchte. Ob die Rakete endlich fertig sei? Sie wolle ihn gern auf den Mond schießen.

Jeden Morgen musste sie ihn wecken, damit er nicht den Unterricht verschlief. Er zog die Decke über den Kopf, sie zog sie wieder weg. Von ihren Kindern, schimpfte sie, sei er ihr störrischstes.

Im Unterricht ließ er seine Schüler Aufgaben aus dem Lehrbuch rechnen und starrte währenddessen leer aus dem Fenster. Hinter ihm bewarfen sich die Jungen mit Papierkugeln. Am Ende der Stunde prüfte er nie, was in ihren Heften stand.

Nachmittags saß er im Sessel und wartete darauf, dass der Tag vorüberging. Seine Kinder tobten um ihn herum. Erna erzählte Geschichten, von einem toten Wiesel im Straßengraben oder von einer Prügelei hinter der Scheune. Sie redete zu viel und zu schnell, meist nickte er nur. Ilse kletterte draußen auf Bäume und veranstaltete Wettrennen, die sie immer gewann. Einmal wollte sie in der Stube ein Rad schlagen, stieß dabei gegen eine Kommode und stürzte. Vom Sessel aus sah Hermann zu, wie sie sich weinend das Bein hielt. Tilla stürmte herein. »Mensch, hilf ihr doch«, rief sie und untersuchte den Knöchel. Sie zeigte auf Adolf, der ebenfalls angefangen hatte zu weinen. »Kümmre dich zumindest um deinen Jüngsten!« Hermann nahm ihn auf den Arm und setzte sich wieder. Und Adolf heulte weiter.

Wenn der Vater daheim war, unternahm Hermann ziellose Spaziergänge durch Mediasch. Es hätte ihn nur noch mehr bedrückt, den Vater niedergeschlagen im Sessel sitzen zu sehen, wie sein eigenes Spiegelbild, im Schoß die Fachjournale, verzweifelt hoffend, man möge ihn doch noch an sein altes Spital zurückholen.

Auf seinen Spaziergängen sah Hermann manchmal Julius, wie er alleine an der Margarethenkirche oder im Ferdinandpark saß. Hermann fragte sich, was sein Sohn dort trieb. Es war Ewigkeiten her, dass sie sich einmal länger unterhalten hatten. Er nahm sich vor, mal wieder etwas mit Julius zu unternehmen. Dann aber folgte die nächste schlaflose Nacht und er verschob es auf einen anderen Tag.

In Deutschland ging alles vor die Hunde. Kurz vor seiner Abreise hatte ihn der Verein noch zum Vorsitzenden gewählt, aber kaum war er fort, hatte sich niemand mehr geschert. Sie ignorierten seine Anweisungen, veröffentlichten unter seinem Namen einen schlecht geschriebenen Artikel in der *Gartenlaube*. Nebel gelang es zwar, Geld vom Heer und anderen Sponsoren einzusammeln, aber er verschwendete es maßlos. In Tegel richtete er für Versuche einen alten Schießplatz der Reichswehr ein, ein sumpfiges Gelände mit ein paar alten Baracken, in denen er fortan mit einigen Vereinsmitgliedern hauste. Nebel nannte das großspurig Raketenflugplatz. Er schraubte weiter an der Ufa-Rakete herum, obwohl Hermann ihn anwies, die Jammermaschine zu verkaufen. Nebel machte dem Heer große Versprechungen, baute eine Rakete, die nicht zu gebrauchen war, und präsentierte sie Offizieren in der Heeresversuchsanstalt Kummersdorf. Die Vorführung dauerte keine fünf Minuten. Nebel entzündete die Rakete, doch schon nach wenigen hundert Metern Höhe kam sie von der Flugbahn ab und stürzte in einem Wald nieder. Nebel erfand allerlei Ausreden, aber das Heer stellte die Unterstützung ein. Die Vereinsmitglieder zerstritten sich und Nebel machte sich aus dem Staub. Ein paarmal versuchte Hermann, an die verbliebene Ausrüstung in Berlin zu kommen, doch Nebel meldete sich nicht mehr bei ihm. Auch der junge von Braun ging nun eigene Wege. Angeblich hatte er seine Dienste dem Heer angeboten, wo nun womöglich unter Ausschluss der Öffentlichkeit weiter Raketen entwickelt wurden. Genaueres erfuhr Hermann aber nicht. Auch die Zeitungen in Deutschland hatten aufgehört über die Rakete zu berichten. Der Raketenrummel war vorüber und Hermann fragte sich, ob es an seinem Scheitern lag oder am Tod von Valier. Doch egal, woran es lag – beides schmerzte.

Er dachte wieder öfter über den Tod nach. Zu wenige Menschen glaubten noch an ein Leben danach, selbst der Vater hatte Zweifel an der Unsterblichkeit. Wahrscheinlich lag ein Grund für das Übel auf der Welt darin, dass der Materialismus herrschte. In Berlin hatte er es erlebt: Jeder war nur auf seinen Vorteil im Hier und Jetzt aus, keiner dachte an die Zukunft und an die Verantwortung, die man auch für andere trug. Wenn man dem Abhilfe schaffen wollte, würde man das Jenseits erforschen müssen. Hermann erinnerte sich an einen Abend in Berlin, an dem ein Vereinsmitglied zu einem Umtrunk eingeladen hatte. Unter den Gästen war auch eine Dame gewesen, die behauptet hatte, Botschaften von Toten übermitteln zu können. Viele hatten gelacht, doch Hermann hatte um eine Demonstration gebeten. Er hätte gerne eine Nachricht seines toten Bruders. Die anderen hatten ihn ungläubig angesehen. Ernsthaft? Sei das nicht so esoterisch wie die Welteislehre? Hermann räusperte sich. Gegen die Welteislehre gebe es unzählige empirische Belege, der Tod aber sei nicht erforscht. Erst vor kurzem habe er einige Schriften von anerkannten Naturforschern gelesen, die sich zum Dualismus bekannten und an die Seele glaubten. Auch entkleide die moderne Physik die Materie gerade ihrer grobstofflichen Natur. Kontakt zum Jenseits erscheine natürlich abwegig, aber prüfen müsse man es schon.

Der Raum wurde abgedunkelt, eine Kerze entzündet. Eine Weile saß die Runde still da, gelegentlich kicherten ein paar. Plötzlich legte die Frau den Kopf in den Nacken, keuchte, schwang die Arme in die Luft. Dann warf sie sich nach vorne und schrieb mit zitternden Händen etwas auf einen Zettel. Gebannt sah Hermann zu, das Licht wurde wieder eingeschaltet, die Dame reichte ihm die Botschaft: Vorsicht vor den Hörnern. Die Runde lachte. Auch Hermann schüttelte den Kopf. Das sei so beliebig, das könne alles heißen, von seinem Bruder komme das nicht. Die Dame zuckte mit den Schultern. Das sei die Nachricht, ob sie ihm nun gefalle oder nicht. Vielleicht werde er sie später verstehen. »Wohl kaum«, hatte einer gerufen und die Runde hatte auf die Zirkusnummer angestoßen.

Doch war das wirklich eine Zirkusnummer gewesen? Der Büffel. Wer außer seinem Bruder wusste davon? Und war die Handschrift auf dem Zettel nicht genauso elegant wie die seines Bruders gewesen?

In Deutschland interessierte sich niemand mehr für ihn, aber immerhin tauchte sein Name noch in den siebenbürgischen Zeitungen auf, im *Groß-Kokler Boten* wurde er »unser weltbekannter Erfinder« genannt.

»Du willst nicht ernsthaft dorthin fahren«, sagte Tilla, als er ihr von einer Einladung zu einem Vortrag nach Hermannstadt erzählte.

»Es bringt ein wenig Geld, es hilft uns, nach all den Schulden, die ich in Berlin gemacht habe. Seit der Pensionierung meines Vaters sind wir kaum noch abgesichert.«

»Tu dir das bitte nicht an. Lass es gut sein.«

»Denk an die schlimme Wirtschaftskrise.«

»Aber das ist es nicht wert!«

Hermann ahnte, sie hatte Recht. Aber er fuhr trotzdem.

In Hermannstadt stellte man ihn auf eine Theaterbühne und ein Conférencier bat ihn, aus *Die Rakete zu den Planetenräumen* vorzulesen. Hermann seufzte, das Buch war nun schon bald zehn Jahre alt. War es das Einzige, was er je vollbracht hatte? Er trat an das Pult. Es war heiß im Licht des Scheinwerfers, im Lichtkegel flimmerte der Staub, das Publikum schaute erwartungsvoll. Und er: trug Formeln vor, nannte Koeffizienten, reihte altgriechische Buchstaben aneinander, leitete Differentiale her. Bald stand ihm der Schweiß auf der Stirn, er hörte, wie die Zuschauer flüsterten, ein Mann blickte verstohlen auf seine Taschenuhr. Endlich erlöste ihn der Conférencier. »Eine beeindruckende Arbeit«, lobte er. »Ganz sicher nichts für einen Normalsterblichen. Welche besonderen Fähigkeiten braucht man, um so etwas zu schreiben?«

»Eigentlich keine«, sagte Hermann und legte das Buch beiseite.

»Unsinn! Sie sind einer, den nur wir Siebenbürger Sachsen hervorgebracht haben!«, sagte der Conférencier.

»Das könnte man genauso über Sie sagen«, erwiderte Hermann.

»Bestimmt kann keiner so gut rechnen wie Sie!«

»Das spielt für meine Arbeit keine Rolle.«

»Vierundfünfzig mal dreiundzwanzig?«

Hermann öffnete den obersten Hemdsknopf und lockerte seinen Kragen. »Eintausendzweihundertzweiundvierzig.«

Ein Raunen ging durch das Publikum. Der Conférencier klatschte und die Zuschauer fielen ein.

»Dreihundertvierundsiebzig geteilt durch dreizehn«, rief einer von hinten.

»Achtundzwanzigkommasechssieben und ein bisschen.« Hermann kratzte sich am Hals. Wieder gab es Applaus, einige johlten. Der Conférencier erhob sich gewichtig und deutete mit beiden Händen auf Hermann. »Meine Damen und Herren«, erklärte er. »Ich präsentiere Ihnen den siebenbürgischen Adam Riese!«

Nach der Veranstaltung wollte Hermann schnellstmöglich zurück ins Hotel. Doch der Conférencier hielt ihn fest. »Sie können doch jetzt noch nicht gehen – es gibt noch ein Essen mit wichtigen Hermannstädter Persönlichkeiten!«

Im Restaurant saßen sie an einem langen Tisch und tranken Wein. Hermann kannte niemanden der Leute und es blieb unklar, inwiefern sie wichtig waren. Die Runde diskutierte über Heinrich Siegmund, einen siebenbürgischen Arzt, der behauptet hatte, die Siebenbürger Sachsen würden bald aussterben. Er hatte anhand alter Kartenverzeichnisse Statistiken über deutsche Namen in Siebenbürgen erhoben und festgestellt, dass sie zurückgingen. Man müsse dringend etwas für die Volksverteidigung tun, mahnte Siegmund. Die Leute am Tisch waren geteilter Meinung dazu, es wurde heftig gestritten.

»Professor, was meinen Sie?«, wandte sich einer an Hermann.

Hermann räusperte sich. »Methodisch ist Siegmunds Arbeit einwandfrei, insofern glaube ich, er hat Recht.«

»Da muss ich als Historiker widersprechen«, sagte ein anderer. »Den Methoden der Geschichtswissenschaften genügt Siegmunds Arbeit nicht.«

»Aber denen der Naturwissenschaften«, erwiderte Hermann. »Die Statistik ist eindeutig.«

Der Historiker schüttelte den Kopf. »Naturwissenschaftliche Methodik ist hier aber nicht adäquat. Sie zielt auf das Generelle, der Historiker aber betrachtet das Individuelle.«

»Die Naturwissenschaften kommen immerhin zu exakten Ergebnissen. Das kann man den Geisteswissenschaften nur wünschen. Da geht es doch meistens eher um Vielwisserei.« Hermann merkte, wie die Runde ihn anstarrte. »Nichts für ungut«, schob er schnell hinterher.

»Wir brauchen keine Volksverteidigung«, sagte der Historiker. »Es reicht, wenn die Siebenbürger Sachsen ihre biologische Volkskraft zurückgewinnen.«

»Das schlägt ja nun vollkommen fehl!«, widersprach Hermann. »Als würden die Siebenbürger Sachsen weniger kopulieren als Ungarn oder Rumänen.«

»Sie müssen es ja wissen mit Ihren vier Kindern«, rief der Conférencier. Die Runde lachte, Hermann zwang sich mitzulachen.

»Außerdem wusste ich gar nicht, dass Sie so ein Hitzkopf sind, Professor.«

Hermann errötete. »Jedenfalls«, sagte er schnell, »es liegt eher daran, dass die Siebenbürger Sachsen die Oberschicht sind. Die hat höhere Ansprüche als die Unterschicht aus Ungarn und Rumänen und wird bei friedlichem Wettbewerb nach und nach verdrängt. Lothrop Stoddard zum Beispiel hat diese These aufgestellt und hier in Siebenbürgen bestätigt sie sich. Die Triebe haben bei den Siebenbürger Sachsen einfach größere Widerstände. Verantwortungsgefühl, Habgier, Luxusbedürfnis und so weiter. An denen müssen wir arbeiten.«

»Glauben Sie als Naturwissenschaftler gar nicht an einen rassischen Einfluss?«

»Siebenbürgen wäre schon ein ideales Versuchsfeld. Oberschicht und Unterschicht sind klar nach Nation getrennt. Man könnte es geradezu mit einer Versuchsfarm mit Züchtungsexemplaren vergleichen. Den ein oder anderen geneonomischen Einfluss könnte man so sicher beobachten. Aber aus rassenbiologischen Vorgängen allein ist die Entwicklung der Menschheit nicht zu erklären. Der rassische Aufbau eines die Kultur tragenden Volkes kommt mir so vor wie das Fundament eines Gebäudes. Es ist an sich weder das Sichtbarste noch auch das Wichtigste am Haus, aber wenn es nicht in Ordnung ist, stürzt schließlich alles zusammen. Wir brauchen die geneonomischen Wissenschaften, die die Zusammenhänge zwischen Ökonomie und Rasse beleuchten. Das kann der Menschheit noch großen Nutzen bringen.« Er machte sich innerlich eine Notiz, einen Artikel über Siegmund zu schreiben. Es würde der Welt helfen, wenn in der Soziologie so exakt gearbeitet würde wie in den Naturwissenschaften. Der Vorwurf über die Methodik ärgerte ihn.

»Sagen Sie, wie geht es eigentlich Ihrem Vater?«, fragte einer. »Dem berühmten Schäßburger Chirurgen?«

»Man hat ihn vor einigen Jahren verfrüht in Rente geschickt.«

»Dann hat er endlich Zeit für sich.«

»Er arbeitet jetzt in Serbien«, erwiderte Hermann.

»Warum das?«

»Er liebt seine Arbeit.«

»Er sollte es gut sein lassen«, sagte ein anderer. »Er ist schon alt.«

Hermann beugte sich vor. »Aber er ist ein guter Arzt.«

»Die Rumänen drängen uns Deutsche an den Rand«, mischte sich ein Lokalpolitiker ein, der die Diskussion bislang still verfolgt hatte. »Das muss sich ändern und das wird sich auch ändern. In Deutschland ist etwas im Gange und auch hier wird etwas in Gang kommen. Deshalb nennt sich unsere Organisation jetzt auch nationalsozialistische Selbsthilfe. Ich sage Ihnen, bald werden sich die Dinge ändern!« Er erhob sein Bier und forderte die Runde auf anzustoßen. Ein paar zögerten, die meisten folgten. Auch Hermann griff sein Glas, obwohl es längst leer war. Der Mann sah ihn an. »Wollen Sie nicht auch beitreten?«

Als Hermann nach Mediasch zurückkam, entdeckte er Julius an der Kokel. Sein Sohn saß am Ufer und schien etwas zu zeichnen. Er war in letzter Zeit ziemlich in die Höhe geschossen, vierzehn Jahre war der Junge schon.

Hermann ließ sich neben ihm nieder. Julius sah auf und verbarg das Papier in seinem Schoß. Eine Weile saßen sie schweigend nebeneinander. »Deine Mutter hat mir dein Zeugnis gezeigt. So gute Noten wie du hatte ich nie.«

Julius nickte stumm.

Hermann deutete auf den Bleistift in Julius' Hand. »Was zeichnest du da?«

»Ach, das ist bloß eine Skizze.« Julius errötete.

Hermann beugte sich vor. »Du konstruierst etwas?«

»Es ist noch nicht fertig.«

»Das haben Skizzen ja so an sich. Lass mich doch mal schauen.«

Unsicher reichte ihm sein Sohn das Blatt.

»Oh«, sagte Hermann und bemühte sich, seine Enttäuschung zu verbergen. Julius hatte den Bahnhof gezeichnet. Ein Zug stand am Gleis, Reisende mit Koffern strömten heraus, auf dem

Bahnsteig einander umarmende Menschen. »Schön, wirklich, sehr schön, aber es fehlen noch ein paar Details. An den Gleisen müssten Signallampen stehen.«

Julius nickte.

»Und der Lokomotive fehlt die Druckluftbremse. Außerdem kommen so große Züge nicht nach Mediasch.«

»Das ist nicht der Bahnhof hier«, sagte Julius schnell.

»Welcher ist es denn?«

Julius hob die Schultern. »Irgendeiner.«

»Irgendeiner.« Hermann schaute wieder auf die Zeichnung. »Na ja, es ist ja auch nur eine Skizze.«

Immer noch rot im Gesicht nahm Julius das Blatt wieder an sich. Er stand auf, sagte, er müsse noch Hausaufgaben machen und ging davon. Hermann blieb allein an der Kokel zurück und sah auf den Fluss. Es war ja auch nur eine Skizze.

In der Nacht lag er wieder wach. Ihm stand die bleigeschwärzte Hand seines Sohnes vor Augen, dazu die glühenden Ohren. Wie lange hatte Julius wohl an dem Bild gearbeitet? Und was erhoffte er sich davon? Hermann musste daran denken, wie viele Stunden er selbst damals mit vierzehn im Ruderboot verbracht hatte. Wie heiß ihm die Wangen geworden waren, als er Vernes Fehler entdeckt hatte. Nachts hatte er wach gelegen, so wie er heute wach lag, auf der Suche nach einer Lösung.

Am nächsten Tag ging er nach dem Unterricht in die Stadt und kaufte eine Staffelei, ein Bündel mit Borstenpinseln und Haarpinseln, Tuben mit Ölfarben, eine Palette. Er musste eine Weile suchen, dann fand er Julius im Ferdinandpark. Hermann legte die Malausrüstung neben seinen Sohn auf die Bank. »Eigentlich ist die Malerei in Zeiten der Fotografie überflüssig«, erklärte er, »trotzdem ist das natürlich eine schöne Beschäftigung. Wenn man auf Details achtet, lernt man, wie die Dinge funktionieren.« Er baute die Staffelei auf. »Als ich so alt war wie du, habe ich viel von Albrecht Dürer gelernt.« Hermann strich seinem Sohn ungelenk übers Haar, das mittlerweile so schwarz war wie sein eigenes. Er wünschte ihm viel Erfolg und ging heim.

In seinem Arbeitszimmer stand Hermann lange am Fenster. Auf den Gleisen in der Ferne ratterte ein Zug mit Holztransporten vorüber. Er legte den Kopf in den Nacken, überlegte. Er wusste, Tilla würde das nicht gefallen. Er zog eine Schublade auf, sah auf seine alten Skizzen, schloss sie wieder. Er rieb sich die Stirn. Schließlich atmete er einmal durch, wandte sich ab und machte sich auf den Weg zur Fliegerschule.

Nach langer Zeit sah er Oberst Centurian wieder. Der war schon vor einigen Jahren aus dem Dachgeschoss ausgezogen und hatte die Witwe eines reichen Lederfabrikanten geheiratet. Die Frau war mittlerweile verstorben und Centurian hatte ein schönes Haus am Stadtrand.

Als Hermann ihn am Hangar traf, schien Centurian mehr als erfreut. Überschwänglich begrüßte der Oberst ihn. »Sie sind ja inzwischen eine echte Berühmtheit geworden!« Centurian winkte ein paar Leute heran und stellte Hermann begeistert vor. Das sei der große Professor! Er habe einen Film mit Fritz Lang gedreht!

Hermann musste allen die Hand schütteln, er war froh, als es vorüber war.

»Was verschlägt Sie zu uns?«, fragte Centurian.

»Wenn es möglich wäre, würde ich gerne meine Experimente hier fortsetzen.«

Centurian sah ihn erstaunt an. »Hier?«

»Sofern es keine Umstände macht.«

»Aber überhaupt nicht – einem Mann wie Ihnen helfen wir nur zu gern!«

Hermann bekam einen Schuppen neben der Fliegerpiste. Der Boden vibrierte bei Starts und bei Landungen, die Propeller röhrten durchgehend, die Ausstattung war katastrophal. Für die Elektronik gab es nicht einmal Isolierschläuche und so musste Hermann Grashalme um die Zünddrähte wickeln, die er auf den Weiden nahe der Fliegerschule sammelte. Die Kühe glotzten, wenn er ihnen die fettesten Halme unter den Mäulern wegriss.

Centurian entpuppte sich als unerträglich neugierig. Ständig kam er vorbei und bot seine Hilfe an. Hermann schickte ihn jedes Mal fort, aber Centurian blieb trotzdem da und gab Ratschläge. »Man sollte nicht zu viel Lötzinn nehmen. Sonst gibt es einen Kurzschluss!«, erklärte er ihm einmal. Hermann wies den Oberst gerade darauf hin, er habe schon hunderte Platinen verlötet. Plötzlich bemerkten sie Gestank. Schnell drehten sie sich um. Einer der Grashalme hatte Feuer gefangen, der Versuchsaufbau brannte. Eilig griff Hermann ein Tuch, um es darüber zu werfen, doch schon brannte die ganze Apparatur. Centurian rannte panisch hinaus, Hermann griff zum Eimer mit dem Kühlwasser und kippte ihn über den Aufbau. Es knallte entsetzlich. Hermann flog mit dem Rücken gegen eine Wand, ein Knochen knackte, vor Schmerz verlor er beinahe das Bewusstsein. Mühsam richtete er sich auf. Er hielt sich die Schulter und wankte nach draußen. Centurian sah ihn tadelnd an. »Sagen Sie nicht, ich hätte Sie nicht gewarnt.«

Auf dem Heimweg, den Arm in einer Schlaufe, sah Hermann Julius bei den Bahngleisen sitzen. Sein Sohn hatte die neue Staffelei aufgebaut und malte. Eine Weile schaute er Julius aus der Entfernung beim Malen zu, es vertrieb seine schlechte Laune. Konzentriert mischte sein Sohn auf der Palette die Farben, warf einen Blick zum Bahnhof, tat einen behutsamen Pinselstrich, legte nachdenklich den Kopf in den Nacken, zog den nächsten Strich. Hermann rief seinem Sohn einen Gruß zu und lief hinüber. Er wollte ihm die Hand auf die Schulter legen, da fiel sein Blick auf die Leinwand. Er brach die Bewegung jäh ab. Das Bild sah aus wie von einem Kleinkind gemalt. Der Bahnhof war in groben Strichen umrissen, die Lokomotive sah aus wie ein Kasten, die Körper der Reisenden waren klobige Balken, ihre Gesichter Kleckse.

»Ist das dein Ernst?«, fragte Hermann.

Das Gesicht seines Sohnes lief purpurn an.

»Bei solchen Bildern müssen Maler sich nicht wundern, wenn die Menschen lieber Fotografien anschauen. Darauf erkennt man wenigstens alles.«

»Darum geht es mir gar nicht«, erwiderte Julius leise.

»Um was dann?«

»Um den Ausdruck.« Julius starrte auf seine Schuhe.

»Den Ausdruck. Was soll das heißen?«

»Was man fühlt, wenn man etwas sieht.«

»Was man fühlt«, sagte Hermann. »Jeder fühlt etwas anderes. Daraus kann man keinen Nutzen für die Allgemeinheit ziehen. Was für ein Gefühl soll das hier überhaupt darstellen?«

Julius schwieg, seine Ohren glühten. Hermann schaute wieder auf das Bild. Die Farben waren dunkel, der Bahnhof lag ganz im Schatten, der Zug war schwarz, nur die konturlosen Gesichter der Menschen strahlten in grellem Orange. Plötzlich hatte er Mitleid. Er wünschte sich, er hätte nichts gesagt. Er wollte Julius nun doch die Hand auf die Schulter legen, aber der hatte sich schon von ihm weggedreht. Hermann räusperte sich. »Gewiss braucht es nur Übung.« Er griff seine Tasche und wandte sich zum Gehen. »Meine erste Rakete ist auch nicht geflogen.«

An einem späten Nachmittag, als Tilla gerade mit den Kindern in der Stadt war, klingelte es an der Tür. Hermann unterbrach die Korrektur der Klassenarbeiten und öffnete. Draußen im Regen stand ein kleiner Mann im Mantel, von seinem Hut tropfte es. »Ich würde gerne mit dem Professor sprechen«, erklärte er in gebrochenem Deutsch. »Darf ich eintreten?«

»Eigentlich habe ich gerade zu tun«, erwiderte Hermann.

»Sie haben zu tun?« Der Fremde schaute erstaunt. »Das überrascht mich. Viel hört man ja nicht mehr von Ihnen.« Hermann bat den Kerl, sich deutlicher auszudrücken. Der Fremde entschuldigte sich höflich. »Ich spreche natürlich von der Rakete. Darüber würde ich gerne mit Ihnen reden.«

»Ich habe gerade leider keine Zeit für Vorträge.«

»Vorträge? Ich habe ein Angebot.«

»Ein Angebot?«

»Eben dafür würde ich gerne eintreten.«

Seufzend bat Hermann ihn herein und führte ihn in die Stube. Der Fremde nahm Platz. Er wolle die Zeit des Professors nicht übermäßig in Anspruch nehmen, lächelte er. Sein Name sei Kubin und er komme aus Russland. Die Sowjetunion habe beschlossen, in die Raketenforschung zu investieren und wolle dafür den besten Mann auf diesem Gebiet verpflichten.

Hermann schüttelte den Kopf. Er hatte schon viele Spinner erlebt, aber so etwas war ihm noch nicht untergekommen.

»Sie glauben mir nicht?« Kubin kramte in seinem Mantel herum. Er legte ein Bündel Geldscheine auf den Tisch und reichte Hermann eine wissenschaftliche Ausarbeitung. »Sie schreiben, Kreiselinstrumente seien heutzutage noch sehr unpräzise. Wir haben da ein paar Vorschläge.«

Hermann schaute auf den Pass, dann blätterte er durch den Aufsatz. Er war erstaunt. Es waren tatsächlich gute Ideen darin.

»Wir schlagen Ihnen vor, Sie begeben sich nach Lemberg. Dort bekommen Sie einen Pass und fahren weiter nach Moskau. Sie erwartet ein Gehalt von dreitausend Rubel monatlich, eine schöne Wohnung und natürlich ein Raketeninstitut, in dem es

Ihnen an nichts fehlen wird. Selbstverständlich darf Ihre Familie nachkommen.«

Hermann starrte den Kerl an. »Ich kann nicht nach Russland«, sagte er schließlich.

»Warum nicht?«

»Weil ich Deutscher bin.«

»Meines Wissens sind Sie Rumäne.«

»Volksdeutscher. Immer gewesen.«

Kubin wies auf den Pass. »Das ist kein Problem. Die Sowjetunion ist ein offenes Land. Auch ein Deutscher darf sich um sie verdient machen.«

»Das will ich aber nicht. Die russischen Flüchtlinge hier in Siebenbürgen haben uns von den Grauen des Bolschewismus erzählt. Ich bin meinem Vaterland treu.«

»Sie sind doch Wissenschaftler. Sie sollten wissen, dass es nicht reicht, bloß einen Ausschnitt zu sehen.«

»Hören Sie nicht, ich habe kein Interesse.«

»Sind Sie sicher?«

Als Tilla am Abend zurückkam, saß Hermann am Schreibtisch. Sie schaute zu ihm herein und grüßte, doch er war so vertieft ins Schreiben, dass er vergaß, ihr zu antworten. Sie trat heran und nahm ihm den Stift aus der Hand. Sie versuche ja, alles Verständnis der Welt für ihn aufzubringen. Aber ein Mindestmaß an Kommunikation erwarte sie schon noch. Hermann entschuldigte sich. Er sei mit den Gedanken woanders gewesen.

»Das ist deine Ausrede seit über fünfzehn Jahre. Das gilt nicht mehr.«

»Ich hatte Besuch.«

»Besuch? Das versöhnt mich ja fast schon wieder.«

»Ungewollten Besuch.«

Tilla nickte. »Natürlich.«

Hermann erzählte ihr ausführlich von Kubins Angebot. Tilla hörte ihm zu. »Und was hast du ihm gesagt?«

»Ich habe ihn hinausgeworfen!«

Tillas Gesicht hellte sich auf. »Hermann, ich freue mich. Ein kleiner Schritt, aber vielleicht ist es der erste, das alles endlich hinter sich zu lassen.« Sie gab ihm einen Kuss auf die Wange. »Und was für einen Brief schreibst du da?«

»Ich schreibe nach Deutschland.«

»Wie bitte!?« Tilla riss ihm die Seite unter den Händen weg. Eilig las sie, dann ließ sie das Schreiben sinken. »Ist das dein Ernst? Eine Waffe.«

»Das ist doch nichts Neues. Darüber habe ich schon öfter nachgedacht, doch schon damals im Krieg.«

»Richtig, im Krieg! Nicht im Frieden!«

»Ich habe diese Idee in die Welt gesetzt und damit auch eine Verantwortung dafür!«

»Und so nimmst du die Verantwortung wahr?!« Tilla war außer sich. »Das liest sich, als wünschst du dir den Krieg zurück! Ganze Großstädte mit der Rakete zerstören! Wünschst du dir das für deine Kinder?«

»Natürlich nicht! Ich will die Gefahr aufzeigen. Für uns Deutsche! Das einzige Mittel, sich gegen die Rakete zu verteidigen, ist, die Rakete selbst zu besitzen.«

Tilla hielt ihm den Brief vors Gesicht. »›Wer als Erster technisch brauchbare Raketen baut, der wird die Welt beherrschen?‹«

»Rein logisch wäre das so.«

»Deutschland soll die Welt beherrschen?«

»Lieber Deutschland als Russland. Deutschland kann die Welt zum Frieden zwingen!«

»Ich verstehe dich nicht! Warum willst du unbedingt zu einem

Land gehören, das dich immer abgelehnt und wie einen Ausländer behandelt hat? Balkanbewohner haben sie dich genannt! Aber hier brüstest du dich sogar damit, dass du dieser nationalsozialistischen Selbsthilfe angehörst. Du bist wie ein dummer Schuljunge, der dem Respekt der anderen hinterherhechelt.«

»Hast du mich gerade dumm genannt?«

Sie starrte ihn an, dann warf sie den Brief auf den Schreibtisch. »Früher ging es dir um den Weltraum. Heute geht es dir nur noch um die Rakete.«

Die Zeit verging und Hermann schrieb nach Deutschland und wartete auf Antwort. Unterdessen umrundete zum ersten Mal ein Mensch im Alleinflug den Planeten, in England wurde das erste Flugzeug mit Radar geortet, in Deutschland wurden die Elektronenmikroskope entwickelt. In Schweden fand man eine vorzüglich erhaltene Moorleiche aus dem 14. Jahrhundert, in Berlin begann der erste Fernsehsender mit der Ausstrahlung, Erwin Schrödinger entwickelte ein Gedankenexperiment zur Quantenmechanik. Darin ging es um eine Katze, die in einem Kasten gefangen war. Gift nahm dem Tier das Leben, sobald ein Atomkern zerfiel. Ein quantenmechanisches Experiment, das ohne Beobachter kein Ergebnis lieferte und so in einem Paradoxon mündete: Solange niemand in den Kasten hineinsah, war die Katze tot und lebendig zugleich. Hermann fühlte mit der Katze. Niemand schaute nach, was er tat. Er sah es nun mit schrecklicher Klarheit. Er war über vierzig Jahre alt und würde seine Idee niemals verwirklichen. Noch einige Zeit würde er hier in Mediasch vor sich hin experimentieren und irgendwann würde er sterben und mit ihm seine Idee. Der Gedanke machte ihn rasend und das Einzige, was ihn davon abhielt, wild um sich zu schlagen, war, trotz allem immer weiterzumachen.

Als er eines Abends aus der Fliegerschule heimkam, verschwitzt und blutig, Metallspäne hatten sich beim Schleifen in seine Haut gebohrt, traf er Tilla im Flur, die gerade Erna die Treppe hinaufschleppte. »Ruf den Hausarzt«, sagte sie hektisch.

Er zog sich die Schuhe aus. »Ist sie wieder irgendwo herumgeturnt?«

»Sie ist krank. Wir brauchen den Doktor und zwar schnell!«

Hermann ließ seine Tasche stehen und folgte den beiden hinauf in Ernas Zimmer. »Was hat sie denn?«

Tilla legte ihre Tochter auf das Bett. »Fieber und Halsschmerzen. Jetzt mach schon.«

»Das ist alles?«

»Jetzt hol den Hausarzt, verdammt! Die Diphterie geht um.«

»Im Krieg hatten wir ständig Patienten mit Diphterie. Ich schaue mir das mal an.« Hermann setzte sich auf die Bettkante. Erna war blass und stöhnte benommen.

»Himmelherrgott!« Tilla stand auf. »Dann hole ich den Doktor eben selbst.«

Hermann befühlte Ernas schweißnasse Stirn. »Mach mal den Mund auf.« Seine Tochter presste die Lippen aufeinander. »Komm schon, Mund auf.«

Erna drehte sich von ihm weg, aber Hermann fasste nach ihrer Nase und hielt sie zu. Erna blies die Backen auf.

»Was zum Teufel machst du da?« Tilla zerrte ihn an der Schulter. Hermann drückte einen Finger in Ernas Backen und sie riss keuchend den Mund auf. Er warf einen kurzen Blick in ihren Rachen, dann ließ er sie los. »Keine Sorge«, sagte er zu Tilla. »Kein Belag auf der Zunge. Der Rachen ist etwas rot, aber es sieht nicht schlimm aus.«

»Bist du jetzt endgültig verrückt geworden?« Tilla holte mit der Hand aus und wollte ihm eine Ohrfeige geben, er hielt ihren Arm fest. »Was bist du nur für ein herzloser Kerl!«

»Mein Vater hat das bei den Kindern im Spital immer so gemacht!«

»Vergleiche dich bloß nicht mit deinem Vater.«

»Wie bitte?«

»Dein Vater ist der ehrenwerteste Mann, den ich kenne! Von wessen Geld haben wir denn gelebt, als du in Deutschland studiert hast? Wer hat denn das Haus hier bezahlt?«

»Was hat das damit zu tun?«

»Sieh dich doch an, was aus dir geworden ist! Sieh dein Kind an«, schrie Tilla. Plötzlich erkannte er, dass sie mit den Tränen kämpfte. Neben ihm auf dem Bett wimmerte Erna leise. Das Gesicht seiner Tochter war weiß vom Fieber und an ihren Nasenflügeln klebte sein trockenes Blut aus der Werkstatt. Hastig zog er sein Taschentuch aus der Hemdtasche und wollte die Nase abwischen, aber Erna zuckte zusammen und rollte sich zur Wand. Tilla sah ihn an, die Hände zu Fäusten geballt. »Immer noch jagst du etwas hinterher, das du längst nicht mehr fangen kannst, und wirst dabei immer verbitterter!« Sie sah ihn eindringlich an. »Sieh es ein, Hermann – es ist vorbei!«

»Ich kann nicht.« Er starrte auf das Taschentuch in seiner Hand. »Wenn ich aufhöre, dann ist alles vorbei.«

Endlich war die Rakete in der Fliegerschule fertig. Oberst Centurian begutachtete sie eingehend und meinte in einem Ton, der Hermann nicht gefiel, dieses Ding wolle er unbedingt fliegen sehen.

»Dann müssen Sie mir flüssigen Sauerstoff besorgen«, erwiderte Hermann. »Aber ich weiß nicht, ob man in Siebenbürgen überhaupt welchen bekommen kann.«

Ein paar Tage später fuhr in der Fliegerschule ein Transporter vor, und zwei Kadetten luden einen gekühlten Hochdruckbehälter aus dem Wagen. Hermann konnte es kaum glauben,

Centurian schaute stolz. Er wollte das Ding offenbar wirklich unbedingt fliegen sehen.

Am nächsten Tag stand die Rakete auf der Startbahn der Fliegerschule. Ein Gerüst bewahrte sie davor, vom Wind umgestoßen zu werden. Hermann rollte das Zündkabel bis zum Hangar aus, wo sich die Offiziere und Kadetten versammelt hatten. Centurian erklärte, das sei ein ganz besonderer Moment für Mediasch. Und doch müsse er gestehen, er habe sich die Rakete irgendwie anders vorgestellt. Weniger lang und etwas breiter wohl.

»Wie ein altes Ofenrohr sieht sie aus«, sagte der Major neben ihm.

»Oder wie ein Strohhalm«, wandte Centurian ein.

»Ein wenig auch wie ein sehr großer Bleistift«, erwiderte der Major.

»Oder wie ein Regenabfluss«, rief einer der Kadetten.

Hermann schloss das Kabel an den Zündschalter an und räusperte sich. »Die langgezogene Form soll den Luftwiderstand minimieren.«

»Selbstverständlich«, sagte Centurian.

Hermann deutete auf die Menschenmenge vor dem Hangar. »Ich habe doch darum gebeten, keine Leute einzuladen. Das ist nur ein erster Versuch.«

Centurian sah ihn ungläubig an. »Ein erster Versuch? Sie arbeiten doch schon Ewigkeiten an dem Ding.«

Hermann bückte sich und drückte den Zündschalter. Ein Zischen drang von der Startbahn herüber, aus der Messingdüse trat Dampf aus.

»Ach, es geht schon los?«, fragte Centurian überrascht. »Warum sagen Sie denn nichts?« Er drehte sich zu den Zuschauern um. »Es geht los!«

Hermann versuchte, das aufgeregte Stimmengewirr hinter sich zu ignorieren und beobachtete die Rakete. Der Dampf wurde dichter und von der Schubkraft der Düse auf den Asphalt gepresst. Laub wirbelte auf, eine Amsel neben der Startbahn flatterte davon. Dann löste sich das Zündkabel. Langsam hob die Rakete vom Erdboden ab. Die Zuschauer raunten. Hermann schaute durch sein Fernglas. Die Rakete stieg rasch aufwärts, schnell war sie zehn Meter hoch, dann zwanzig, bald fünfzig. Der Wind zerrte an ihr, sie neigte sich nach rechts und flog schräg in Richtung des Waldes. Plötzlich begann sie zu trudeln, knickte Sekunden später in der Mitte durch und zerbrach in zwei Teile. Ein Lichtblitz erleuchtete den Himmel und überstrahlte einen Augenblick die Sonne. Dann krachte es ohrenbetäubend. Trümmerteile flogen in alle Richtungen und zogen glühende Schweife hinter sich her. Nach und nach regneten sie im Wald nieder.

Hermann ließ das Fernglas sinken. Hinter sich hörte er Jubelschreie. Die Leute riefen begeistert durcheinander, einer pfiff auf den Fingern. Oberst Centurian klopfte ihm auf den Rücken. »Großartig!«, rief er. »Ein solches Feuerwerk hat die Stadt noch nicht erlebt!«

VIER

An einem schwülen Sommertag des Jahres 1941 kam Hermann nach Usedom. Eine lange Zugfahrt hing ihm in den Gliedern. In seinem Abteil hatte sich ein Ehepaar pausenlos gestritten, neben ihm hatte sich ein Kind erbrochen, und einmal war der Zug auf freier Strecke über eine Stunde stehen geblieben. Nun aber stieg er auf den schmalen Bahnsteig von Zinnowitz und kühler Nordostwind wehte ihm ins Gesicht. Er erkannte den jungen Mann sofort, der unter einer Laterne auf ihn wartete. Das dichte, blonde Haar fiel ihm nicht wie früher in die Stirn, sondern war mit viel Pomade zurückgestrichen und er trug nun einen schwarzen Anzug mit Einstecktuch. Doch das kräftige Kinn und die jungenhaft blitzenden Augen waren unverkennbar. »Professor, wie schön, Sie wiederzusehen!«

»Guten Abend, Herr von Braun.«

Wernher von Braun umarmte ihn herzlich. »Willkommen in der Heeresversuchsanstalt. Endlich ist mein alter Lehrer auch hier.«

»Alt?« Hermann war die Umarmung unangenehm, er täuschte ein Husten vor, um sie zu lösen.

»Das meine ich natürlich nur mit allergrößtem Respekt!« Von Braun nahm ihm den Koffer ab. Er führte Hermann zu einem Wagen hinter dem Bahnhof, wuchtete das Gepäck auf die Rückbank und bat ihn, auf dem Beifahrersitz Platz zu nehmen. Erschöpft ließ Hermann sich auf die Polster fallen. Er fragte sich, was ihn auf dieser Insel erwarten mochte. Von Braun setzte sich ans Steuer und startete den Motor. Die Frontscheinwerfer leuchteten in die zunehmende Dunkelheit.

Lange hatte Hermann von der Heeresversuchsanstalt Peenemünde nicht das Geringste geahnt. Erst 1937 hatte man ihn endlich nach Deutschland eingeladen. Im Reichsluftfahrtministerium fragten Ingenieure und Offiziere ihn aus wie einen Prüfling, auch von Braun war dabei. Hermann erzählte ihnen vom Besuch des Russen, seinen Experimenten in der Fliegerschule. Sie hörten aufmerksam zu und schickten ihn wieder heim. Man werde sich melden.

Erst ein Jahr später machten sie ihm ein Angebot. Es war ein Traum. Eine Forschungsprofessur an der Technischen Hochschule Wien, dazu ein zweijähriges Stipendium. Auf so etwas hatte er immer gehofft. Gleichzeitig musste er an die vielen Auseinandersetzungen mit Tilla in den Monaten zuvor denken. Er spielte den Streit, der kommen würde, in Gedanken durch, legte sich Argumente zurecht, betete, es möge nicht zu schlimm werden. Tilla war gerade im Garten und pflanzte Erdbeeren. Er reichte ihr das Schreiben. Sie überflog es.

»Es ist ein gutes Angebot«, sagte er schnell. »Das Stipendium garantiert 36000 Reichsmark, wir könnten sorgenfrei leben.«

»Sorgenfrei«, sagte sie.

»Und Wien ist eine schöne Stadt. Du und die Kinder könnten mich begleiten dieses Mal.«

Tilla rieb sich die Stirn, ihre Handschuhe hinterließen schmutzige Flecken im Gesicht. »Dann spricht wohl nichts dagegen«, sagte sie. Ohne ihn anzusehen, stand sie auf und ging ins Haus.

Der Erdbeerstrauch blieb ungepflanzt auf der aufgewühlten Erde liegen.

Hermann konnte sich nicht darüber freuen, dass der Streit ausblieb. Lieber hätte er sie schimpfen gehört, als dass sie so widerstandslos nachgab. Er ahnte, sie tat es nicht ihm zuliebe. Aber er traute sich auch nicht, sie danach zu fragen.

Kurz nach dem Anschluss Österreichs zogen sie nach Wien. Von seiner Stelle hieß es, er könne tun und lassen, was er wolle. Und genau das tat er. Er durchstöberte jeden Metallwarenladen der Stadt und erkletterte jeden Schrottplatz, radelte täglich mit einem Anhänger voller Entdeckungen hinaus nach Felixdorf und richtete sich auf einem alten Artilleriegelände einen Raketenflugplatz ein. Er beobachtete aus einem verstaubten Bunker, wie seine Versuchsaufbauten in die Luft flogen. Er verkohlte sich das Gesicht, holte sich Brandblasen an den Händen und hätte alles in allem einen Heidenspaß haben müssen. Doch er hatte ihn nicht. Warum fühlte sich die Arbeit so schal an? Er fragte sich, wieso sie ihn nach all den Jahren hergeholt hatten. Was war eigentlich sein Auftrag? Er lief zum Institutsdirektor, doch der hob die Schultern. Er sei nur der Zimmervermieter, er wisse auch nicht mehr. Aber wundern täte es ihn schon auch. Schließlich leite das Heer unter Führung von Brauns in Peenemünde schon ein viel größeres Unternehmen.

Hermann hielt inne. »Peenemünde?«

Er dürfe nichts sagen, erwiderte der Institutsdirektor. Einem Ausländer sowieso nicht.

»Stehe ich hier etwa auf einem toten Gleis?«

»So könnte man es formulieren.«

Nach dem Gespräch schrieb Hermann sofort an von Braun. Was geschehe da in Peenemünde? Sei seine Arbeit in Wien überhaupt für etwas gut? Wieso sei er nicht eingeweiht? Er brauche dringend die deutsche Staatsbürgerschaft.

Von Brauns Antwort war kurz. Er könne nicht viel sagen. Seine Tätigkeit unterliege strenger Geheimhaltung. Aber er werde tun, was möglich sei.

Doch die Monate vergingen und niemand meldete sich. Nach der Sudetenkrise schien der Krieg näher denn je. Wie sollte er je rechtzeitig mit der Rakete fertig werden? Er schrieb an Hitler persönlich, versuchte, ihn von der Waffe zu überzeugen, bat um mehr Mittel. Kurz darauf gab es von Seiten des Heeres ein paar höfliche Nachfragen, einmal kam von Braun mit ein paar Offizieren vorbei und begutachtete seine Arbeit in Felixdorf, dann fuhren sie wieder ab. Das Luftfahrtministerium bot ihm an, in seine Heimat zurückzukehren, doch nun war er endlich hier und er wollte nicht erneut scheitern. Er blieb.

Im September 1939 brach der Krieg aus. Eine Erschütterung, ein paar Tage lang bekam er auf seinem Raketenflugplatz überhaupt nichts zustande. Immer hatte er gehofft, er könne den Krieg verhindern. Doch die Welt hatte sich weitergedreht und nur er war auf der Stelle getreten.

Abends war er immer spät zu Hause. Wie es Tilla und den Kindern erging, bekam er kaum mit. Seit sie hergezogen waren, warteten sie mit dem Essen nicht mehr auf ihn, auch erzählte Tilla später im Bett nicht, wie ihr Tag verlaufen war. Manchmal kam er sich daheim wie ein Fremder vor. Dass Erna jemanden kennengelernt hatte, erfuhr er erst, als plötzlich ein junger Mann zum Sonntagsbraten mit am Tisch saß. Schon kurze Zeit später stand die Heirat an und er wusste nicht, was er davon halten sollte. Er ließ es geschehen.

Julius war schon nach wenigen Monaten zurück nach Siebenbürgen gefahren. Es besorgte Hermann, was für ein unstetes Leben sein Sohn führte. Julius war so intelligent und doch war seine Abschlussnote an der Gewerbeschule mittelmäßig gewesen. Nie hielt Julius es lange irgendwo aus, ständig musste er sich eine neue Arbeit suchen. Er verbrachte viel Zeit in Wirtshäusern und gelegentlich bekam Hermann mit, wie Tilla ihrem Sohn Geld zustecken musste, weil er wieder einmal pleite war. Nachdem Julius nach Siebenbürgen zurückgekehrt war, bekam Hermann bald auch einen Brief seines Vaters. Sein Enkel müsse das Sparen lernen! Morgens wie abends gehe er im Lokal essen, anstatt sich selbst etwas zu machen, oft sei er klamm und bitte um Hilfe. Erst kürzlich habe Julius behauptet, man habe ihm auf der Heimfahrt von einer Tanzveranstaltung die Brieftasche gestohlen. Sein Großvater glaubte ihm, auf der Bahnstrecke käme es öfters zu Diebstählen, er vertraue seinem Enkel. Hermann wollte seinem Sohn auch vertrauen. Julius hatte nach einiger Zeit wieder eine neue Arbeit in einer Papierfabrik in Busteni gefunden. Hermann hoffte, er würde nicht wieder nach einigen Wochen hinwerfen. Er musste sich endlich bessern, einen Plan für die Zukunft entwickeln.

Gleichzeitig musste Hermann sich eingestehen, dass er selbst keinen hatte. Ihm blieb nur zu warten, dass man ihn endlich nach Peenemünde holte. Die Arbeit in Felixdorf war nichts als Ablenkung. Einmal stand er nachts im Bad und drückte auf einem Geschwulst herum, das ihn seit Langem plagte. Er griff zur Nagelschere, schnitt es auf, Blut lief über seine Hüfte. Plötzlich steckte Adolf den Kopf durch die Tür. Sein jüngster Sohn schaute erschrocken und lief zurück in sein Zimmer. Hermann wollte ihm nachlaufen, ließ es dann aber doch bleiben. Er musste an seinen Vater denken. In den folgenden Wochen bemühte er sich, pünktlich zum Abendessen zu Hause zu sein.

Schließlich lief sein Stipendium in Wien aus und man bot ihm eine Stelle am Institut für Kraftfahrwesen in Dresden an. Es hieß, er solle eine Treibstoffpumpe entwickeln, die auch in Peenemünde Verwendung finden sollte. Er erzählte Tilla von dem Angebot. »Wir müssen zwar schon wieder umziehen«, sagte er,

»aber in Dresden würde ich mehr verdienen, als ich in Siebenbürgen als Lehrer jemals verdient habe.«

»Großartig. Geld ist mir immer wichtig gewesen.«

»Wir können auch in Wien bleiben«, sagte er schnell. »Wenn es dir hier besser gefällt.«

»Ob Wien oder Dresden macht keinen Unterschied mehr«, erwiderte Tilla. Sie stand auf, erklärte, sie sei müde, und ging ins Bett.

In Dresden legte er schon nach ein paar Wochen seinem Vorgesetzten die Entwürfe vor. Der Professor saß mit hochmütigem Ausdruck im blassen Gesicht hinter einem Eichentisch. Er war erschreckend jung, Hermann schätzte ihn zehn Jahre jünger als sich selbst. Trotzdem war der Kerl schon Professor. Um den Arm trug er die Hakenkreuzbinde. »Schöne Skizzen«, erklärte er. »Ich freue mich auf Ihre technischen Zeichnungen.«

»Das sind sie.«

»Wirklich?« Der Professor lächelte schmal. »Es heißt ja, Ordnung sei das halbe Leben.« Er stand auf und zog einen Ordner mit DIN-Vorschriften aus dem Regal. »Ich habe von dem Spruch nie viel gehalten. Was für ein Chaos herrscht denn dann in der anderen Hälfte?«

In den folgenden Monaten kämpfte Hermann mit Axonometrien und Orthogonalprojektionen, ISO-Normen und Maßstäben. Es dauerte ein halbes Jahr, bis er die Entwürfe dem jungen Professor erneut vorlegen konnte. »Sehr schön«, sagte der Professor. »Wenn wir nicht längst eine Pumpe hätten, könnten wir auch die hier nehmen.«

Hermann erkundigte sich, ob er richtig gehört habe.

»Man hat schon vor längerer Zeit eine entworfen.«

Fassungslos sah Hermann den Professor an. »Aber warum haben Sie mich dann daran arbeiten lassen? Warum bin ich überhaupt hier?«

»Sie haben es uns selbst geschrieben. Würden Sie nicht für das Deutsche Reich arbeiten, wären Sie womöglich im Ausland tätig.« Der Professor zupfte sich die Binde zurecht. »Das konnten wir nicht riskieren.«

»Man hat mich kaltgestellt.«

»Man hat Sie gut bezahlt.«

Hermann musste sich beherrschen, nicht loszuschreien. Zitternd vor Wut nahm er seine Zeichnungen wieder an sich. »Ich gehe zurück nach Siebenbürgen.«

»Glauben Sie, wir können Sie gehen lassen?«

»Wie bitte?«

»Es herrscht Krieg. Sie wissen sehr viel. Wenn Sie gehen wollen, wird man Sie festhalten müssen.« Der Professor räusperte sich. »Sie sind dann ein Kriegsgefangener aus Rumänien. Kein einfaches Los.«

Hermann wich die Farbe aus dem Gesicht.

»Aber Sie sind Volksdeutscher. Wie ich hörte, wollen Sie Staatsbürger werden. Das wäre möglich. Dann würden wir Sie nach Peenemünde dienstverpflichten.« Der Professor hob die Schultern. »Aber das ist natürlich Ihre Entscheidung.«

Einige Wochen später kam Julius nach Dresden. Er würde der Wehrmacht beitreten und wollte sich verabschieden. Bald würde er an die Front müssen. Es war still im Haus, Julius ging mit seinen Geschwistern spazieren, manchmal saß er mit Tilla zusammen. Am Abend bevor Hermann selbst nach Peenemünde abreiste, konnte er nicht schlafen. Er stand auf und sah aus dem Fenster. Draußen im Hof stand Julius und rauchte. Hermann zog sich einen Mantel über.

Die Nacht war klar, der Himmel wolkenlos. An der Deichsel des Großen Wagens konnte man beide Sterne von Mizar erkennen. Schweigend standen Hermann und Julius nebeneinander, sein Sohn hatte den Blick auf die Pflastersteine geheftet. »Ich glaube, die Wehrmacht ist ein richtiger Schritt«, sagte Hermann schließlich.

»Freust du dich?«, fragte Julius.

»Es wird deinem Leben Struktur geben.«

»Das meine ich nicht«, sagte Julius. »Freust du dich, dass du endlich ein ganzer Deutscher bist?«

Hermann war überrascht über die Frage. »Das war ich schon immer«, erwiderte er.

»Aber endlich hast du es schriftlich.«

»Es war tatsächlich an der Zeit.«

Julius nickte und nahm einen Zug. »Das stimmt. Du bist ihnen schließlich lange genug hinterhergekrochen.«

»Wie bitte?«

Sein Sohn kam ein Stück näher. »Sogar eine Waffe zur Weltherrschaft hast du ihnen angeboten. Mehr konnten sie nicht erwarten.«

Hermann schüttelte den Kopf. Sein Sohn musste betrunken sein. Er versuchte, ruhig zu bleiben. »Ich bin nun einmal Deutscher und nicht Rumäne.«

»Selbstverständlich«, erwiderte Julius und blies Rauch aus. »Da kann man auch gemeinsame Sache mit den Nationalsozialisten machen.«

»Die Wahl zwischen Nationalsozialismus und Bolschewismus sollte eindeutig sein.«

»Du baust also eine Waffe für Hitler. Hast deinem Führer ja sogar aus Wien geschrieben.«

Hermann fragte sich, was sein Sohn alles auf seinem Schreibtisch gesehen hatte. »Weil nichts voranging. Hitler hat einmal gesagt, dass die Gelehrten viel wissen, aber wenig können. Da hat er mir aus der Seele gesprochen«, versuchte er sich zu erklären. »Und den Siebenbürgern in der Heimat würde ein Sieg Deutschlands sicher helfen.«

»Das ist natürlich ein guter Grund, andere Länder mit Raketenwaffen zuzubomben.«

»Ich wollte nie bomben!«, rief Hermann und verlor nun doch die Fassung. »Sollen sich die Soldaten zu Millionen in den Schützengräben totschießen? Mit Raketen ist ein Krieg viel schneller vorüber und es gibt weniger Opfer! Aber zuvorderst habe ich gehofft, dass die Rakete den Frieden bewahren würde.«

Julius lachte auf. »Frieden?«

»Als wir nach Wien gezogen sind, hatte man uns Deutsche noch nicht in den Krieg hineingetrieben.«

»Du hättest wissen müssen, dass er kommt!«

»Gerade deshalb habe ich ihn doch verhindern wollen!«

»Du bist zu Hitler gegangen.« Julius nahm noch einen Zug. »Und du hast die Familie gezwungen mitzukommen.«

»Wenn deine Mutter etwas gesagt hätte, wären wir in Mediasch geblieben.«

»Das glaubst du doch selbst nicht. Mutter hatte keine Kraft mehr, nein zu sagen.«

»Deine Mutter war immer stark!«

»Das zeigt nur, wie sehr du sie gebrochen hast. Sie wusste, dass ein Leben mit dir anders nicht möglich ist!«

Sie waren laut geworden. Hermann schaute zum Haus, ob ihnen jemand zuhörte. Doch hinter den Fenstern war es dunkel und die Tür war geschlossen. Sein Sohn kam näher heran. »Mutter hat immer versucht, die Familie zusammenzuhalten. Aber gegen dich konnte nicht einmal sie etwas ausrichten. Und nun sitzt sie allein mit Ilse und Adolf hier in Dresden, Erna lebt mit ihrem Mann in Wien und du gehst an die Ostsee.« Julius zog noch einmal an seiner Zigarette und ließ sie auf den Boden fallen. »Und ich gehe bald an die Front.«

Hermann wusste nicht, was er noch sagen sollte. Noch nie hatte sein Sohn so mit ihm gesprochen. Er hätte ihn zurechtweisen müssen, aber er war wie gelähmt. Er sah Julius nach, wie er ins Haus ging. Er wollte ihn zurückrufen, ihm alles noch einmal erklären. Er wollte, dass sein Sohn ihn verstand. Doch Julius öffnete die Tür und verschwand im Haus. Und Hermann blieb allein in der Dunkelheit zurück.

Wernher von Braun lenkte den Wagen zwischen den Kiefernwäldern der Insel hindurch in Richtung Norden. Hermann spähte nach draußen. Neben der Strecke tauchten geklinkerte Befestigungen und Wachtürme auf, am Straßenrand patrouillierten Soldaten. In der Ferne knallte ein Schuss.

»Ich hätte Sie gerne früher geholt«, sagte von Braun. »Aber Ihre Staatsbürgerschaft hat Probleme bereitet. Außerdem ist Ihr Name ziemlich bekannt, man hätte gewusst, was wir hier treiben.«

»Und jetzt ist mein Name nicht mehr bekannt genug?«

»Jetzt habe ich mich durchgesetzt.« Von Braun sah ihn an. »Man wird Ihnen einen Decknamen geben.«

Sie kamen an einen Kontrollposten. Soldaten schauten in den Wagen, von Braun wechselte ein paar Worte, man winkte sie weiter. »Eigentlich dürfte ich Ihnen die Anlagen gar nicht alle zeigen, das Heer verlangt strenge Geheimhaltung.« Er lächelte. »Aber für meinen Lehrer darf ich wohl eine Ausnahme machen.«

Während von Braun ihn über das Gelände fuhr, sah Hermann nach draußen. Er war überwältigt. Die Versuchsanstalt war ein riesiger Komplex. Überall standen große Werkstätten und Montagehallen, aus denen nun zum Feierabend unzählige Techniker und Ingenieure strömten. »Wir haben mehrere tausend Mitarbeiter«, sagte von Braun. »Und alle arbeiten für das Aggregat 4.«

»Aggregat 4?«

»So nennen wir die Rakete hier.«

Hermann nickte. Das alles hätte auch ein übergroßes Forschungsinstitut sein können, doch die Stacheldrahtzäune um die Anlagen waren nicht zu übersehen. Es gab unterschiedliche Sicherheitszonen, Wachtposten prüften Ausweise und farbige Broschen der Mitarbeiter. Die Geheimhaltung des Heeres war allgegenwärtig.

Von Braun deutete auf einzelne Gebäude und erklärte ihre Funktion. Hier sei der Windkanal, da entstehe das Sauerstoffwerk. Hermann sah ihn an. »Sie errichten ein eigenes Sauerstoffwerk?«

»Hier haben wir keine Beschränkung auf ein paar Liter täglich«, lachte von Braun und konnte seinen Stolz nicht verbergen. Für einen Augenblick erkannte Hermann in ihm wieder den Streber aus Berlin.

Am Hafen war ein riesiges Kohlekraftwerk mit großen Schornsteinen im Bau. Von Braun erklärte, es werde extra für die Versuchsanstalt errichtet und solle die Energie für die zahllosen Maschinen und die Sauerstoffproduktion bereitstellen, sobald die Serienproduktion anstehe. Hermann schwieg. Er ertappte sich dabei, beeindruckt zu sein. Bewunderte er von Braun für das, was der hier aufgebaut hatte? Ein unangenehmer Gedanke. Im Stillen rechnete er von Brauns Alter nach. Neunundzwanzig.

Es war schon dunkel, als sie die Wohnsiedlung Karlshagen erreichten. Während von Braun das Gepäck aus dem Wagen holte, sah Hermann sich um. Es war ein Idyll. Das Licht der Straßenlaternen schien auf sauber geschnittene Hecken aus Buchsbäumen, in den Beeten blühten Stiefmütterchen. Er atmete die Nachtluft ein. Sie roch nach frisch gemähtem Gras. Von Braun reichte ihm einen Schlüsselbund und wies auf das Haus mit der Nummer 30. »Es wird Ihnen hier an nichts fehlen.«

Unweit des Wagens lehnte eine Frau an einer Straßenlaterne und rauchte. Von Braun winkte ihr zu, dann wandte er sich wieder an Hermann. »Sie werden in den nächsten Tagen alle Unterlagen zu unseren Entwicklungsarbeiten bekommen. Dann können Sie sich selbst ein Bild davon machen, was wir hier geleistet haben.« Von Braun schaute wieder zu der Frau an der Laterne. »Ich muss los«, sagte er. Er umarmte Hermann noch einmal fest und sie verabschiedeten sich. Hermann trug seinen Koffer zur Wohnung, schloss auf und trat ein. Alles war neu, die Wasserhähne glänzten, das Parkett duftete, das Bett war frisch bezogen. Neunundzwanzig. Er schüttelte den Kopf. Dann sank er auf die weiche Matratze und schlief sofort ein.

Nach einer traumlosen Nacht fuhr er am nächsten Morgen von Karlshagen aus zur Versuchsanstalt. In der Hauptverwaltung nahm ihn der Personalchef in Empfang, ein älterer Mann mit sonnenverbrannter Halbglatze. Nachdem er die Personalien aufgenommen hatte, suchten sie nach einem Decknamen für Hermann. Normalerweise wurde der Vor- zum Nachnamen gemacht, jedoch gab es in der Versuchsanstalt schon ein Dutzend Herr Hermanns. Schließlich wurde es der Mädchenname der Schwiegermutter. Hermann hieß nun Fritz Hann. Einen Moment lang kam es ihm komisch vor. Er war nun nicht mehr Rumäne, und er trug auch nicht mehr den eigenen Namen. Er fragte sich, was als Nächstes kam.

Der Personalchef führte Hermann in eines der rot geklinkerten Gebäude, drei Stockwerke hinauf und durch einen langen Flur, dann um eine Ecke herum, den nächsten Flur entlang und schließlich in ein enges Büro. »Man hat Sie mit Ihrer Aufgabe vertraut gemacht?« Hermann verneinte.

»Sie sollen ausländische Patente auf ihre Nutzbarkeit für das Aggregat 4 prüfen.«

»Wie bitte?«

»Sie lesen die Patente und sagen uns, was davon zu gebrauchen ist.«

»Das muss ein Fehler sein. Man hat mich sicher nicht hergeholt, um Patente zu prüfen.«

Der Personalchef kratzte sich ein Stück Hornhaut von der Glatze. Er schaute in seine Mappe und las noch einmal Hermanns richtigen Namen vor. Hermann bestätigte ihn. »Dann sind Sie der für die Patente.«

»Das kann nicht sein.«

»Und doch ist es so.«

Hermann verlangte nach dem technischen Direktor.

Der Mann lachte auf. »Der hat für so was keine Zeit.«

»Ich warte, bis von Braun hierherkommt.«

Der Personalchef schloss die Mappe. »Dann setzen Sie sich lieber. Das könnte eine Weile dauern.«

Von Braun ließ ihn warten. Er tauchte die nächsten Tage nicht auf. Ein paarmal versuchte Hermann, ihn in seinem Büro abzufangen, doch auch dort war er nicht anzutreffen. Ständig pendelte von Braun zwischen den Abteilungen der Versuchsanstalt hin und her, hatte Besprechungen, hielt Sitzungen ab, begutachtete Experimente.

Derweil brachte eine Sekretärin Hermann die ersten Patente. Eines bestand nur aus ein paar losen Bögen, das Papier war zerknittert, die Skizzen hingekliert, die Schrift unleserlich. »Das soll ein Patent sein?«

»Das kommt von einem polnischen Kriegsgefangenen.«

»Möchte der sich andienen?«

»Nein, der ist zum Tode verurteilt und hofft, dadurch sein Leben zu retten.«

Hermann wusste nicht, was er sagen sollte.

»Sie möchten bitte prüfen, ob wir es gebrauchen können.«

»Und wenn ich es für brauchbar befinde, wird er freigesprochen?«

Die Sekretärin zuckte mit den Schultern. »Genaueres weiß ich auch nicht.«

Einen ganzen Tag lang brachte Hermann damit zu, die Skizzen des Polen zu entziffern. Er brauchte eine Weile, bis er herausgefunden hatte, worum es überhaupt ging. Es handelte sich um eine Maschine, die unterschiedliche Strickmuster produzieren konnte. Er betrachtete die krummen Skizzen und dachte nach.

Am nächsten Morgen holte die Sekretärin seine Gutachten ab. »Ist die Erfindung des Polen zu gebrauchen?«, fragte sie.

Hermann räusperte sich. »Der Automatismus ist raffiniert konstruiert. Man könnte ihn zur Raketensteuerung verwenden.«

Nach langer Zeit erhielt er einen Brief seines Vaters. Das Schreiben war keine Seite lang, kantige Großbuchstaben reihten sich aneinander. Vermutlich hatte der Vater den Brief verfasst wie früher seine Untersuchungsberichte. Nur das Notwendigste kam hinein, alles Überflüssige galt es zu vermeiden. Er habe eine traurige Nachricht, schrieb der Vater. Nach langer Krankheit sei die Mutter friedlich entschlafen.

Die Nachricht schmerzte Hermann mehr, als er erwartet hatte. Viel zu lange hatte er die Mutter nicht gesehen. Wie war es ihr gegangen, ganz zum Schluss? Er erinnerte sich, wie er die Mutter das letzte Mal kurz vor Beginn des Krieges daheim in Siebenbürgen besucht hatte. Ihr Gesicht war fahl gewesen, eingefallen, doch die weichen, melancholischen Züge hatte man immer noch erkennen können. Sie waren zusammen an der Kokel spaziert und er hatte überlegt, was er ihr erzählen könnte, doch er ahnte, es gab nichts, wofür sie ihm über den Kopf gestrichen hätte. Er vermisste die Zeit, in der sie sich wirklich nahe gestanden hatten, diese wunderbaren Jahre der Kindheit. Viel zu schnell waren sie vorübergegangen und er fragte sich, ob sie für ein ganzes Leben reichen würden.

Er lief mit dem Brief des Vaters zur Hauptverwaltung und beantragte Heimaturlaub. Seine Mutter sei gestorben, er müsse zur Beerdigung nach Mediasch. Der Personalchef wiegte den Kopf. Es tue ihm leid, aber dies sei eine Einrichtung des Heeres. Man befinde sich im Krieg, erklärte er und zuckte mit den Schultern. Fritz Hann könne nicht einfach ins Ausland nach Rumänien reisen.

Großvater Friedrich hatte einmal gesagt, die Nacht sei die Zeit der großen Ideen. Und es stimmte. Immer schon hatte Hermann nachts seine besten Ideen gehabt. Während des Krieges im Spital und auch später in der Göttinger Universitätsbibliothek.

Er sah aus seinem Bürofenster. Der Mond hatte sich in den Kernschatten der Erde geschoben und stand nun rot am Himmel. Menschen traten von der Feier im Offizierskasino auf die Straße und bestaunten die Mondfinsternis. »Warum leuchtet er rot?«, rief einer.

»Der schämt sich.«

»Warum das denn?«

»Weil du so dumme Fragen stellst!« Kurzes Gelächter, dann wieder staunende Ausrufe. Auch Hermann konnte sich dem Anblick nicht entziehen. Für eine Reise dorthin hatte er vor langer Zeit mit all dem angefangen. Und nun brauchte es diese Finsternis, damit er den Mond nicht gänzlich aus den Augen verlor.

Langsam färbte sich die Scheibe am Himmel wieder silbern. Hermann ließ das Fenster offen stehen und setzte sich zurück an den Schreibtisch. Heute hätte er einen Termin mit von Braun gehabt und natürlich war der Kerl wieder nicht aufgekreuzt. Der Doktor habe eine wichtige Verabredung am Windkanal, hatte die Sekretärin ihn entschuldigt.

»Der Doktor?«

Selbstverständlich sei Herr von Braun promoviert.

Hermann hatte sich auf die Lippe gebissen und die Frage unterdrückt, wie jemand, der als Abiturient nicht einmal ein Gyroskop zeichnen konnte, eine Dissertation bewältigt hatte.

Die Sekretärin hatte ihm einen Ordner gereicht. Das habe der Doktor für ihn dagelassen.

Dieser Ordner lag nun vor Hermann auf dem Schreibtisch. Aggregat 4 stand in Schreibmaschinenlettern darauf. Hermann schlug den Ordner auf. Hunderte Seiten waren in der Exzentermechanik abgeheftet. Zeichnungen von technischen Bauteilen, Rechnungen, Messtabellen, Flugkurven. Eine ausführliche Dokumentation der Entwicklungsarbeiten in der Versuchsanstalt. Auf der ersten Seite eine kurze Notiz von Brauns: Er wolle seinem Meister nichts vorenthalten. Er bitte darum, alles vertraulich zu behandeln.

Hermann löste den Bügel und nahm die ersten Seiten heraus. Irgendwo musste sich ein Fehler verbergen. Ein unsauberer Test vielleicht oder ein falscher Parameter, möglicherweise auch eine nachlässige Rechnung. Ein einziger Fehler bloß. Dann könnte er zu von Braun gehen und sagen: Ohne meine Hilfe geht es nicht.

Vom Offizierskasino drang Musik herauf. Eine Frau sang zum Klavier. *»Du und ich im Mondenschein, auf einer kleinen Bank allein …«*

Hermann schloss das Fenster und setzte sich wieder. Noch immer hörte er die Musik. Er betrachtete eine Messtabelle, aber es gelang ihm nicht, sich zu konzentrieren. *»Wenn ich sonst auch sehr modern bin – dazu sag' ich doch nicht nein …«*

Er zögerte, dann legte er den Ordner beiseite und lief die Treppe hinunter hinaus auf die Straße. Vor dem Kasino stand eine Traube aus Ingenieuren und Sekretärinnen, die sich mit Weingläsern in der Hand unterhielten und lachten. Sie beachteten ihn nicht. Hermann schaute in das Kasino hinein. Die Stimmung war ausgelassen. Auf dem Tresen stand eine elektrische Bratpfanne, in der das Popcorn knallte, ein paar Leute liefen um eine Tischtennisplatte herum und spielten mit Büchern den Ball hin und her. Hermann blieb am Rand stehen. Wie schrecklich jung alle hier in der Versuchsanstalt waren, die meisten waren kaum älter als dreißig. Sie verließen frühmorgens das Haus, arbeiteten bis spät in den Abend und feierten dann im Kasino. Warum waren sie hier? Hatten sie auch einmal alle von einer Reise zum Mond geträumt?

»Ihr Männer habt nicht für'n Sechser Fantasie.«

Und dachten sie denn gar nicht an den Krieg? Oder dachten sie daran und feierten deshalb? Freuten sich am Leben, so lange es ging? Stellten sich ein paar trunkene Stunden lang blind für das, wofür sie hier arbeiteten? Hermann musste an Julius denken. Sie hatten sich am Morgen nach ihrem heftigen Streit nicht mehr ausgesprochen, ihre Verabschiedung war kühl gewesen, eine kurze Umarmung nur. Inzwischen quälte Julius sich irgendwo an der Ostfront, so wie einst Adolf am Isonzo. Und er, Hermann, war wie damals fern vom Schrecken, saß bequem in Sicherheit und konnte nur beten und hoffen, dass er von hier aus etwas bewirken würde. Plötzlich kam Hermann der Gedanke, sein Sohn könnte fallen wie einst sein Bruder. Es wäre für immer zu spät, sich mit Julius auszusprechen. *»Du und ich im Mondenschein, auf einer kleinen Bank allein. Und dann könnten diese Nächte noch ein bisschen länger sein.«*

Die Klaviermusik wurde leiser und verklang. Hermann löste den Blick von den Feiernden. Er ging zurück in sein Büro, um sich an die Arbeit zu machen.

Zum ersten Mal in seinem Leben saß Hermann in einem Flugzeug und am Steuer war Wernher von Braun. Nur ein paar Schleierwolken standen am Himmel, der Blick reichte bis zum Horizont, doch der beständige Nordostwind warf die kleine Fieseler Storch hin und her. Hermann stieß mit dem Kopf gegen die verglaste Kabinenwand. Hunderte Meter unter ihnen lag der Usedomer Strand. Von Braun zog das Steuer zur Seite, das Flugzeug ging in die Kurve und neigte sich weiter. Hermann war sich sicher, gleich würde die Maschine zur Seite wegkippen, ins Trudeln geraten und abstürzen. Verkrampft starrte er auf den schmalen Ledersitz vor sich. Von Braun löste eine Hand vom Steuer und drehte sich um. »Und wie gefällt Ihnen das Fliegen?«, rief er durch den Propellerlärm. »Ist es nicht wunderbar?«

Hermann hielt sich an den Armlehnen fest und erkundigte sich, ob man das Steuer nicht mit beiden Händen halten müsse.

»Schauen Sie! Dahinten liegt Rügen!« Von Braun deutete nach Westen, doch Hermann starrte auf seinen Koffer, den er zwischen den Knien eingeklemmt hatte.

»Was für ein Ausblick!«, rief von Braun.

»Wundervoll«, sagte Hermann.

Unendliche zehn Minuten später glitt das Flugzeug über die kleine Greifswalder Oie hinweg. Am Strand lagen Segelboote, am Inselgasthof waren Tische aufgebaut, an denen Ausflügler aßen und tranken. Die Maschine landete und rollte über die Wiese. Von Braun nahm seine Fliegermütze vom Kopf, öffnete die Kabinentür und sprang heraus. Hermann reichte seinen Koffer nach draußen.

»Wozu haben Sie den mitgebracht?«, fragte von Braun.

Hermann kletterte über das Gestänge der Tragflächen aus der Maschine, rutschte mit einem Fuß ab, stieß sich den Ellenbogen. Er war froh, als er wieder festen Boden unter den Füßen spürte. »Ich habe Ihren Ordner durchgesehen.«

Von Braun unterbrach ihn. »Ihnen ist klar, dass das heute ein Ausflug ist?«

»Es ist wirklich dringend!«

Von Braun gab ihm den Koffer zurück und seufzte. »Ein wenig Zeit wird sich finden.«

An den Tischen wurde von Braun begeistert begrüßt. Ein Chefingenieur sprang auf, drückte ihm ein Glas Weißwein in die Hand und holte ihn zu sich. Unschlüssig sah Hermann sich um. An einem Tisch mit ein paar jungen Leuten war noch etwas frei. Er schaute hinüber zu von Braun. Der nahm sich ein Stück Schwarzwälder Kirschtorte, während zwei hübsche Frauen auf ihn einredeten. Von Braun schob sich eine übervolle Gabel in den Mund, nahm einen zweiten Bissen und einen dritten. Er stopfte nur und kaute nicht, schon war der Teller bis auf eine Kirsche leer. Von Braun steckte sie einer der Frauen in den Mund. Die beiden lachten. Hermann wartete. Die Leute an seinem Tisch unterhielten sich über einen Film mit Heinz Rühmann, der im Karlshagener Lichtsaal gezeigt worden war. Auf einer Wiese spielten Kinder mit einem Drachen, auf den ein lachendes Mondgesicht gemalt war. Ein Mädchen warf den Drachen in die Luft und rannte los, doch der Drachen fiel wieder zu Boden. Hermann gesellte sich zu ihnen. »Man muss den Drachen so in den Wind halten, dass ein dynamischer Auftrieb entsteht«, erklärte er. Die Kinder sahen ihn verständnislos an. Hermann nahm dem Mädchen den Drachen aus der Hand, legte ihn ins Gras und stellte sich gegen den Wind. Die Kinder um ihn herum flüsterten aufgeregt miteinander. Er ging ein Stück rückwärts, wickelte die Schnur ab und drehte sich um. Der Nordostwind strich ihm übers Gesicht. Er machte ein paar Schritte, hinter ihm schleifte der Drachen über den Boden. Er lief schneller, zwanzig Meter, dreißig, merkte bald, wie ihm die Luft ausging, doch er rannte stur weiter und zerrte den Drachen hinter sich her. Völlig außer Atem kam er wieder beim Gasthof an. Hinter ihm lag der Drachen im Gras. »So funktioniert es jedenfalls theoretisch«, keuchte er den Kindern zu, die mühelos neben ihm hergelaufen waren. Das Mädchen hob den Drachen auf. Der lachende Mond auf dem Segel war verzogen, das Gestänge gebrochen. »Der Opa hat ihn kaputtgemacht!«

»Mit Verlaub!« Hermann wollte das Mädchen zurechtweisen, doch neben von Braun war endlich ein Platz frei geworden. Er holte rasch seinen Koffer. Von Braun griff zu seinem Weinglas. »Also, was wollten Sie mit mir besprechen?« Hermann wollte seinen Koffer öffnen, aber von Braun drückte ihm sanft auf den Arm. »Nicht so laut. Und hier keine Entwürfe«, sagte er leise. Hermann beugte sich heran. »Das Aggregat 4 kann so nicht funktionieren. Da ist gleich einiges falsch konstruiert worden.« Er musste sich bemühen, nicht zu laut zu werden. »Ein Stahlgerippe wie bei einem Zeppelin. Das kann nicht funktionieren.« Hermann griff zu einer Gabel und drückte mit den Zinken eine Rakete in die papierne Tischdecke. »Ich kann Ihnen helfen«, sagte er leise. »Das Gerippe kann man durch den Druck in den Treibstofftanks ersetzen.« Er drückte Pfeile in die Rakete, die die Ausbreitung des Drucks zeigten. Von Braun beugte sich darüber. Dann strich er die Tischdecke glatt und griff zu seinem Weinglas. »Aber Professor, hören Sie. Wir haben das Aggregat 4 längst gebaut«, lächelte er. »Die Rakete ist fertig.«

Im Juni stand Hermann zwischen Heeresoffizieren und Chefingenieuren auf dem Dach der Montagehalle. Alle redeten aufgeregt durcheinander und drängten sich an die Brüstung. Hermann ließ den Blick schweifen. Im Süden lagen die Entwicklungswerke, die zum Schutz vor Luftschlägen mit düsteren Tarnnetzen überzogen worden waren, im Norden das Schilfvorland, dahinter schemenhaft die Greifswalder Oie. Alle starrten gebannt nach Osten. Dort lag die Arena. Ein betonierter Platz, groß wie ein Fußballfeld, umschlossen von einem Erdwall. Am Rand waren Lastwagen geparkt, auf den Schienen fuhr eine Arbeitsbühne zurück und neben dem Prüfturm stand, vierzehn Meter senkrecht in den Himmel aufragend und einen schmalen Schatten werfend, das Aggregat 4. Hermann schaute durch sein Fernglas. Die Rakete sah schön aus. Ihre scharfe Spitze ging in sanfter Rundung in den schlanken, schwarz-weiß lackierten Mittelteil über, der sich zum Heck verjüngte, wo vier stattliche Flossen montiert waren. Wie aus einer Form gegossen sah es aus. Nichts verriet etwas über das Chaos im Inneren.

Hermann ließ das Fernglas sinken. Er hatte nachgezählt. Das Aggregat 4 bestand aus über fünfzigtausend Einzelteilen. Und neunundvierzigtausend davon waren vollkommen überflüssig. Es gab in der Versuchsanstalt Dutzende spezialisierter Abteilungen, den Windkanal, das Steuerungslabor, die Triebwerksentwicklung, doch nirgendwo fand sich jemand, der eine Rakete als Ganzes verstand. Jedes der fünfzigtausend Teile mochte für sich genommen ein Wunderwerk der Technik sein, aber im Ganzen war das Aggregat 4 ein bürokratisches Monstrum. Und nun versammelte man sich, um dieses Monstrum fliegen zu sehen.

Eine Ansage schallte aus den Lautsprechern. »X minus zwei. Zeit läuft!«

Der Heeresleiter, Generalmajor Dornberger, trat an seine Seite. »Warum schauen Sie so ernst? Das ist ein bedeutender Augenblick.«

»Ja«, erwiderte Hermann. »Ganz großartig.« Er schaute hinüber zu von Braun, der angespannt zwischen Fotografen und Kinoleuten an der Brüstung lehnte. Neben ihm stand Reichsrüstungsminister Speer, der für den Start hergekommen war.

»Achtzig Kilometer wird das Aggregat 4 aufsteigen«, sagte Dornberger. »Beeindruckend, nicht?«

Hermann zwang sich zu einem Nicken.

»Zum ersten Mal greift der Mensch in den Weltraum! Das war doch immer Ihr Traum.«

Hermann sah Dornberger an. »Noch ist es nicht oben.«

»Glauben Sie etwa nicht daran?«

»Nicht alles ist optimal gelöst worden.«

»Das klingt, als würden Sie das Aggregat 4 schlechtreden wollen.«

»Manches hätte ich anders gemacht.«

Dornberger schlug ihm auf die Schulter. »Ein bisschen mehr Optimismus, bitte!«, sagte er. »Heute wird Geschichte geschrieben!« Er ging hinüber zu von Braun und begrüßte den Reichsrüstungsminister. »Heil Hitler!«

Die Lautsprecher ertönten wieder. »X minus eins. Zeit läuft!«

Hermann schaute wieder durch sein Fernglas. Am Aggregat 4 war über den Flossen ein kleines Bild auf die weiße Lackierung gemalt. Er drehte an der Vergrößerung. Eine halbnackte Frau in schwarzen Stiefeln ritt auf einer gelben Sichel. Die Frau im Mond. Von Braun hatte einmal gesagt, mit dem Film habe alles angefangen. Für ihn selbst war damals etwas zu Ende gegangen.

»X minus zehn, neun, acht, sieben, sechs, fünf, vier, drei, zwei, eins – Zündung eins – Vorstufe!«

Ein Grollen war zu hören. Aus der Düse des Aggregat 4 sprühten Funken, dann trat eine orange Flamme heraus. In der Arena wirbelte Staub auf, Kabelenden und Holzstücke flogen umher.

»Hauptstufe!«

Die orange Flamme erlosch. Das Abwurfkabel fiel nach unten und eine zweite, viel gewaltigere Flamme schoss hervor. Sie war so hell, dass Hermann die Augen zusammenkneifen musste. Das Aggregat 4 löste sich vom Erdboden. Es stieg aufwärts, langsam erst, so als zögere es noch und müsse sich seiner Kraft vergewissern. Die Flamme wurde länger und war bald so lang wie die Rakete selbst. Die Rakete beschleunigte und flog nun immer schneller in den Himmel. Auf dem Dach brandete Jubel auf. Um Hermann herum fielen sich die Leute in die Arme, von Braun strahlte, der Rüstungsminister schüttelte ihm die Hand. Hermann verfolgte den Aufstieg weiter durchs Fernglas. Er hielt inne. Etwas stimmte nicht. Aus einer schwarzen Fläche an der Hülle wurde eine weiße, dann eine schwarze, dann wieder eine weiße. Das Aggregat 4 rotierte. Der Aufstieg wurde langsamer, plötzlich kippte die Rakete zur Seite. Sie verharrte in der Horizontalen, die Spitze in Richtung der Greifswalder Oie zeigend. Dann senkte sie sich hinab. Die Menschen auf dem Dach erstarrten. Erstickte Schreie waren zu hören. Die Rakete stürzte abwärts, fiel immer schneller und schneller und schlug schließlich auf der Ostsee auf. Ein Feuerball ging auf, eine Fontäne spritzte. Dann war das Aggregat 4 verschwunden.

In der folgenden Woche sah Hermann von Braun zufällig in der Kantine. Er zögerte nicht lange und setzte sich sofort zu ihm. Von Braun sah überrascht auf und für einen Moment hatte Hermann das Gefühl, von Braun unterdrückte ein Stöhnen. Er nahm einen Schluck aus seinem Glas. »Professor, habe ich Ihnen eigentlich erzählt, wie wir dazu kamen, die Versuchsanstalt auf Usedom zu bauen?« Er deutete mit seinem Messer auf den Entenbraten. »Das hat uns hergebracht.« Von Braun schnitt ein Stück ab. »Wissen Sie wieso?«

»Nein.«

»Ich will es Ihnen erzählen. Meine Familie mütterlicherseits kommt aus Vorpommern. Die Wurzeln reichen bis ins siebzehnte Jahrhundert zurück. Mein Großvater war Gutsbesitzer auf Krenzow und Zarrentin.«

Hermann nickte ungeduldig. Von Braun schwätzte zu viel. Wie kam er so überhaupt zum Arbeiten?

»Im Jahr 1935 habe ich den Auftrag bekommen, einen Ort für die Versuchsanstalt zu finden. Ich kann Ihnen sagen, das war nicht einfach. In der Umgebung dürften keine Städte sein und wir brauchten die Nähe zur Küste, um die Raketen über lange Strecken mit unseren Theodoliten beobachten zu können. Ich wollte zuerst nach Rügen, aber da gibt es schon ein Ressort der Arbeitsfront. Die Suche hat mich fast zur Verzweiflung getrieben. Zu Weihnachten dann erzählte mir meine Mutter, wie sie als Kind mit dem Großvater auf Entenjagd gegangen sei. Und nun raten Sie mal, wo.«

Hermann sah auf die Uhr. »Auf Usedom.«

»Ganz genau. Meine Mutter hat mir von der Einsamkeit der Insel erzählt, von den stillen Kiefernwäldern, vom verschlafenen Fischerdorf, vom Ostseestrand. Ich wusste sofort: Da müssen wir hin.« Von Braun starrte versonnen ins Leere, dann steckte er sich ein riesiges Stück Ente in den Mund und schlang es hinunter. Hermann räusperte sich. »Ich muss nochmal mit Ihnen über die Rakete reden.«

Von Braun hob die Hand. »Professor, wir werden am Aggregat 4 nichts mehr ändern. Das Heereswaffenamt hat die Entwürfe so abgenommen und dabei bleibt es.«

»Dann ist es nicht zu gebrauchen.«

»Mit Verlaub, aber dieses Urteil überlassen Sie bitte mir.«

»Sie haben es doch beim Start letzte Woche gesehen – dieser schreckliche Bürokratismus hier führt zu gar nichts!«

»Professor, beruhigen Sie sich.« Von Braun senkte die Stimme. »Sie müssen das verstehen. Wir sitzen nicht mehr in einer Wellblechhalle in Babelsberg.«

»Wie meinen Sie das?«

»Die Zeiten des Tüftelns sind vorbei. Lassen Sie mich offen sprechen. Ich habe die Briefe gelesen, die Sie uns geschickt haben, bevor Sie nach Deutschland kamen.«

»Dann wissen Sie ja, was zu tun ist.«

»Sie glauben, wenn man Ihnen, Ihnen ganz persönlich, ein paar tausend Reichsmark gibt und einige Assistenten an die Seite stellt, schaukeln Sie das schon. Bei allem Respekt, Professor, aber das nimmt niemand ernst. Sie sind der beste Theoretiker, den ich kenne, und wir haben Ihnen viel zu verdanken – aber wir wussten auch, mit Ihnen wird es schwierig, ein so großes Unternehmen zu leiten. Sie sind sich doch damals mit Nebel und dem Verein schon nicht einig geworden.«

Hermann starrte ihn an. »Man hält mich also für einen Amateur und Querulanten. Wollen Sie mir das sagen?«

Von Braun steckte sich die Reste seiner Ente in den Mund und schwieg.

»Warum hat man mich dann überhaupt hergeholt? Weil man Angst hatte, ich könnte fürs Ausland arbeiten?«

»Sie sind hier in Peenemünde, weil ich Ihnen einen Gefallen tun wollte.«

Hermann wusste nicht, was er sagen sollte.

»Professor, es herrscht Krieg. Sie müssen das verstehen.«

»Ja, eben!« Hermann warf die Hände in die Luft. »Und der Krieg muss möglichst schnell gewonnen werden! Und das wird mit dem Aggregat 4 nicht möglich sein. Es ist teuer und ineffizient!«

Von Braun griff zu seiner Serviette und tupfte sich den Mund ab. Seine Gelassenheit machte Hermann rasend. »Und wenn das Aggregat 4 nicht funktioniert, müssen wir anders helfen! Mit Fliegerabwehrraketen. Die sind günstig zu bauen, Luftangriffe wären unmöglich.«

»Nein, Professor.« Von Braun faltete die Serviette sorgfältig zusammen. »Wir haben dem Führer längst gezeigt, was wir vorhaben.«

Der Morgen graute, die Kiefern warfen weite Schatten. Es schien hier im Wald keine Tiere zu geben. Kein Vogel schrie, und kein Marder huschte vorbei, in den Gräsern summten keine Käfer. Nur der Wind pfiff leise zwischen den Bäumen hindurch. Hermann musste aufpassen, nicht über Wurzeln zu stolpern, die aus dem Erdreich ragten. Anders als in Siebenbürgen standen die Bäume hier eng an eng. Kein Laub knisterte unter seinen Sohlen, nur tote Äste knackten. Eigentlich hätte er im Büro sein müssen, an seiner neuen Aufgabe arbeiten, die von Braun ihm gegeben hatte. Eine Ausarbeitung über die beste Teilung von Stufenaggregaten sollte er anfertigen. Doch es war ihm egal. Er hatte genug von Wernher von Braun. Am Bahnhof hatte von Braun ihn seinen Lehrer genannt, eigentlich aber hatte er ihn hergeholt – und daran bestand nun kein Zweifel mehr –, um ihn aufs Abstellgleis zu befördern. Von Braun wollte derjenige sein, der die Rakete baute. Zusammen mit Dornberger hatte er Hitler im Führerhauptquartier Wolfsschanze besucht und ihm die Pläne für das Aggregat 4 präsentiert. Der Führer sei begeistert gewesen!

Aus der Ferne hörte Hermann das Klopfen eines Spechts. Er folgte dem Geräusch zwischen den Bäumen hindurch. Er kam zu der Werkbahn, die die Angestellten aus Karlshagen in die Versuchsanstalt brachte. Im Gleisbett standen Zwangsarbeiter und erneuerten die Schienen. Sie trugen Sträflingskleidung. Vermutlich kamen sie aus Trassenheide, einem Gefangenenlager, das südwestlich von Karlshagen lag.

Die Arbeiten verliefen stumm und konzentriert, nur gelegentlich riefen Offiziere Befehle. Hermann erkannte, was er für den Specht gehalten hatte. Einer der Arbeiter klopfte Holzschwellen fest. Er hämmerte schnell und gleichmäßig und unterbrach die Arbeit nur, wenn er von einer Schwelle zur nächsten ging. Seine Haare waren kurz geschoren, im ausgemergelten Gesicht traten die Wangenknochen hervor; nur wenn man genau hinsah, konnte man seine Jugend erkennen. Hermann musste an Julius denken. Wie ging es ihm an der Front? Er bekam nur selten Nachricht, die Schreiben seines Sohnes gingen an Tilla. Fritz Hann erhielt die Briefe nicht. Hermann erinnerte sich an die Feldpost seines Bruders, nach jeder Nachricht von Adolf war er vor Sorge fast umgekommen. Vielleicht war es besser, nicht Bescheid zu wissen. Doch hier im Angesicht der Zwangsarbeiter konnte er es nicht länger verdrängen: Was wäre, wenn sein Sohn auch in Kriegsgefangenschaft geriet? Er ertrug die Vorstellung nicht und wandte sich von der Szenerie ab. Es war unerträglich, dass er nun wusste, er selbst würde nichts mehr ausrichten können. Er konnte nur noch abwarten.

Am 3. Oktober 1942 stürzte das Aggregat 4 nicht in die Ostsee und im Offizierskasino wurde gefeiert. Die Euphorie in der Versuchsanstalt war nur schwer auszuhalten, am schlimmsten aber war, dass Hermann – trotz allem – auch sich selbst die Freude nicht versagen konnte. An diesem Tag hatte sich die erste der vier Thesen aus seiner Dissertation bestätigt: Das Aggregat 4 war fast neunzig Kilometer hinaufgestiegen und damit höher, als die Erdatmosphäre reichte. Aber auch Tilla hatte Recht behalten. Um den Weltraum war es dabei nicht mehr gegangen. Nur noch um die Rakete und um die Waffe, die sie sein konnte.

Auf von Brauns Wunsch hin saß er auf der Feier am Tisch der Offiziere. Es war festlich gedeckt worden. Neben Tellern lag Silberbesteck, Kellner füllten Rotweingläser und verteilten Sauerbraten. Hermann bat nur um ein kleines Stück, aber die Scheibe, die er bekam, war so groß wie bei allen anderen. Auf jedem Platz lag eine persönliche Tischkarte mit einer Zeichnung. Auf Hermanns Karte war ein Auto abgebildet, das einen Platten hatte.

Es wurde von Menschen in Sträflingskleidern gezogen, ein Uniformierter beaufsichtigte sie dabei. Von Braun lehnte sich über den Tisch. »Seien Sie mir nicht böse wegen des kleinen Scherzes, Professor«, lachte er. »Ich habe dem Zeichner von Ihrem alten Buick in Berlin erzählt.« Er hielt seine eigene Karte hoch. »Mit mir hat man sich auch einen Spaß erlaubt.« Auf dem Bild saß von Braun im Büro und auf seinem Schoß hockte eine Sekretärin. Die beiden stießen mit Weingläsern an. Hermann schaute auf sein Tischkärtchen. Er fragte sich, was Sträflinge mit dem alten Buick zu tun hatten. Die Arbeiter bei den Schienen fielen ihm wieder ein. Er dachte an Julius und schob seinen halbvollen Teller von sich.

Gegenüber erhob sich Generalmajor Dornberger von seinem Platz. Die Gespräche verstummten. »Sehr geehrte Herren Offiziere, Wissenschaftler, Ingenieure, liebe Freunde – ich gratuliere uns allen!« Dornberger machte eine feierliche Pause und schaute in die Runde. »Das Datum heute mag fortan in der Geschichte der Technik von entscheidender Bedeutung sein: Wir haben mit unserer Rakete in den Weltraum gegriffen!«

Donnernder Applaus. Dornberger strich sich die Uniform glatt und sprach weiter. Als die Rede vorüber war und der Beifall endlich wieder abebbte, stand auch von Braun auf. In seinem schwarzen Anzug mit dem Einstecktuch sah er zwischen den Offizieren aus wie ein Geschäftsmann. Er rückte sich die dunkle Krawatte zurecht. »Auch ich möchte mich bei Ihnen allen noch einmal für die wunderbare Zusammenarbeit bedanken!«, erklärte er und wanderte dabei um den Tisch herum. Hinter Hermann blieb er stehen. Er legte seine Hände auf dessen Schultern. Sie waren schwer und drückten Hermann in die Polster. »Und ganz besonders bedanken möchte ich mich bei dem Mann, der mit seinen großartigen Ideen all das überhaupt erst möglich gemacht hat.« Von Braun sah zu ihm hinunter. »Lieber Professor,

Sie haben mir mit Ihren Arbeiten den Leitstern meines Lebens gegeben.« Die Leute im Saal applaudierten. Ein paar erhoben sich, andere folgten. Bald standen alle. Hermann ertrug ihre Blicke nicht und schaute auf den Tisch. Vor ihm lag die Karte mit den Häftlingen. Und auf seinen Schultern die Hände Wernher von Brauns.

Einige Wochen darauf nahm Hermann ein paar Tage Urlaub und fuhr nach Feucht. Tilla wollte dort ein Haus erwerben, nachdem der Vater das Familienhaus in Schäßburg verkauft hatte. Man müsse das Vermögen des Vaters möglichst rasch ausgeben, schlug sie vor, wer wisse schon, ob es nach dem Krieg etwas wert wäre. Das Pfinzingschloss sei günstig zu haben, der Garten sei über zwei Tagewerk groß, man könne ihn bewirtschaften.

In Feucht sah Hermann Tilla nach langer Zeit wieder. Sie sah älter aus, ihre Lider waren schwerer, ihre Lippen weniger voll, ihr Lächeln verschwunden. Er wusste, auch er musste sich verändert haben, und er fragte sich, wie sie ihn wohl sehen mochte. Er hatte Sehnsucht, mit ihr zu reden, aber ihm fiel nichts Besseres ein, als über Peenemünde zu schimpfen. Bald merkte er, dass sie ihm nicht wirklich zuhörte. Also ließ er es bleiben. Er fragte sie, ob es etwas Neues von Julius gebe. »Zum Glück nicht«, sagte sie.

Das Pfinzingschloss war ein altes Patrizierhaus, das in einem furchtbaren Zustand war. In den Zimmern bröckelte der Stuck von der Decke und die Farbe blätterte von den Wänden, Holzbalken waren von Wurmlöchern durchsiebt, das Dachgeschoss konnte nicht betreten werden, weil die Böden instabil waren. Auch der Garten sah schlimm aus. Das Gras stand kniehoch, Trümmer lagen herum. Um den Zaun zur Straße rankten sich Dornensträucher, in einer Ecke des Gartens stand ein einsamer Birnenbaum. Hermann schaute den Efeu an der Fassade des

Hauses hinauf. Die vier Ecktürmchen mit den großen Backsteinen sahen ein wenig aus wie die Zunfttürme in Schäßburg.

»Ich weiß nicht recht«, sagte Hermann. »Es gibt viel zu tun.«

»Vielleicht wird das helfen«, sagte Tilla.

»Wie helfen?«, fragte er.

»Nach dem Krieg wird eine harte Zeit kommen.«

»Vielleicht gewinnt Deutschland den Krieg ja auch.«

Tilla schwieg.

»Wenn du das Haus willst, kaufen wir es.«

»Ich habe mir abgewöhnt etwas zu wollen«, erwiderte sie. »Aber wir müssen.«

Nach seiner Rückkehr nach Peenemünde kam der Personalchef zu Hermann und erklärte ihm, für die Serienproduktion des Aggregat 4 würden die Ressourcen in der Versuchsanstalt neu verteilt. Daher müsse er ihm, so leid ihm das tue, das Büro entziehen. Hermann packte seine Sachen. Es war nicht viel, was er mitnehmen musste. Als die Sekretärin die Mappen mit den ausländischen Patenten abholte, fielen die zerknitterten Seiten mit dem Gekritzel des polnischen Gefangenen zu Boden. Hermann half ihr, sie aufzuheben. Was mit dem Polen passiert sei, fragte er sie.

Sie runzelte die Stirn.

Der eigentlich zu Tode verurteilt gewesen sei und sich mit seiner Erfindung habe retten wollen.

»Ach, der«, sagte sie. »Der wurde hingerichtet.«

»Aber er hat doch kollaboriert?«

Die Sekretärin wiegte den Kopf. »Er hat sein Volk verraten. Und wie sagt der Führer: ›Verräter erwartet nichts als der Tod‹.«

Sein neuer Arbeitsplatz befand sich am Windkanal, wo er sich mit einfachen Auswertearbeiten plagte. Er saß in einem Büro mit mehreren Dutzend Angestellten, die sich an den Zeichentischen abwechseln mussten. Es beschämte ihn. Längst hatte er seine Versetzung beantragt. Er wollte nur noch fort von hier, fort aus Peenemünde. Er hoffte, in das Sprengstoffwerk bei Wittenberg zu kommen. Dort könnte er versuchen, die Feststoffrakete zur Luftabwehr zu entwickeln, von der sie hier in der Versuchsanstalt nichts wissen wollten. Vielleicht würde es gelingen. Vielleicht auch nicht. Hauptsache, er müsste die Zustände hier nicht länger ertragen.

Viele Stunden des Tages hockte er auf der Fensterbank und wartete. Immer öfter fielen ihm Gefangenenkohorten in gestreifter Kleidung auf, die über das Gelände geführt wurden, der Gang geduckt, die Körper mager, die Augen tief in den Höhlen. Die Führung der Versuchsanstalt stand in Verbindung mit der SS, Zwangsarbeiter aus Konzentrationslagern wurden nach Peenemünde verlagert. Reichsführer Heinrich Himmler kam zu Besuch und besichtigte die Anlagen. Von Braun lief neben dem blassen Mann mit der Brille her und war eifrig bemüht, ihm alles zu erklären. Auch er trug an diesem Tag die schwarze Uniform.

Hermann wandte den Blick ab. War sein erneutes Scheitern zwangsläufig gewesen? Hätte er gar nicht erst nach Deutschland kommen dürfen? Es waren Fragen, für die es nicht ausreichen würde, sich eine Nacht hinzusetzen mit Stift, Zirkel und Lineal, um sie zu beantworten.

Als die Sirenen ertönten, war Hermann gerade eingeschlafen. Er schrak hoch, hörte die Rufe von draußen, stand auf und trat ans Fenster. Im kalten Licht des Vollmonds liefen die Menschen in Schlafanzügen und Nachthemden aus ihren Häusern. Ruhig zog er sich seine Kleidung über. Es hatte schon oft einen Fehlalarm gegeben, wenn britische Flieger Richtung Berlin flogen. Er griff seinen Koffer, klemmte sich zwei Daunendecken unter den Arm und verließ das Haus. Die Straßenlaternen waren ausgeschaltet worden, damit feindliche Bomber die Siedlung und die Versuchsanstalt vom Nachthimmel aus nicht erkennen konnten. Dichter, künstlicher Nebel breitete sich aus. Die Leute eilten in Richtung der Bunkeranlagen, Hermann folgte der Menge zum Bahnhof. »Die Bunker hier sind voll«, rief einer. »Wir müssen auf die andere Seite!« Die Masse drängte zur Unterführung. Hermann wurde mit in den Tunnel hineingezogen. Die Luft war schlecht, er musste husten. Kinder weinten auf den Armen ihrer Eltern. Endlich kam er auf der anderen Seite an.

Er sah zurück zu den Gleisen, wo die Werkbahn stand. Sein Herzschlag setzte aus. Im hintersten Waggon saß Julius. Sein Sohn starrte ihn an, die Augen weit aufgerissen, das Gesicht blutig und voll Staub. Hermann schloss die Augen, öffnete sie wieder. Julius war fort. Die Menschen drängten ihn weiter. Sie kamen zu den Bunkern, halb im Boden vergrabene Betonröhren. Unruhig blieben die Leute davor stehen und warteten. Er wartete mit ihnen.

Die Zeit verging. Nach einer Weile machten sich ein paar wieder auf den Rückweg zur Siedlung. »Wieder Berlin«, sagte einer. Hermann hockte sich auf seinen Koffer und legte sich die Decken über die Beine. Er dachte an Julius, an die Einbildung. Noch einmal schaute er hinüber zur Werkbahn. Aber der Waggon war leer. Auf einmal von irgendwoher das Knallen einer Flak. Die Gespräche um ihn herum verstummten. Die Menge lauschte. Es knallte wieder. Dann noch einmal. Immer schneller kamen jetzt die Schüsse. Die Menschen sprangen auf. Panische Rufe. »In die Bunker!« Über ihnen sausten Flieger vorüber und warfen rot und gelb leuchtende Zielmarkierungen ab. Hermann stolperte mit den anderen zu den Betonröhren. Er warf seinen Koffer in den Schacht und kletterte hinterher. Er musste den

Kopf einziehen, die Röhre war gerade anderthalb Meter hoch. Drinnen war es stickig. Es roch stechend nach Schweiß. Um ihn herum im Halbdunkel sah er die Angst in den Gesichtern. Draußen kreischten Menschen, die auch hineinwollten. Von allen Seiten drückten sie sich an ihn. An der Schulter spürte er einen fremden Herzschlag, an seinem Ohr das Keuchen eines Kindes. Bald war der Bunker so voller Menschen, dass kein Licht mehr eindrang. Nur noch Geräusche. Weinen und Atmen. Von oben eilige Schritte und Schreie. Und von draußen das Knallen der Explosionen.

Als der Angriff vorüber war, kroch Hermann mit den anderen wieder aus der Bunkerröhre. Es stank nach Rauch. Er hatte sich mit dem Nebel gemischt und trübte die Sicht. Hustend sahen die Menschen sich um. Die Versuchsanstalt stand in Flammen. Karlshagen brannte, Ziegeldächer stürzten ein. Auch im Süden erhellte Feuer die Nacht, wo Trassenheide lag. Die Baracken des Lagers dort waren eingezäunt mit hohem Stacheldraht, unmöglich für die Zwangsarbeiter, den Flammen zu entkommen. Hunderte mussten gestorben sein.

Auch die Bürobauten und Werkshallen brannten. Einige Menschen liefen in das Konstruktionsgebäude und versuchten zu retten, was zu retten war. Eilig trugen sie Schubladen mit Unterlagen und Akten heraus. Ein paar Augenblicke lang sah Hermann ihnen zu – dann ließ er seinen Koffer und die Daunendecken fallen und lief ihnen hinterher. Er folgte ihnen in das brennende Gebäude, spürte die Hitze der Flammen, eilte durch den beißenden Qualm, hustete, riss Schränke auf, griff wahllos Stapel von Dokumenten, brachte sie ins Freie. Mochte sein, dass das Aggregat 4 nichts taugte. Aber er ertrug es nicht, die Rakete vor seinen Augen verbrennen zu sehen. Neben ihm knallte ein Blindgänger, dann rannte er wieder hinein.

Einen Monat später wurde Hermann für seinen Einsatz zur Rettung militärischer Dokumente das Kriegsverdienstkreuz zweiter Klasse mit Schwertern verliehen. Es war in Bronze gefasst und trug ein umkränztes Hakenkreuz in der Mitte. Nach der Verleihung prüfte Hermann in der Urkunde, ob die Auszeichnung nicht an Fritz Hann gegangen war. Doch sie ging tatsächlich an ihn.

Noch am selben Tag erreichte ihn eine Nachricht von Tilla. Er stand gerade am Zeichentisch im großen Büro am Windkanal, als die Post hereingebracht wurde. Eilig öffnete er den Umschlag. Das Schreiben war kurz. Er überflog es. Das Blut wich ihm aus dem Gesicht und er merkte, dass er schwankte. Sein Sitznachbar sah auf. »Professor, ist alles in Ordnung?« Hermann musste sich am Tisch festhalten.

»Sie sind ganz blass. Kann ich Ihnen helfen?«

»Julius.«

Der andere sah ihn fragend an. »Wer?«

»Mein Sohn. An der Ostfront. Er wird vermisst.«

DREI

Die Tage im Sprengstoffwerk bei Wittenberg zogen sich hin. Aus den Schornsteinen quoll der Rauch, in den Werkshallen hämmerten die Maschinen, es stank nach Ruß und nach Abgasen. Ende des Jahres 1943 hatte Hermann Peenemünde endlich verlassen dürfen und war hierher versetzt worden. Im Sprengstoffwerk hatte er begonnen, die Flakrakete zu entwickeln. Womöglich konnte er dem Krieg so noch eine entscheidende Wendung geben. Vielleicht redete er sich das aber auch bloß ein, um sich abzulenken.

Von Julius an der Ostfront kam keine Nachricht mehr. Hermann versuchte, sich an den Gedanken zu gewöhnen, seinen Sohn niemals wiederzusehen. So kurz war dieses Leben gewesen, welchen Sinn hatte es gehabt? Ziellos hatte Julius seine jungen Jahre verlebt, bevor der Krieg ausgebrochen war. Dann war er zur Wehrmacht gegangen, hatte sich in den Dienst seines Vaterlandes gestellt – konnte man daraus ersehen, dass er sich gebessert hatte? Hatte er so nicht doch noch einen Zweck erfüllt?

Vielleicht aber war Julius auch gar nicht tot. Vermisst hieß nicht gefallen, und vielleicht würde der Tag doch noch kommen, an dem er seinen Sohn wieder in die Arme schließen konnte.

Hermann erfuhr, dass Ilse abgestellt worden war, in Österreich bei Vöcklabruck als Messprotokollantin zu arbeiten. Was die Zukunft wohl für sie bereithielt? Seine Tochter war begabt in Chemie, wenn eines seiner Kinder in seine Fußstapfen treten würde, dann sie. Doch die Arbeit in Vöcklabruck war gefährlich. Dort wurden seit dem Luftangriff auf Peenemünde die Triebwerke des Aggregat 4 produziert. Zwangsarbeiter wurden eingesetzt, Explosionen hatten schon viele Todesopfer gefordert. Trotzdem schien Ilse dort glücklich zu sein, sie hatte sogar jemanden kennengelernt. Aber war es wirklich notwendig, dass nach Erna auch sie schon heiratete? Hermann wollte das nicht. Er schrieb an von Braun, Ilse müsse versetzt werden. Sobald wie möglich.

Er fand keine Ruhe mehr. Im Sprengstoffwerk ging bald die Nachricht um, Luftangriffe der Alliierten hätten die Fabriken zerstört, die das Werk mit Ammoniumnitrat versorgten. Diesen Brennstoff aber benötigte Hermann für die Flakrakete – auch damit würde er also nicht fertig werden. Er konnte nichts mehr tun. Ihm blieb nur noch, darauf zu warten, dass der Krieg endlich vorüberging. Rastlos wanderte er über das Gelände des Sprengstoffwerks und sah zu, wie die Arbeiter von Tag zu Tag erschöpfter wurden. Immer mehr von ihnen begannen zu zweifeln, ob sie überhaupt noch etwas ausrichten konnten.

Ein Mitarbeiter von Brauns kam im Werk vorbei und brachte einen Brief mit der Antwort zu Ilses Versetzung. Er war länger, als Hermann erwartet hatte. Von Braun schrieb, er habe Hermanns Wünschen gerne entsprechen wollen, doch ein hartes Schicksal sei seiner Absicht zuvorgekommen. Die Tochter Ilse sei am Vortag bei einer schweren Betriebsexplosion in treuer Pflichterfüllung für das Vaterland gefallen. Es liege eine besondere Tragik darin, dass das junge Mädchen, das die schönsten

Tage noch vor sich gesehen habe, im Dienste einer Aufgabe fallen musste, einer nicht mehr aus der Geschichte wegzudenkenden Pioniertat, die vor allen anderen auf ihren eigenen Vater zurückgehe.

Hermann gelang es nicht, den Brief zu Ende zu lesen. Er sank auf den Betonboden der Werkshalle. Von Brauns Mitarbeiter beugte sich zu ihm hinab, er stellte ihm eine Frage, aber Hermann verstand sie nicht, er streckte seine Hand nach Hermann aus, aber Hermann rührte sich nicht. Er sah den Staub, der in kleinen Wolken aufstob, wenn die Leute vorübergingen. Unendlich langsam senkten sich die winzigen Körner wieder zu Boden. Ihm kam die Frage in den Sinn, wie viele Körner das wohl sein mochten, die hier herumlagen, und er strich mit dem Finger über den Boden, sah die mikroskopischen Pünktchen in den Papillarleisten seiner Fingerkuppe schimmern, zählte, brach ab, strich den Finger über sein Hosenbein, sodass nur ein schmutziger Streifen zurückblieb. Schließlich gelang es ihm doch, wieder aufzustehen. Er musste sich an der Wand stützen, ein Gedanke drängte zurück in sein Bewusstsein. Sein Sohn wurde vermisst, und nun hatte er auch noch seine Tochter verloren.

Von Brauns Mitarbeiter fuhr ihn nach Österreich zur Beisetzung. Auf dem Weg dorthin, in Nürnberg, holten sie Tilla ab. Sie wartete am Bahnhof. Es war ein trüber Spätsommertag, Nieselregen sank langsam wie Staub herab. Hermann ging ihr entgegen, feine Tropfen hatten sich auf ihren Mantel und auf ihren Hut gelegt, ihre Hände hatte sie fest um den Griff ihrer Handtasche geschlossen. Unsicher stand er vor ihr und sie sahen einander an. Ihm wurde die Brust eng. Wie gern hätte er sie in den Arm genommen, doch nach allem, was geschehen war, traute er sich nicht. Auch sie verharrte. Zögerlich beugte er sich vor. Sie reagierte nicht, betrachtete ihn ausdruckslos, einen unendlichen Augenblick lang. Dann gab sie ihm einen flüchtigen Kuss auf die Wange.

Auf der Fahrt weinte Tilla leise neben ihm. Er wagte es nicht, ihre Hand zu nehmen. Er machte sich Vorwürfe. Ilse war an ihrem letzten Arbeitstag verunglückt. Sie hatte ihre Sachen schon gepackt, der Wagen stand bereit, da war sie noch einmal ins Labor gegangen, um sich von ihren Kollegen zu verabschieden. Sie hatte die Tür geöffnet und nur Augenblicke später war es zu der Explosion gekommen, die seine Tochter zwanzig Meter durch die Luft geschleudert hatte. Sie war sofort tot gewesen.

»Hätte ich nur einen Tag früher an von Braun geschrieben.«

Tilla schloss die Augen und schüttelte den Kopf. »Du kannst es nicht mehr ändern.«

»Es wäre nicht passiert, sie wäre früher abgereist.«

Tilla sah ihn an. »Lass es!«

Sie fuhren durch das verdunkelte München, Laternen und Lichter waren gegen Luftangriffe ausgeschaltet worden. Blind fuhren sie durch die Stadt, Straßennamen waren nicht zu erkennen, sie verirrten sich bald, wussten nicht, in welche Richtung. Hermann bat den Fahrer anzuhalten, öffnete die Tür und stellte sich auf das Trittbrett. Die Sterne waren gut zu erkennen, er fand Polaris sofort. »Wenn dort Norden ist, dann ist da Süden.« Er wies in eine Richtung und das Auto fuhr weiter. Er blieb auf dem Trittbrett stehen und navigierte sie durch die Nacht. Es half ihm, eine Weile einfach in den Nachthimmel zu schauen. Doch vergessen konnte er nicht.

In den folgenden Monaten rückten die Alliierten weiter auf das Deutsche Reich vor. Im Sprengstoffwerk verfolgte Hermann, wie aus dem Westen die Amerikaner kamen und aus dem Osten die Russen, wie immer mehr Bomben auf die Städte fielen und wie schließlich die Front zusammenbrach. Die Rote Armee rückte nach Berlin vor und das Ende des Krieges schien nur noch Tage oder Stunden entfernt.

Die Wissenschaftler im Sprengstoffwerk diskutierten, von welcher Seite sie gefangen genommen werden wollten. Schnell war man sich einig, dass man nicht in die Hände der Russen geraten wollte. Vor der Flucht bestand Hermann darauf, sich ordentlich beim General abzumelden. »Das ist Flucht aus dem Land«, drohte der General. »Nein, ins Land«, erwiderte Hermann. Der General ließ ihn ziehen.

Sie flohen nach Bayern und kamen auf einem Dorf in einer Bauernscheune unter. Unter den Heuballen stank der alte Mist des Viehs und die Luft war voller Fliegen. Hermann saß im Stroh zwischen unrasierten Männern in verschlissenen Hemden. Ein Flugzeugunternehmer hockte in einer Ecke und beschrieb schwitzend viele Seiten Papier. Hermann erkundigte sich, was er da so eifrig notiere. Der Mann wischte eine Fliege von der Seite. »Einen Bericht über meinen Widerstand. Damit die Amerikaner wissen, mit wem sie es zu tun haben.«

Hermann hielt sich gegen den Gestank in der Scheune die Nase zu. »Widerstand gegen was?«

»Gegen Hitler natürlich.« Der Unternehmer schob seine Brille den Nasenrücken hinauf.

»Aber Sie waren doch selbst in der Partei?«

»Ja«, erwiderte der Flugzeugunternehmer und hob den Zeigefinger. »Aber ich war nie ein Nazi.«

Die U.S. Army brachte die Wissenschaftler in das Camp Dustbin. Die Verhöre fanden in Schloss Kransberg im Taunus statt. Hermann sah die unverhohlene Neugier in den Blicken der GIs und Offiziere. Er hatte Gerüchte gehört, wonach die Amerikaner die besten deutschen Wissenschaftler zu sich in die Heimat holen wollten. Der Flugzeugunternehmer riet ihm davon ab, sich anzubieten. In Amerika wäre er Kriegsgefangener, wer wisse schon, was das bedeute. Und ob und wann die Familie nachkommen dürfe, stehe auch in den Sternen. Hermann nickte. Er zerriss die Skizzen für eine Postrakete, die er noch bei sich trug.

Zu Beginn seines Verhörs legte der vernehmende Offizier eine Fotografie auf den Tisch. Hermann brauchte einen Moment, bis er begriff. Das Bild zeigte eine Londoner Wohnsiedlung. Kleine Einfamilienhäuser in einer Allee, die Fenster offen, die Gardinen vom Wind gebläht – und mitten in der Siedlung ein riesiger Krater. Dahinter die Ruine eines Hauses. Zwei Wände noch halb da, der Rest ein Schutthaufen aus zerbröselten Backsteinen und zersplittertem Holz. Drum herum Menschen mit erschrockenen Gesichtern, Mütter mit Kindern auf dem Arm, Väter mit Aktentaschen. Im Vordergrund unscharf ein Wachmann, in der Bewegung begriffen, wie er strammen Schrittes um den Krater marschiert. Am Rand ein Arbeiter mit Schiebermütze und Hosenträgern, die Hände in die Hüften gestemmt, Ratlosigkeit und Entsetzen im Blick.

Hermann konnte es nicht abstreiten. Die Vergeltungswaffe V2, wie Goebbels das Aggregat 4 ein halbes Jahr vor Kriegsende getauft hatte, hatte Unschuldige getötet. Menschen, die für den Krieg nichts konnten, und deren einziger Fehler gewesen war, in einem verfeindeten Land zu leben, waren gestorben. Nichts hatte man mit der Rakete erreicht. Der Krieg war nicht ausgeblieben, er war auch nicht schneller vorübergegangen. Die Rakete war lediglich ein Werkzeug gewesen. Es war paradox. Wie konnte etwas, das die Wissenschaft, die pure Vernunft, erschaffen hatte, solch eine barbarische Wirkung entfalten? Mit einem Bein ging man einen Schritt vorwärts, mit dem anderen einen zurück. Ein Spagat, der die Menschen zerrissen hatte. Wäre es anders gekommen, wenn man ihn früher hinzugezogen hätte?

Der Offizier beugte sich vor. »*So how did you do this?*«

Hermann schob die Fotografie von sich fort. »Damit habe ich nichts zu tun.«

Der Offizier wies Hermann darauf hin, man sei informiert, dass auch er in Peenemünde gewesen sei.

Hermann hob abwehrend die Hände. »Ich hätte lieber Flakraketen gebaut. Mit dem Aggregat 4 habe ich nichts zu tun. Es ist schlecht konstruiert.«

Der Dolmetscher übersetzte. Der Offizier fing an zu lachen, zwei GIs an der Tür fielen ein. »*Seriously?*«

Hermann nickte. Er beantwortete ihre Fragen wortkarg, er wollte ihnen nicht verraten, wo die Fehler lagen. »Für das Aggregat 4 müssen Sie Wernher von Braun befragen.«

Der Offizier lehnte sich zurück. Von Braun kannten sie schon. An der Tür sagte einer der GIs zum anderen etwas auf Englisch. Es klang wie ein Schwärmen.

Nach vielen Wochen im Gefangenenlager wurde er im Spätsommer 1945 entlassen. Er fuhr heim nach Feucht. Es erschütterte ihn, wie sehr der Krieg auch hier seine Spuren hinterlassen hatte. Am Friedhof trieb der Wind Regen in die zerbombten Häuser, auf der Straße davor klopften Kinder Zement von herausgebrochenen Ziegelsteinen und stapelten sie zu Pyramiden. Ein Pappschild stand davor: tausend Ziegel für dreißig Reichsmark. Am Marktplatz vor dem Krämerladen sah Hermann eine lange Schlange, Menschen harrten aus, verhärmte Gestalten mit Gesichtern voller Schatten. Ihre abgetragene Kleidung war klamm vom Regen und viel zu groß für die mageren Körper. Alte Menschen standen an, dazu Mütter mit ihren Kindern.

Im Pfinzingschloss hatte Tilla schon zwei Zimmer hergerichtet, die sie zusammen mit Adolf bewohnen konnten. Andere Räume waren mit Flüchtlingen aus dem Osten belegt, die die

Behörden hierher verwiesen hatten. Erna lebte mit ihrem Mann in einem Haus nebenan.

Hermann hatte Tilla noch nie so schweigsam erlebt. Sie sah müde aus, erschöpft von den langen Kriegsjahren. Als sie am ersten Abend zusammen beim Abendbrot saßen, sagte sie kaum ein Wort. Es gab eine kleine Portion Bratkartoffeln, die Tilla aus Mangel an Fett in Malzkaffee hatte braten müssen. »Wie es wohl daheim in Siebenbürgen aussieht?«, fragte er.

»Nicht gut«, sagte Tilla.

»Ich würde gern zurück.«

»Denkst du, ich nicht? Wir können nicht zurück. Enteignungen, Verschleppungen.«

Er stocherte in den Kartoffeln. »Man hätte mich in Peenemünde früher hinzuziehen müssen.«

Tilla sagte nichts und aß.

»Der Krieg wäre anders verlaufen. Wenn man wenigstens meine Flakrakete gebaut hätte – die Bombardierung wäre unmöglich gewesen. Hier in Feucht und auch anderswo.«

Sie sah auf. »Hermann, ich will das nicht hören.«

»Vieles wäre anders gekommen«, erwiderte er.

»Und du glaubst, damit wäre es besser gewesen?«

»Ilse und Julius wären noch bei uns.«

Tilla senkte den Blick, schüttelte den Kopf. Dann stand sie auf und räumte die Teller in die Spüle.

Er wollte etwas Tröstendes sagen. »Aber Julius kommt ja womöglich bald heim aus Russland.«

Wasser lief in die Spüle, das Geschirr klirrte.

»Viele werden noch heimkehren.«

»Er wird seit bald zwei Jahren vermisst.«

»Man kann sehr lange Kriegsgefangener sein.«

»Hermann, wir müssen einen Schlussstrich ziehen.«

Während Tilla und Erna das Haus herrichteten, kümmerte Hermann sich um den Garten. Es war eine elendige Arbeit. Er brauchte Ewigkeiten, bis er den ganzen Müll herausgeschafft hatte. Er brachte eine kaputte Schubkarre, alte Bänke und zerbrochene Terrassensteine auf die Straße und schon bald kamen Kinder angelaufen und trugen alles fort. Dann machte er sich daran, die Wildwiese zu mähen. Die alte Sense, die er im Haus fand, war rostig, meist knickten die Halme nur um. Auch das Umgraben war mühevoll. Der Boden war lehmig, selten drang er mit dem Spaten tiefer als ein paar Zentimeter. Die Arbeit setzte ihm zu, der Rücken schmerzte, die Wirbel schabten hässlich aufeinander. Er kam sich vor wie eine Maschine, die langsam verschliss. Er war über fünfzig Jahre alt und für diese Arbeit einfach nicht gemacht. Er konnte sich nicht vorstellen, dass das hier nun sein Leben sein sollte.

Oft unterbrach er die Gartenarbeit und lief nachdenklich im Haus herum. Er überlegte, wie es weitergehen konnte. Er schrieb an Schulen in der Umgebung, an denen im Oktober der Unterricht wieder aufgenommen worden war. Die Bewerbungen fielen ihm nicht leicht, er suchte nach einem guten Grund, ihn einzustellen. Tagelang zerbrach er sich den Kopf, dann notierte er alles, was er an der Bergschule und am Lyzeum unterrichtet hatte: Mathematik und Physik, aushilfsweise auch Chemie, Latein, Geografie, Philosophie. Dazu spreche er neben Deutsch auch Ungarisch, weniger gut und nicht ganz fehlerfrei Italienisch, gebrochen auch ein wenig Englisch und Rumänisch. Endlich war die Seite voll und er hoffte, niemand würde merken, dass ihm kein Grund eingefallen war.

Manchmal half er Adolf bei den Hausaufgaben. Adolf machte viele Fehler, das Lernen fiel ihm nicht leicht. Still saß sein Sohn dabei, wenn Hermann mit rotem Stift über die Aufzeichnungen wanderte und alles anstrich, was nicht sauber ausgerechnet worden war. Er erkundigte sich bei Adolf, für welches Fach er sich besonders interessiere. »Chemie«, erwiderte der. Wie Ilse, wollte Hermann sagen, doch er fühlte einen Stich und ließ es bleiben. Stattdessen empfahl er seinem Sohn eine Reihe von Büchern, die er sich aus der Bibliothek ausleihen sollte. Wer wusste schon, wie gut der Unterricht so kurz nach dem Krieg auf ein Studium vorbereitete? Als Hermann Adolf wieder alleinließ, meinte er seinen Sohn aufatmen zu hören. Ein paar Tage später schaute Hermann wieder bei ihm herein. Er war enttäuscht, als keines der Bücher auf dem Schreibtisch lag, die er empfohlen hatte.

Einmal die Woche traf er sich mit Physikern und Ingenieuren aus der Gegend. Gemeinsam hatten sie einen Gelehrtenring gegründet und schmiedeten Pläne, wie sie möglichst bald wieder an Arbeit kommen konnten. Sie boten sich Firmen als Berater an, aber viel sprang nicht dabei heraus. Meist saßen sie nur zusammen und schimpften über die Zustände nach dem Krieg. Manchmal stellten sie sich auch gegenseitig ihre Ideen vor. Stets war man voll des Lobes füreinander. Einmal präsentierte Hermann ein Wüstenkraftwerk, das ohne Spiegel und Dampfmaschine arbeiten konnte. Er ahnte, es war nicht ganz ausgereift, trotzdem waren alle begeistert.

Als Hermann heimkam, schimpfte Tilla. »Wo warst du?«

»Beim Gelehrtenring.«

»Hast du es immer noch nicht begriffen?«

»Was denn?«

Sie deutete auf den Garten. »Denkst du, der macht sich von allein? Bald ist Winter, und ich habe keine Ahnung, wie wir den durchstehen sollen.«

»Der Garten wird bis dahin auch nichts mehr abwerfen.«

»Aber er muss für das Frühjahr bereitet sein. Hermann, du bist kein Wissenschaftler mehr. Du bist jetzt Gärtner!«

»Gärtner?!« Er sah sie beleidigt an.

»Ja, Gärtner«, sagte Tilla und stapfte davon.

Der Winter kam. Schnee fiel, so fein und trocken wie Asche, und wenn man ihn aufhob, rieselte er zwischen den Fingern hindurch. Eisiger Wind wirbelte den Schnee vom Boden auf und so drang er überall ein, in Mantelkrägen, Ärmel und Hosenaufschläge, fand seinen Weg durch die vielen Ritzen in den Fensterrahmen in das Pfinzingschloss und blieb in den Räumen, in denen kein Ofen stand, auf den Dielen liegen. Im Haus wurde es bitterkalt.

Der Winter war noch viel härter, als Tilla befürchtet hatte. Ständig plagte sie der Hunger. Morgens gab es nur eine dünne Scheibe Brot, abends wässrigen Haferschleim. Nachts lagen sie mit knurrenden Mägen im Bett und hofften schnell einzuschlafen, um dem Hunger zu entkommen.

Ewigkeiten wartete Hermann auf Antwort von den Schulen. Endlich kam ein Brief von einem Rektor. Es gäbe durchaus freie Stellen an seinem Gymnasium, doch leider könne er Hermann trotzdem nicht einstellen. Die Plätze müssten freigehalten werden für alte Kollegen, das gebiete die Loyalität. Vorläufig könne man sie wegen ihrer politischen Vergangenheit noch nicht wieder an die Schule holen, doch in absehbarer Zeit, sicher schon ganz bald, würden sie zurückkehren.

Einmal kam auch ein Brief des Vaters. Er war vor kurzem an einer Lungenentzündung erkrankt, fühlte sich schwach. Er machte sich Vorwürfe. Er habe unvernünftig gelebt, anders sei es nicht zu erklären, dass er mit vierundachtzig Jahren niemandem mehr helfen könne. Stattdessen hocke er daheim in Mediasch und verzehre ihr Erbe. Während er so dasitze und warte, gehe ihm manches durch den Kopf und vieles von früher falle ihm wieder ein. Seltsam oft müsse er an die Geschichte mit dem Ruderboot denken. Ein schönes Boot sei das gewesen, womöglich hätte man es doch reparieren können. Er würde sich sehr freuen, wenn sie ihn alle bald einmal besuchen würden. Aber er wisse natürlich, wie schwierig das nun nach dem Krieg sei.

Auch Hermann hatte eine ungewöhnliche Sehnsucht, den Vater wiederzusehen. Über das Ruderboot zu sprechen, über die Kindheit. Es gab so vieles, das über die langen Jahre unausgesprochen geblieben war, und er hatte das Gefühl, es war an der Zeit, darüber zu reden. Er überlegte, ob er Tilla noch einmal vorschlagen sollte, heim nach Siebenbürgen zu fahren. Aber dann ließ er es doch bleiben. Er wusste, was sie sagen würde, und er wusste auch, sie hatte Recht.

Da er ohne Arbeit war, blieb ihnen nichts übrig, als wie so viele andere zu den Bauern in der Gegend zu laufen, wo sie Tillas Schmuck und alte Teppiche aus dem Haus gegen etwas zu essen eintauschen konnten. Manchmal verkauften sie auch ein Stück des großen Gartens. Wenn sie später mit Säcken voll Hafermehl zwischen den abgeernteten Äckern entlangliefen, sahen sie Frauen und Kinder, die in der kalten, aufgeworfenen Erde standen und zwischen den harten Brocken nach Kartoffeln und Rüben wühlten, die die Bauern übersehen hatten.

Einmal, als sie die Säcke ins Haus schleppten, brach Tilla in der Küche zusammen. Hermann dachte, sie wäre schwach vor Hunger und er eilte herbei, um ihr ein Stück Brot zu reichen. Da erkannte er, dass sie weinte. Er kniete sich neben sie, nahm sie in den Arm. Sie legte ihren Kopf auf seine Schulter, er spürte ihren Körper beben. »Ich vermisse sie so sehr«, flüsterte sie. »Ilse und Julius, ich vermisse sie so sehr.« Hermann drückte sie an sich. »Ich auch«, sagte er leise. Sie hielten einander fest, sagten eine Weile nichts. Dann standen sie wieder auf und er sah sie an. »Im nächsten Jahr sollen Hunderttausende zurückkommen.«

»Was meinst du?«

»Hunderttausende Gefangene aus der Sowjetunion. Julius wird dabei sein.«

Tilla schloss die Augen, er sah, sie tat es, um die Tränen zurückzuhalten. »Hermann«, sagte sie, brach ab, schüttelte nur den Kopf. Sie hob den Mehlsack auf und verließ die Küche.

In einer Januarnacht erwachte er von einem Klingeln an der Tür. Er rieb sich die Augen und lauschte. Draußen heulte der Wind und rüttelte an den Fensterläden, im Haus knarrte es irgendwo. Dann läutete es erneut. Hermann zwang sich hoch und schlich an der schlafenden Tilla vorbei.

Im Eingangsflur war es frostig. Rasch zog er sich einen Mantel über. Er öffnete vorsichtig die Tür. Schnee fegte über die Schwelle. Im Schein der Laterne stand eine Mutter mit zwei kleinen Jungen. Die Kinder waren in dünne Decken gewickelt und zitterten, vor ihren Gesichtern stiegen Atemwolken auf. Die Frau sah ihn flehentlich an. »Man hat uns hierher verwiesen. Wir brauchen eine Unterkunft.«

Sofort winkte Hermann sie herein. Er führte sie in ein Zimmer im Erdgeschoss, das noch nicht belegt war. Zwei alte Betten standen darin, aber es war hier so eisig wie draußen vor der Tür. Die Frau erzählte, sie seien aus dem Sudetenland vertrieben worden. Ihr Transport sei heute Abend nach Nürnberg gekommen. Sie rieb dem jüngeren Sohn in der Kälte den Rücken. »Wir brauchen dringend einen Ofen.« Hermann entschuldigte sich. »Wir haben nur die in unseren eigenen Schlafzimmern.«

»Ohne Ofen erfrieren mir meine Söhne«, erwiderte die Frau. Sie überlegte kurz, dann eilte sie zur Tür. »Passen Sie auf die Kinder auf. Ich bin bald zurück.« Hermann wollte etwas erwidern, aber schon war sie fort. Er schaute zu den Jungen. Sie hatten sich auf eines der Betten gehockt und pressten ihre Körper aneinander. Der Ältere rieb dem Jüngeren den Rücken, wie die Mutter es getan hatte. Ihre Blicke waren geistesabwesend, die Gesichter hager. Im schwachen Licht der Lampe sahen sie aus wie Greise. Hermann setzte sich zu ihnen und sofort drängten sie sich an ihn. Eine Weile saßen sie stumm nebeneinander, wärmten sich gegenseitig. Hermann schloss vor Müdigkeit die Augen.

»Hast du auch Kinder?«, fragte der ältere der Jungen.

Hermann nickte und versuchte, wach zu bleiben.

»Wie viele?«

Hermann zögerte. »Vier«, sagte er dann.

»Wohnen die auch hier im Haus?«

»Nur mein Sohn Adolf. Meine Tochter Erna wohnt nebenan mit ihrem Mann.«

»Und die anderen?«

Hermann schwieg. Wie lange würde es dauern, bis er Julius wiedersah? Wochen? Monate?

Der ältere Junge tippte ihm auf die Schulter.

»Sie sind in Afrika.«

Die beiden Jungen sahen ihn mit großen Augen an. »In Afrika«, sagte der Jüngere ehrfurchtsvoll. »Was machen sie da?«

Hermann starrte aus dem Fenster. Im Garten stand der Birnenbaum kahl und schwarz im Schnee. »Sie schauen sich Tiere an. Julius malt sie und Ilse dressiert sie.«

Der Kleine beugte sich vor. »Auch Löwen?«

»Auch Löwen.« Hermann wusste nicht, woher das kam, was er da sagte. Noch nie hatte er so bewusst etwas gesagt, das nicht stimmte, und er fragte sich, ob er die Geschichte für die Jungen oder für sich selbst erzählte. Auf einmal kamen die Sätze wie von selbst aus seinem Mund. Er sprach darüber, wie Ilse und Julius in der Savanne die Löwen, Nashörner und Giraffen beobachteten, wie seine Tochter sie aus der Hand fütterte und wie sein Sohn sie malte. Wie sie beide auf den Zebras ritten und auf den Antilopen, wie sie versuchten, weiter nach Süden zu kommen und die Herden der Elefanten zu suchen. Und als sie die Elefanten nach langer Reise endlich gefunden hatten, da zog die Mutter der beiden draußen am Fenster einen Handwagen mit einem Ofen vorbei und er bemerkte, dass die beiden Jungen in seinen Armen längst eingeschlafen waren.

In den nächsten Wochen kamen viele weitere Flüchtlinge nach Feucht. Etliche waren Sudetendeutsche, die nach dem Krieg aus der Tschechoslowakei vertrieben worden waren und nun eine Unterkunft brauchten. Die Behörden wiesen ihnen die verbliebenen leeren Zimmer im Pfinzingschloss zu. Es wurde nun sehr laut im Haus, auch nachts hallten Stimmen und Schritte durch die Stockwerke, Kinder weinten vor Heimweh. Alle hatten Hunger. Eingepfercht auf engem Raum stritten sie miteinander, manche beschuldigten sich in der Not gegenseitig, sich die Lebensmittelkarten geklaut zu haben. Hermann fand kaum Schlaf.

Die Frauen schleppten alte Öfen an und er half ihnen, sie zu reparieren. Eine willkommene Abwechslung. Er hämmerte auf den Eisenwandungen herum, verklebte Splitter von Keramikkacheln, um die Wärmespeicherung zu verbessern. Bald zogen ihm die Frauen die Öfen unter den Händen weg. Nun sei es gut, meinten sie, sie würden ja nur die Zimmer beheizen wollen und keine Dampflokomotive betreiben.

Es herrschte ein ständiges Kommen und Gehen. Viele Flüchtlinge hatten kaum mehr als die Kleider, die sie am Leib trugen, und so suchten die Frauen in Nürnberg nach Arbeit. Die Miete für die Zimmer konnte kaum jemand bezahlen. Einige der älteren Kinder liefen in die Wälder und sammelten Tannenzapfen, die sich in den Öfen gut verheizen ließen. Andere kletterten am Bahnhof auf die Waggons der einfahrenden Güterzüge. Später kamen sie mit rußverschmierten Gesichtern und Beuteln voll geklauter Kohle zurück.

Die kleinen Kinder weinten tagsüber viel. Sie vermissten ihre Mütter und vom Hunger taten ihnen die Bäuche weh. Tilla kümmerte sich um sie. Hin und wieder gelang es ihr, ein wenig Butter und Zucker aufzutreiben, und sie buk mit ihnen Kekse. Sie ließ die Kinder vom Teig naschen, sodass zum Backen kaum noch etwas übrig blieb. Später aßen sie die winzigen Kekse direkt aus dem Ofen. Abends waren die Mütter oft nicht zu Hause und Tilla brachte die Kinder ins Bett. Viele weinten dann. Tilla tröstete, so gut es ging.

Mitte Februar nahm sich Hermann einen Spaten und ging hinaus in den Garten. Er rammte ihn in den gefrorenen Boden, bröckelte ein wenig Erde heraus, rammte ihn wieder hinein. Tilla kam hinaus. »Was machst du da?«

»Umgraben«, sagte er und stieß den Spaten wieder in den Boden.

»Das ist doch Unsinn, es taut doch noch nicht einmal. Das ist zu früh.«

»Zum Umgraben ist es nie zu früh, man muss rechtzeitig anfangen.«

»Und du weißt da so genau Bescheid.«

Er sah auf. »Ja. Als Gärtner weiß man so was.«

Bald kam der Frühling und das Umgraben fiel ihm leichter. Er bepflanzte Beete und einige der älteren Flüchtlingskinder halfen ihm dabei. Es ging schneller voran als noch im Herbst, doch die Erträge waren zu gering, um die vielen Bewohner im Haus zu versorgen. Trotzdem freuten sich alle, als die ersten Tomaten an den Sträuchern hingen. Obwohl sie noch fast grün waren, konnten die Kinder es nicht abwarten und pflückten sie. Hermann schnitt die Tomaten in Stücke, sodass jeder etwas davon abbekam. Alle beteuerten, es seien die leckersten Tomaten gewesen, die sie je gegessen hatten. Ein paar hatten später Bauchschmerzen.

Im Juni kam Post von einem Onkel aus Mediasch. Verschwitzt von der Gartenarbeit setzte Hermann sich mit dem Brief auf die Treppe vor der Haustür. Es ging um den Vater. Nach der Lungenentzündung sei der Vater sehr schwach gewesen und habe viel im Bett gelegen, schrieb der Onkel. Schließlich habe man ihn ins Spital gebracht. Dort sei der Vater aufgestanden und habe sich keuchend durch die Korridore geschleppt, um nach den Patienten zu sehen. Mit Händen und Füßen habe er sich gewehrt, als man ihn zurück ins Krankenzimmer brachte. Erst als er darauf hingewiesen wurde, er vernachlässige seine Pflichten als Arzt, wenn er andere Menschen anstecke, blieb er endlich im Bett. Bald verschlechterte sich sein Zustand. Er litt sehr, röchelte, hustete, Krämpfe schüttelten ihn. Nur selten fand er Schlaf. In einer Nacht erwachte er aus Fieberträumen. Er richtete sich auf, schaute sich im Krankenzimmer um, einen verwunderten Ausdruck im Gesicht, als könne er nicht begreifen, wo er war. Erst nach Minuten sank er auf sein Kissen zurück. Seine Augen wurden groß, er starrte an die Decke und seufzte tief, so als habe sich ein großer Druck von seiner Brust gelöst. Dann, endlich, war der Vater tot.

Hermann faltete den Brief zusammen und steckte ihn sich in die hintere Hosentasche. Er ging zurück in den Garten. Er wollte einen Ginsterbusch ausgraben, es war schon Abend und die Arbeit musste fertig werden. Er griff den Ginster und zog daran. Die Wurzeln waren tief in den Boden eingewachsen, sosehr er auch zerrte, er bekam ihn nicht heraus. Er kniete nieder und zerschnitt die dicksten Wurzeln, stand wieder auf, zog erneut. Der Busch löste sich nicht. Er bückte sich, trennte viele dünne Wurzeln durch, packte den Busch mit beiden Händen, stemmte sein ganzes Gewicht dagegen, riss mit aller Kraft. Vergeblich.

Neben ihm warfen sich zwei Mädchen einen Ball zu. Eines schmiss zu weit und der Ball rollte zu ihm. Er hob ihn auf. Der Ball war aus braunen Lederstreifen zusammengebunden, an einer Stelle gab es ein Ventil, um die Schweinsblase im Inneren aufzupumpen. Eines der Mädchen kam angelaufen und er reichte ihr den Ball. Das Mädchen sah ihn an. »Warum weinst du?«

Die Zeit verging. Sie lebten vom Garten, schafften sich eine Ziege an, später eine Kuh, Hermann lernte jäten, ernten, melken, die Tage glichen sich und hätten die Jahreszeiten nicht gewechselt und wären die Kinder nicht älter geworden, er wäre überzeugt gewesen, die Raumzeit habe sich zu einer Schleife gekrümmt.

Eines Nachmittags war er gerade dabei, einen Hühnerstall zu zimmern, da zog ihn ein kleiner Junge am Ärmel. »Der Postbote ist da.« Hermann legte die Säge beiseite, klopfte sich die Hände ab und ging zur Eingangstür. Dort stand der Kurier und reichte Hermann ein großes Paket. »Wer schreibt Ihnen denn aus Amerika?«

Hermann schaute auf den Absender. Es kam aus Texas. »Vermutlich Wernher von Braun.«

Der Postbote sah ihn begeistert an. »Der von Braun, der die Raketen baut?«

Hermann nickte dunkel.

»Ich habe in der Zeitung davon gelesen! Ein Teufelskerl, dieser von Braun. Ein Wunder, was ihm da in Peenemünde gelungen ist. Ganz Amerika spricht von unseren deutschen Raketen!« Der Mann ballte die Faust. »Großartig!«

»Daran ist ganz sicher nichts Großartiges.«

»Aber wieso denn nicht?«

»Ich war in Peenemünde«, sagte Hermann und stellte das Paket ab. »Und von Brauns Rakete ist beileibe kein Wunder. Ganz im Gegenteil, sie ist voller Fehler. Allein die Turbopumpe! Oder das Stahlgerippe, wie bei einem Zeppelin.« Er merkte, er kam in Fahrt. Es war ihm egal. »Peenemünde war furchtbar. Tausende Spezialisten, aber keiner für eine Rakete. Mit mir hätte man sie viel günstiger, effizienter und schneller gebaut. Aber man hat mich jahrelang in Rumänien gehalten. Aus den absonderlichsten Gründen! Man hat behauptet, ich sei nicht arischer Abstammung, nur weil meine Großmutter mit Mädchennamen Breitenstein hieß – dabei waren meine Eltern beide Vollarier! Und man hat gesagt, als Balkanbewohner verstünde ich nicht so viel von technischen Dingen wie in Deutschland ein Laie. Aber ich hätte das doch lernen können! Erst als ich die Verbindung zum Ausland suchen wollte, wurde ich nach Wien berufen.« Er schüttelte den Kopf. »Wenn man mich rechtzeitig geholt hätte, hätte Deutschland den Krieg vermutlich sogar gewinnen können.«

Der Postbote sah ihn aus großen Augen an.

Hermann unterbrach sich. »Ich meine … Der Krieg wäre gar nicht ausgebrochen, weil Deutschland so stark gerüstet gewesen wäre.« Er stockte wieder und wurde rot. Der Kurier schaute an ihm vorbei. Hermann drehte sich um. Er erschrak. Im Eingangsflur stand Tilla mit offenem Mund. Er wollte etwas sagen, aber da war sie schon fort.

Langsam trug er das Paket in die Küche. Er stellte es auf den Tisch, zerschnitt mit einem Brotmesser das Paketband und schaute in den Karton hinein. Zuoberst lag ein Schreiben von Brauns. Seit seiner frühesten Jugend bewundere er Hermann als Vater der Raketentechnik. Umso mehr schmerze es ihn, kürzlich von Kollegen aus Frankreich erfahren zu haben, dass Hermann jetzt abseitsstehe und persönlich Not leide. Er hoffe, Hermann mit dem Paket ein wenig helfen zu können. Er solle versichert sein, dass seine Ideen in Amerika bereits jetzt so sehr ins allgemeine Bewusstsein gelangt seien, dass sie niemals wieder vergessen würden.

Hermann legte das Schreiben beiseite. Der Karton war bis zum Rand mit Dosen und Päckchen gefüllt. Hermann reihte sie auf dem Tisch auf. Ein halbes Pfund Kaffee war dabei, fünfzig Gramm Tee, ein halber Liter Speiseöl zum Braten, zwei Pfund Mehl, ein Stück Seife, zwei Pfund Zucker, ein Pfund Fett, ein Pfund Nudeln. Er betrachtete die bunten Bilder auf den Lebensmitteln. Trotz allem, was zwischen ihnen beiden vorgefallen war, konnte Hermann auf einmal nicht anders, als Dankbarkeit zu verspüren. Von Braun hätte ihn einfach vergessen können, er brauchte Hermann nicht mehr. Und doch hatte er es nicht getan. Er hatte sich um ihn gesorgt und ihm dieses Paket geschickt. Womöglich meinte es von Braun tatsächlich ernst. Er hielt ihn für seinen Lehrmeister und er schätzte ihn. Vielleicht war es wirklich nur sein unerbittlicher Ehrgeiz gewesen, der von Braun davon abgehalten hatte, in Peenemünde auf ihn zu hören.

Tilla kam in die Küche. Sie blieb auf der Schwelle stehen und schaute auf die aufgereihten Päckchen und Dosen. Hermann deutete auf den Zucker. »Du kannst mit den Kindern nun eine Menge Kekse backen.«

»Was ist das?«

»Von Braun hat uns aus Amerika Lebensmittel geschickt.«

Tilla wandte sich ab. »Ich ertrage es nicht mehr.«

»Aber es sind doch gute Sachen!«

»Du verstehst es einfach nicht«, sagte sie. »Willst es nicht verstehen.«

Hermann hielt ihr ein Päckchen hin. »Aber es ist doch nur Zucker.«

»Wieso bloß bist du unfähig, es zu begreifen?«, rief sie. »Ilse ist tot und Julius ist tot. Und du bleibst trotzdem blind.«

»Wir wissen nicht, ob Julius gefallen ist. Neulich habe ich bei der Stelle in Frankfurt nachgefragt. Noch hat man nichts gehört, aber es kommen noch viele nach.«

»Dein Sohn ist tot!«

»Wir wissen es nicht. Wir müssen abwarten. Dürfen die Hoffnung nicht aufgeben.«

»Er ist tot!« Tilla standen Tränen in den Augen. »Und wir sind schuld daran. Ich bin schuld daran.«

»Du bist doch nicht schuld!«

»Ich habe es zugelassen. Habe daneben gestanden und es zugelassen.«

»Der Krieg ist schuld!« Hermann spürte, dass er zitterte. »Und wenn er tot ist, war sein Leben wenigstens nicht zwecklos.«

»Nicht zwecklos?«

»Er ist dann für sein Vaterland gefallen.«

»Sein Vaterland?!« Tilla packte Hermann an den Armen und schüttelte ihn. »Wohin hat uns dieses Vaterland denn gebracht?«

Er hatte einen Kloß im Hals, konnte nichts sagen.

»Wir haben eine Tochter verloren!« schrie sie. »Wir haben einen Sohn verloren! Du konntest nicht zur Beerdigung deiner Mutter und auch nicht zu der deines Vaters! Guck uns doch an. Wir mussten ein abrissreifes Haus aufbauen, leben von der Hand in den Mund! Du kannst nicht mehr Wissenschaftler sein, Hermann, du musst als Gärtner arbeiten! Dahin haben dich deine Deutschen gebracht, denen du den Sieg schenken wolltest. Begreif das doch endlich!«

Keuchend ließ sie ihn wieder los, sank auf einen Stuhl, stützte das Gesicht in die Hände. Auch er atmete schwer. Er wollte etwas entgegnen, aber er wusste nichts, was er noch sagen konnte. Er starrte auf die Tischplatte vor sich, auf die Maserung im Holz und auf die Kratzer, die das Geschirr hinterlassen hatte. Er sah Julius vor sich, Ilse, seinen Vater, die Mutter. Er stand auf und zog seinen Stuhl an Tillas heran. Er war erleichtert, dass sie nicht fortrückte. »Ich weiß nicht, ob ich es dir einmal erzählt habe«, sagte er. »In Göttingen während des Studiums habe ich einmal einen alten Türken getroffen. Der hat gesagt, die Deutschen seien das Volk der großen Taten und der kleinen Seelen.«

»Und er hatte Recht!«, sagte Tilla.

Hermann schloss die Augen, atmete ein und wieder aus. »Ja«, sagte er. »Vielleicht hatte er Recht.«

ZWEI

Im Jahr 1955 saß Hermann in einem Konferenzraum auf dem *Redstone Arsenal* in Huntsville. Es war unerträglich heiß. In Alabama herrschte Hochsommer. Draußen flimmerte die Luft über dem verdorrten Rasen, drinnen kämpften ratternde Ventilatoren vergeblich gegen die Hitze. Die Plastikarmlehnen der Sitze waren weich und klebrig. Neben Hermann saß Wernher von Braun, ihnen gegenüber ein Reporter der *United Press*. Mit einem Taschentuch wischte der sich den Schweiß von der Stirn. »Professor, wir sind stolz, Sie hier bei uns in Amerika begrüßen zu dürfen.«

Hermann lüftete sich das Hemd. Er war sich nicht sicher, ob er dem Kerl glauben sollte. In der *New York Times* hatten sie ihn bei seiner Ankunft *V2 bomb pioneer* genannt. Dass er im Artikel darunter als Doktor bezeichnet wurde, hatte ihn jedoch versöhnlich gestimmt. Auch wenn das ebenso wenig stimmte.

»Wie ist es Doktor von Braun gelungen, Sie nach Amerika zu holen?«

Hermann klebte die Zunge am Gaumen, neidisch schaute er auf von Brauns Cola, die der sich vor dem Interview an einem der elektrischen Automaten gezogen hatte. »Mit Kaffee«, sagte er kurz.

Der Reporter lachte auf. »Mit Kaffee?«

Von Braun beugte sich an Hermann heran. Leise fragte er ihn auf Deutsch, ob Hermann die Frage richtig verstanden habe. Hermann wischte sich durch den verschwitzten Bart. »Das Paket kurz nach dem Krieg«, sagte er leise. Mit Kaffee, Zucker und den anderen Sachen. Das habe ihn überzeugt, den Streit beizulegen. Von Braun nickte und wandte sich an den Reporter. »Ich habe dem Professor in den harten Nachkriegsjahren ein CARE-Paket geschickt, da war auch Kaffee dabei.«

»Eine schöne Anekdote.« Der Reporter machte sich Notizen.

»Im Übrigen möchte ich mich hier auch noch einmal für die Enttäuschungen entschuldigen, die der Professor in Peenemünde erlitten hat«, sagte von Braun. »Natürlich war das alles keine böse Absicht und allein dem Zeitdruck geschuldet.«

Und deinem Ehrgeiz, dachte Hermann. Er hustete, die Trockenheit kratzte ihm in der Kehle, ihm war fast ein bisschen schwindlig vor Durst.

»Woran wird der Professor hier arbeiten?«

»Darüber dürfen wir aus Gründen der Geheimhaltung nicht sprechen«, sagte er. »Wie bei so vielem, über das ich lieber reden als schweigen würde.«

Der Reporter beugte sich vor. »Was meinen Sie?«

»Sie haben die Ankündigung des Weißen Hauses mitbekommen?«

»Im Internationalen Geophysikalischen Jahr wird Amerika den ersten Satelliten ins All befördern.«

»Genau.«

»Aber?«

»Nun, ich rechne mit Schwierigkeiten.«

»Warum?«

Von Braun neigte den Kopf. »Wie gesagt, ich darf nicht darüber reden. Sie werden es sehen.«

Hermann schielte auf von Brauns Cola. Er wusste es schon. Von Braun war außer sich vor Wut gewesen und hatte es ihm erzählt. Nicht er und die U.S. Army hatten den Auftrag für den Satellitenstart erhalten, sondern die inkompetente Navy. Das werde die Vereinigten Staaten noch teuer zu stehen kommen, hatte von Braun geschimpft.

»Mit der Raumfahrt in Amerika geht es ohnehin viel zu langsam voran«, sagte von Braun nun zum Reporter. »Damit setzt man die Sicherheit der Vereinigten Staaten aufs Spiel. Schlimm genug, dass wir nur über Satelliten reden. Eigentlich müsste man längst eine Raumstation planen.«

»Wie man so hört, gibt es da noch einige technische Bedenken«, erwiderte der Reporter.

»Zu Unrecht«, sagte von Braun. »Ich hoffe nur, die Westmächte bauen die Station, bevor die Astronomen etwas beobachten, das mit bedrohlicher Geschwindigkeit auf uns zurast.«

»Was meinen Sie damit?«

»Die Raumstation kann der Welt den Frieden bringen. Oder aber eine der schlimmsten Waffen überhaupt werden. Es hängt eben davon ab, wer sie baut und wer sie kontrolliert.«

Der Reporter tupfte sich Schweiß von der Stirn. »Und Sie meinen, dann sollten wir sie bauen.«

»In der Tat«, sagte von Braun düster.

»Und was müssen wir Ihrer Meinung nach dafür tun?«

»Die USA müssen ganz auf die Raumfahrt setzen. Und mir und der Army dabei freie Hand lassen.«

Der Reporter schlug sein Notizbuch auf und schrieb etwas hinein. Von Braun wartete, dann sprach er weiter. Er redete schnell und der Reporter notierte eifrig, was er hörte. Bald dozierte von Braun über den Rohstoffabbau auf dem Mond und mögliche Flüge zum Mars. Es wurde ein langer Monolog, Hermann konnte dem schnellen Englisch kaum folgen. Er beobachtete, wie an von Brauns Cola Tropfen von Kondenswasser hinunterliefen. Plötzlich sah der Reporter wieder ihn an. »Noch eine Frage, Professor«, sagte er. »Wie hoch schätzen Sie die Kosten für eine Reise zum Mond?«

Hermann versuchte, sich zu konzentrieren. Er hatte rasenden Durst. Was meinte der Kerl? »Sprechen Sie vom Preis für die Fahrkarte?«

Der Reporter lachte laut. »Sie haben wirklich einen ganz vorzüglichen Sinn für Humor!«

Hermann hielt es nicht länger aus. Er riss von Braun die Cola aus der Hand und stürzte sie hinunter. Eine wunderbare Kälte breitete sich in ihm aus, Zucker gelangte in seine Blutbahn. Der Reporter brach in schallendes Gelächter aus. *»The Professor! What a funny guy!«*

Nach dem Interview führte von Braun ihn durch das Redstone Arsenal. Die Büros waren in einem hässlichen Betonklotz untergebracht. Neonlampen erleuchteten die Korridore, überall standen Wissenschaftler in kleinen Gruppen und unterhielten sich. Oft sprachen sie Deutsch. Stolz erklärte von Braun, er habe schon mehrere hundert seiner Peenemünder Kollegen nach Huntsville geholt. Viele davon sprachen von Braun als Professor an. Hitler hatte von Braun diesen Titel verliehen, und auch in Amerika behielt er ihn offenbar nur zu gern. Einige der Peenemünder wollten Hermann die Hand schütteln. Was für eine Freude, ihn wiederzusehen!

Die Freude sei ganz auf seiner Seite, erwiderte Hermann. Nur wenige Gesichter kamen ihm noch vage bekannt vor, an Namen konnte er sich beim besten Willen nicht erinnern.

Von Braun zeigte ihm sein neues Büro. Die Wände waren dunkel getäfelt, die Jalousie heruntergezogen. »Woran werde ich denn nun eigentlich arbeiten?«, fragte Hermann.

»Sie gehören zur Abteilung für Technische Durchführbarkeitsstudien«, sagte von Braun.

Hermann stöhnte auf, es hörte sich wieder furchtbar bürokratisch an.

»Keine Sorge«, lachte von Braun. »Sie sollen nichts prüfen. Sie sollen uns zeigen, was in Zukunft möglich sein wird. Eine Ausarbeitung über die Raketentechnik in den nächsten zehn Jahren. Wäre das was?«

Hermann versuchte, die Jalousie hochzuziehen, doch die Lamellen verhedderten sich. Sie rauschte nach unten und es wurde dunkel im Büro. Einzig durch die Ritzen fiel Sonnenlicht herein. Die Jalousie warf chaotische Schatten in den Raum.

»Die Büros sind mehr zweckmäßig als schön«, sagte von Braun.

Hermann ließ seinen Blick über die Schatten wandern. »Kann man das Interview zurückziehen?«

»Aber warum denn?«

»Ich bin mit meinen Antworten nicht ganz zufrieden.«

»Aber die waren doch hervorragend.«

»Der Reporter hat gelacht.«

»Und gerade das ist doch sehr gut.«

Hermann räusperte sich. Er habe eigentlich keine guten Erfahrungen damit, wenn über seine Worte gelacht werde.

»In Amerika lacht man eben gern.« Von Braun lächelte. »Es geht hier vor allem auch darum, die Öffentlichkeit für die Raumfahrt zu gewinnen. Da sind zwei Dinge besonders überzeugend. Das eine davon ist Humor.«

»Und das andere?«, fragte Hermann.

Von Braun zog sein Einstecktuch heraus und tupfte sich damit die Stirn ab. »Angst.«

Hermann und Tilla bezogen eine Mietswohnung im Osten von Huntsville. Es war wunderschön hier. Der Sommerhimmel strahlte wie in Siebenbürgen, um die Stadt lagen Hügel mit dichten Laubwäldern. Auch war das Gehalt unerwartet hoch. Bei seiner ersten Abrechnung glaubte Hermann gar, man habe sich vertan, doch Tilla meinte, solche Einkommen seien hier ganz normal. »Du bist einfach noch dein schmales Lehrgehalt gewohnt«, sagte sie und leckte an einer teuren Eiscreme. Warum nicht auch mal Dessert zum Abendbrot?

Zum ersten Mal in ihrem Leben hatten Tilla und Hermann Geld über. Sie beschlossen, sich ein Auto anzuschaffen. Ein Händler präsentierte ihnen auf einem großen Parkplatz die Gebrauchtwagen. Skeptisch betrachtete Tilla die Kilometerzahlen, die Kratzer im Lack, die durchgesessenen Sitze. »Haben Sie auch Neuwagen?«, fragte sie.

»Selbstverständlich.« Der Händler lächelte und führte sie in das Autohaus. Neben dem Eingang stand auf einem Sockel eine breite, rot-weiße Limousine. Der Kühlergrill war verchromt und hatte zwei Hörner, die Kotflügel mündeten in Heckflossen wie bei einer Rakete. Tilla blieb stehen. »Was ist das für einer?«

Der Händler hüstelte. Der DeSoto Fireflite sei brandneu, das absolute Spitzenmodell. Der Händler strich über die Motorhaube. »Der hat aber auch seinen Preis. Es ist ein Achtzylinder.«

»Wir nehmen ihn«, sagte Tilla.

Hermann sah sie an. Der Verkäufer nannte den Preis. Tilla öffnete die Wagentür und strich über die lederbezogenen Sitze. »Wir nehmen ihn.«

Er schätze die Deutschen für ihre klaren Entscheidungen, sagte der Händler.

Als Hermann am nächsten Tag mit dem Fireflite auf dem

Parkplatz des Redstone Arsenal vorfuhr, lief gerade von Braun vorbei. Der blieb stehen und staunte. »Beachtlicher Wagen.«

»Er tut seinen Dienst.« Hermann wusste nicht wieso, aber er fühlte auf einmal einen seltsamen Stolz.

Die Arbeit, das Gehalt, das Wetter, die Wohnung – man konnte wirklich nicht meckern. Nur Adolf fehlte noch. Hermann hatte seinem Sohn sofort nach seiner Ankunft hier in Huntsville geschrieben. Es gäbe gute Stellen am Redstone Arsenal und es würden auch Chemiker gesucht. Adolf hatte geantwortet, er werde versuchen, auch nach Amerika zu kommen. Vom Redstone Arsenal schrieb er aber erst einmal nichts. Hermann hoffte, sie könnten bald wieder zusammenarbeiten, so wie zuletzt in Italien. Auch in La Spezia war das Wetter gut gewesen, das Gehalt aber eher mau und die Wohnung furchtbar. Mit Adolf hatte er sich öfter gestritten, sein Sohn hatte oft Unsinn erzählt und zu selten auf die Erfahrung seines Vaters vertraut. Bei den Luftblasen im Treibstoff allerdings hatte Adolf Recht behalten, das musste man zugeben. Es war doch schon eine schöne Zeit mit seinem Sohn gewesen.

Während der ersten Wochen in Huntsville saß Tilla in einem zerbeulten Sessel und blätterte in Bildbänden über Amerika. Wenn sie früher irgendwo hingezogen waren, hatte Tilla immer erst umständlich die Wohnung hergerichtet, aber dieses Mal kümmerte sie sich gar nicht darum. Einen Abend saß sie am Wohnzimmertisch und studierte eine Landkarte. Konzentriert fuhr sie mit dem Bleistift an der Küste des Golfs von Mexiko entlang. Hermann schob ein Stück Pappe unter ein Tischbein. »Stört dich das Wackeln gar nicht?«

»Ist mir gar nicht aufgefallen«, sagte Tilla, ohne aufzuschauen.

Hermann zog eine Schublade auf. »Hörst du das Quietschen?«

Tilla radierte.

Er zeigte auf die Wand. »Und die Tapete ist doch wirklich schrecklich, oder?«

»Hübsch ist sie nicht.« Tilla zog eine Linie nach.

Hermann trat neben sie. »Stört dich das denn alles gar nicht?«

Tilla zuckte mit den Schultern. »Eigentlich nicht.«

»Was treibst du da?«

»Ich plane eine Route nach Key West.«

»Für eine Reise ist keine Zeit. Ich habe doch gerade erst mit meiner Arbeit angefangen.«

»Ich weiß. Ich fahre ja auch allein.«

»Wie bitte?«

»Ich fahre allein.«

Hermann sah sie verständnislos an. »Warum?«

Tilla faltete die Karte zufrieden wieder zusammen. »Um die Welt kennenzulernen.«

»Unsinn. Ich bin auch viel herumgekommen. Glaubst du, ich habe so die Welt kennengelernt?«

»Nein«, sagte sie. »Das glaube ich nicht.«

Ein paar Tage darauf warf Tilla eine überraschend kleine Reisetasche in den Kofferraum des DeSoto und öffnete die Wagentür. Hermann stand verloren daneben. »Womöglich kommen die Kinder bald«, sagte er.

»Mit Erna treffe ich mich in Florida«, sagte Tilla.

»Wie bitte?«

»Das haben wir schon vor einer Weile ausgemacht, hatte ich das nicht erzählt?«

»Aber Adolf hat auch angekündigt, nach Amerika zu kommen.«

»Das dauert noch«, sagte Tilla.

»So etwas geht manchmal schneller, als man denkt«, wandte

Hermann ein. »Und dann muss sich doch jemand um ihn kümmern.«

»Adolf geht auf die dreißig zu. Der kann sich im Zweifel auch um sich selbst kümmern«, lachte Tilla. »Und zur Not hilft ihm seine Frau.« Sie umarmte ihn, gab ihm einen Kuss auf die Stirn und stieg in den Wagen.

»Wann kommst du wieder?«, fragte Hermann.

»In ein paar Wochen«, antwortete Tilla fröhlich.

»Ja, aber an welchem Tag?«

Tilla schaute aus dem Auto auf den blauen Himmel über Alabama. »An einem Sonntag.«

Zwei Wochen darauf türmte sich im Wäschekorb die schmutzige Kleidung, in der Spüle stapelte sich das Geschirr, auf dem Teppich sammelten sich die Krümel und der Kühlschrank war leer. Hermann verbrachte viel Zeit im Büro. Dort kamen immerhin jeden Tag die Putzkräfte vorbei. Im Schein der Neonlampe starrte er auf ein unbeschriebenes Blatt Papier. Er setzte den Stift an, zögerte, legte ihn wieder beiseite. Eine Fliege schwirrte umher und landete im Aschenbecher. Er rieb sich die Stirn, stand auf, wanderte auf und ab. Die Raketentechnik in den nächsten zehn Jahren. Zehn Jahre waren eine verflucht kurze Zeit. Der Krieg lag schon zehn Jahre zurück und es schien ihm wie ein Wimpernschlag. Würde es in zehn Jahren schon den elektrischen Raumantrieb geben? Wie der Antrieb funktionierte, war klar. Man musste nur den elektrischen Wind nutzen, wie man ihn bei einer Metallnadel beobachtete, die unter Hochspannung stand. Der Rückstoß ionisierter Teilchen würde das Raumschiff vorwärtsbewegen, das hatte er sogar schon in *Wege zur Raumschiffahrt* beschrieben. Doch wie lange würde sich die Menschheit noch Zeit lassen, bis sie den Antrieb baute? Ob es zehn Jahre sein würden? Woher sollte er das wissen?

Hermann beobachtete, wie sich die Fliege durch die grauen Aschehaufen tastete. Etwas anderes beschäftigte ihn. Hier in Amerika gab es in den Zeitungen immer mehr Meldungen über unbekannte Flugobjekte. Angefangen hatte das 1947 mit einem Piloten, der bei einem Flug durch Washington neun große Untertassen gesehen haben wollte, die sich mit absurd hoher Geschwindigkeit bewegt hatten. Die Air Force hatte sich das Phänomen nicht erklären können, doch andere Piloten hatten die Beobachtungen bestätigt. Kurz darauf stellte sich heraus, dass ein paar Wochen zuvor in Roswell ein seltsames Objekt vom Himmel gestürzt war. Ein Rancher hatte Trümmerteile auf seiner Farm gefunden, las von den Berichten über die Untertassen und wandte sich an die Behörden. Die Army holte die Trümmer auf der Farm ab und erklärte der Öffentlichkeit, es habe sich um einen Wetterballon gehandelt. Der Rancher hatte widersprochen. Er wisse, wie ein Wetterballon aussehe, schon zweimal habe er einen auf seiner Farm gefunden. Das aber sei mit Sicherheit keiner gewesen.

Seit diesen Vorfällen hatten die Sichtungen rasant zugenommen. Der Leiter der Air Force hatte kürzlich erklärt, sie seien nichts als Täuschungen und Einbildungen, nur drei Prozent davon könne man sich nicht erklären. Doch das überzeugte Hermann nicht. Drei Prozent waren bei tausenden Fällen statistisch nicht zu vernachlässigen.

Die Fliege im Aschenbecher putzte sich die Facettenaugen. Hermann rollte das unbeschriebene Blatt Papier zusammen und schlug nach ihr. Asche wirbelte auf, die Fliege flog weiter und ließ sich auf der Jalousie nieder. Hermann stand auf und folgte ihr. Vorsichtig näherte er sich. Die Fliege rieb die Beine aneinander. Er schlug auf die Blechlamellen. Es schepperte und die Schatten tanzten. Die Fliege summte davon.

Einmal, als Hermann morgens in die Agency kam, fasste ihn

jemand an der Schulter. »Sind Sie nicht der Professor?« Hermann nickte und wollte weitergehen, aber da streckte ihm der Mann schon seine Hand entgegen. »Was für eine Ehre, Sie kennenzulernen!«

Schon kamen weitere Leute hinzu. »Der Professor?« Der Nächste drückte Hermann die Hand. Schnell stand ein Dutzend Leute bei ihnen. Es wurde sehr heiß und eng, Hermann schwitzte. Er wurde gegen die Wand gedrängt. Es entstand ein Stimmengewirr. »Eine lebende Legende!«, rief einer. »Würden Sie mir ein Autogramm geben?« Der Kerl hielt Hermann Stift und Papier hin. Hermann kritzelte schnell seinen Namen darauf und versuchte, sich einen Weg aus der Menschentraube zu bahnen.

»Heute Abend wird die Weltraumsendung mit Walt Disney wieder gezeigt«, sagte einer. »Werden Sie die anschauen?«

Hermann wusste nicht, wovon der Mann sprach.

»Die muss man sehen. Sogar Doktor von Braun tritt auf!«

»Warum muss ich da einschalten?«, fragte Hermann.

»Der Doktor im Fernsehen – das ist doch aufregend!«

Er habe von Braun schon unzählige Male leibhaftig gesehen, erwiderte Hermann. In Aufregung habe ihn das nie versetzt.

Die Leute guckten. Dann lachte einer schallend. »Der Professor ist wirklich ein wahrer Entertainer!«

Er müsse jetzt leider zu einem wichtigen Termin, sagte Hermann, während die Leute weiter auf ihn einredeten. Er drängte sich an ihnen vorbei, eilte die Treppe hinauf und in sein Büro. Er schloss die Tür hinter sich und atmete durch. Da war ihm sogar die Fliege lieber.

Am Abend saß er doch vor dem Fernseher. Draußen gewitterte es, Herbstwind schlug Laub gegen die Fensterscheiben. Von Adolf immer noch nichts Neues. Er überlege noch, wo genau er in Amerika arbeiten wolle, hatte sein Sohn zuletzt geschrieben.

Womöglich werde er zu einem Chemiekonzern in New Jersey gehen und sich dort mit einem Fotoverfahren beschäftigen.

Hermann hatte ihm sofort davon abgeraten. Die Arbeit am Redstone Arsenal sei vielversprechender und besser bezahlt! Doch Adolf hatte seitdem nicht wieder geantwortet, der Bengel ließ sich wieder mal Zeit.

Auch Tilla war noch nicht zurück. Hin und wieder schickte sie einen Brief. Was trieb sie nur mit Erna da unten in Florida? Wie konnte man wochenlang freiwillig durch die Weltgeschichte fahren? Er war immer nur gereist, wenn die Umstände es verlangt hatten. Doch auch das fiel ihm nun schwerer als früher. Die Fahrt auf dem Dampfer nach New York war eine Tortur gewesen. Mieses Essen, die Kajüte eng und das Bett so schmal, dass er in einer Nacht hinausgefallen war und sich eine Rippe geprellt hatte. Dazu hatte am zweiten Tag ein schlimmer Sturm gewütet, der das Schiff auf dem Atlantik hin und her geworfen hatte. Ihm war ziemlich übel geworden, doch vor Tilla hatte er behauptet, alles sei in Ordnung. Später hatte er sich doch in der Kajüte erbrochen. Die restlichen Tage hatte es sauer darin gestunken, es war nicht auszuhalten gewesen.

Jetzt knurrte ihm der Magen. Nach Tillas Abreise hatte er sich wochenlang von geschmierten Sandwiches ernährt, aber heute hatte er in den Kühlregalen des Supermarkts eine ganz wunderbare Entdeckung gemacht. Es gab dort Aluminiumschalen mit fertigen Mahlzeiten, man musste sie vor dem Verzehr nur fünf Minuten im Ofen erhitzen. Gestampfte Kartoffeln, geschnittenes Gemüse, paniertes Putenfleisch und Geflügelsoße waren säuberlich auf vier Fächer aufgeteilt. TV-Dinner wurde das genannt. Er schaute ungeduldig auf die Uhr. Noch drei Minuten. Im Fernsehen ging schon die Sendung los. Walt Disney sprach einleitende Worte. Er schien der bekannteste Mann Amerikas zu sein. Jeder kannte den Kerl, der mit Filmen über eine jähzornige Ente und eine schlaue Maus berühmt geworden war. Während Disney redete, hockte er mit halbem Hintern auf seinem Schreibtisch. Auch die Angestellten in der Agency machten das so, wenn sie sich in ihren Büros trafen. Die Amerikaner schienen ein Volk zu sein, das gerne halb auf Tischkanten saß.

In der Küche klingelte die Eieruhr. Hermann eilte zum Backofen. Das TV-Dinner dampfte. Die Panade um das Fleisch war nicht ganz knusprig und die Erbsen waren etwas blass, aber es roch gar nicht so schlecht. Hungrig trug Hermann die Schale mit Topflappen ins Wohnzimmer. In der Sendung wurde nun ein Trickfilm gezeigt. Ein grinsender Chinese mit Reishut entzündete eine Feuerwerksrakete. Sie flog über einen Abgrund hinweg und verkohlte einem zweiten Chinesen das Gesicht. Der grinste ebenfalls und schoss eine Rakete zurück, die dem ersten den Hut verbrannte. Mit immer größeren Raketen schossen sich die beiden über den Haufen. Hermann musste lachen. So ein Unsinn, da war selbst Max Valier seriöser gewesen. Er schob sich einen Löffel mit Kartoffelpüree in den Mund. Er schrie auf. Sofort spuckte er alles wieder aus. Das Püree war kochend heiß. Seine Zunge brannte. Er rannte ins Bad und hielt sie unter kaltes Wasser. Es dauerte, bis der Schmerz vorüberging. Er schaute in den Spiegel. Kurz erschrak er über den alten Mann, der ihm da die Zunge rausstreckte. Schnell schloss er den Mund. Er betrachtete sich. Sein Haar war inzwischen fast ganz weiß und seit einiger Zeit traten die Kieferknochen stärker hervor und das Fleisch an den Wangen sackte nach unten. Sein Gesicht schien nach und nach quadratisch zu werden. Er stopfte sich einen nassen Waschlappen in den Mund und ging zurück ins Wohnzimmer. Er erschrak. Er sah sich erneut, dieses Mal auf der Mattscheibe. Er war viel jünger als im Spiegel, seine Haare und sein Bart waren schwarz, die Wangen runder. Der Sprecher zitierte aus *Die Rakete zu den Planetenräumen*. Hermann sank halb auf den Wohnzimmertisch. Sie sprachen über ihn. Sie redeten über die Geschichte der Rakete und sie sprachen über ihn. Er musste an einen Spruch von Großvater Friedrich denken: Wenn die Blätter fallen, sieht man, wo die Nester gewesen sind.

Das Problem war nur, dass seine Vögel immer noch nicht flügge waren.

Tilla kam braungebrannt und gutgelaunt aus Florida zurück. Die grauen Strähnen in ihren Haaren waren verschwunden, sie war so blond wie früher. Sie lachte über die TV-Dinner, die sich im Kühlschrank stapelten, und über die Hemden, die Hermann zwischen dicken Büchern glättete. Sie erzählte von Florida, den Everglades, Key West, stieg wieder in den Wagen und fuhr gleich nochmal für ein paar Tage in den Mittleren Westen. Hermann wusste nicht, ob er sie jemals so fröhlich erlebt hatte.

Einmal fand er sie nach der Arbeit vor dem Fernseher, eine Flasche Sekt und eine Tiefkühltorte auf dem Wohnzimmertisch. »Das musst du sehen, das ist so lustig«, rief sie angetrunken. Er setzte sich zu ihr und sie schüttete sich aus vor Lachen, stieß ihm überdreht in die Seite. »Lach doch mal!«

Er schaute eine Weile mit und versuchte zu verstehen, was so lustig war. Eine Familie saß am Frühstückstisch und unterhielt sich. Er hatte Probleme zu folgen, sie sprachen viel zu schnell. Er verstand nichts und er konnte sich auch nicht vorstellen, dass Tilla etwas verstand. Nur das Gelächter eines Publikums aus dem Off verriet ihm, wenn es eine Pointe gab. »Adolf kommt noch nicht nach Amerika«, sagte er. »Es zieht sich, es gibt wohl auch bürokratische Probleme.«

Tilla schaute weiter zum Fernseher.

»Aber bestimmt kommt er bald.«

Die Tochter der TV-Familie sagte etwas zu ihrem Vater, das Publikum im Off lachte, und Tilla lachte mit.

»Wie gut, dass Erna sich in Feucht um das Pfinzingschloss kümmert.«

Tillas Lachen erstarb. »Wieso?«

»Weil wir so hier in Amerika sein können.«

Sie sah ihn an. »Ja, so können wir hier sein.«

»Du genießt es doch auch hier.«

Sie antwortete nicht, stand auf und schaltete den Fernseher aus. Er sah sie fragend an. »Die Sendung ist doch noch gar nicht vorbei?«

»Ich bin müde«, erwiderte sie und ließ die halbe Torte auf dem Wohnzimmertisch stehen.

Noch nie hatte er so viel Ruhe und Zeit für seine Arbeit gehabt, noch nie hatte er so wunderbare Aufgaben bekommen. Er sollte nun eine Mondfahrt konzipieren. Von Braun hatte ihm erzählt, wie er selbst sich das vorstellte – und natürlich war es Unfug. Von Braun wollte am liebsten mit einer riesigen Rakete direkt zum Mond fliegen, dort landen und mit demselben Vehikel wieder zurück zur Erde. Das bedeutete aber, dass man viel totes Gewicht mit auf die Mondoberfläche tragen und wieder hinaufbefördern musste. Einen viel besseren Vorschlag hatte Hermann schon 1929 gemacht, aber offenbar las man seine Werke immer noch nicht richtig. Nicht das ganze Raumschiff durfte auf dem Mond landen, viel mehr Sinn ergab es, wenn ein Mutterschiff im Mondorbit verblieb, während eine kleine Fähre hinab- und später wieder hinaufflog. So sparte man eine Menge Treibstoff, es war ein einfaches Prinzip.

Doch als Hermann es nun erstmals durchrechnete, merkte er, wie frustrierend kompliziert die Details waren. Die Formeln für die kniffligen Manöver wurden seitenlang, die Zahl der freien Parameter schien exponentiell zu steigen. Sosehr Hermann sich auch anstrengte, die Formeln ganz zu greifen – immer wieder entglitten sie ihm. Er versuchte, sich schrittweise zu nähern. Sich erst auf einen Parameter zu konzentrieren, sich daran festzuhalten. Doch immer gab es einen zweiten Parameter, von dem der erste abhing, und auch den musste er dann greifen und lösen. Und der zweite wiederum hing von einem dritten und einem vierten ab, und die führten ihn zu einem fünften und einem sechsten und einem siebten. Und sosehr er sich auch bemühte, sie alle gleichzeitig festzuhalten – irgendwann fiel alles auseinander und die Formeln lagen wie Trümmer vor ihm. Waren seine Rechnungen zu kompliziert? Oder lag es an ihm? Es war erstaunlich. Eigentlich hatte er immer davon geträumt, eine Mondfahrt zu planen und nun erwartete man das sogar von ihm. Und doch – etwas fehlte. Seit einiger Zeit genoss er es auszuschlafen. Oft war er spät im Büro, er ertappte sich dabei, die Spaziergänge in den Mittagspausen in die Länge zu ziehen, und wenn das Wetter gut war – und es war in Huntsville oft gut –, dann kam es auch vor, dass er schon am frühen Nachmittag Feierabend machte. Kein Arbeiten bis tief in die Nacht, keine Träume von seitenlangen Formeln.

Früher hatte er einen Kampf führen und die Welt überzeugen müssen, dass es überhaupt möglich war, zum Mond zu kommen. Doch nun glaubten die Menschen das längst, und sie würden dorthin fliegen, früher oder später. Ob er nun die Mondfahrt konzipierte oder jemand anderes – war das nicht im Grunde gleichgültig?

In dieser Nacht stieg er in den DeSoto und fuhr aus Huntsville hinaus. Es ging hinaus aufs Land, so weit, bis die Lichter der Stadt nicht mehr zu erkennen waren. Er parkte den Wagen neben einem Baumwollfeld und stieg aus. Es war Neumond und stockdunkel. Er machte ein paar vorsichtige Schritte in das Feld hinein. Die Sträucher um ihn herum raschelten und streiften über seine Kleidung. Er legte den Kopf in den Nacken. Lange hatte er nicht mehr einen so klaren Sternenhimmel über sich gesehen. Er dachte an seinen Vater und wie der ihm damals das Teleskop gezeigt hatte. Er dachte an Julius. Er erkannte das Band der Milchstraße, fand rasch Jupiter und Mars, Kassiopeia, den Andromedanebel. Über Polaris plötzlich ein kurzes Aufglimmen, dann war die Sternschnuppe schon vorüber. Er ließ den Blick schweifen.

Neulich hatte er von einem interessanten Paradoxon gehört, dass der italienische Nobelpreisträger Enrico Fermi bemerkt hatte. Es ging um Stochastik. Im Universum gab es fünfhundert Milliarden Galaxien und allein in der Milchstraße kreisten fünfzig Milliarden Sterne. Das ergab eine ungeheure Zahl an Sonnensystemen und allein die Wahrscheinlichkeit schrieb vor, dass es unzählige Zivilisationen geben musste, die die Sterne bereisen konnten. Nur, wenn das so war, und davon musste man ausgehen – wo waren die dann alle? Warum schien es immer noch so, als wären die Menschen allein in der Unendlichkeit? Oder war Fermis Paradoxon womöglich keines? Waren die vielen ungeklärten Beobachtungen von fliegenden Untertassen nicht ein Hinweis, dass die Erde längst besucht wurde? Fliegende Untertassen. Er mochte den Begriff nicht, er klang nach Küchentragödien. Er fragte sich, ob er auch irgendwann einmal eine zu Gesicht bekäme.

Er ging ein Stück weiter in das Feld hinein. Er roch die Baumwollblüten, strich mit einer Hand darüber. Bald würden sie lange Fasern tragen, die der Wind mit sich nehmen und den Samen der Pflanzen so verteilen würde. Es war schon erstaunlich, was man inzwischen alles über die Welt wusste. Seit über einer Milliarde Jahren hatte die Erde eine feste Oberfläche, seit dreihundert Millionen Jahren beherbergte sie Leben. Erst waren Einzeller entstanden, dann Mehrzeller, später Pflanzen und Tiere, ein affenähnliches Wesen und schließlich der Mensch. Dank Darwin hatte man die Evolution begriffen, dank Mendel die Gesetze des Erbguts, vor kurzem hatten Crick und Watson den Aufbau der DNA entschlüsselt und nun war sogar die erste Niere transplantiert worden. Der Mensch entpuppte sich mehr und mehr als ein biologischer Automat, der seine eigene Beschaffenheit nach und nach durchschaute. Inzwischen gab es sogar Elektronengehirne, die Aufgaben lösen konnten wie menschliche Gehirne. Hermann wusste nicht warum, aber er fühlte ein Bedauern darüber. Tilla hatte einmal gesagt, es sei schade, was er da oben im Himmel alles nicht mehr sehen könne. Hatte sie womöglich Recht behalten? Er erinnerte sich daran, wie er in Berlin die Nachricht seines toten Bruders bekommen hatte. Heute war er sich sicherer denn je, es steckte etwas dahinter. Er hatte das zu lange vernachlässigt, er würde sich wieder mehr damit beschäftigen müssen.

Er seufzte und schaute erneut zum Sternenhimmel. Er hoffte, eine weitere Sternschnuppe zu entdecken, doch so lange er in dieser Nacht noch hinaufstarrte – nichts glühte auf.

Am 4. Oktober 1957 wurde ganz Amerika durch das hochfrequente Piepen einer Silberkugel mit vier langen Antennen in einen Schockzustand versetzt und am Redstone Arsenal tobte von Braun, weil es mit Sputnik nun die Sowjetunion war, die als Erste einen Satelliten in den Erdorbit befördert hatte. Auf den Straßen unterhielten sich die Menschen über nichts anderes, die Nachrichten waren voll davon und Hermann konnte insgeheim nicht abstreiten, dass er eine gewisse Begeisterung verspürte: Nachdem der Aufstieg des Aggregat 4 die erste These von *Die Rakete zu den Planetenräumen* bestätigt hatte, bestätigte der Sputnik nun die zweite. Menschen konnten Maschinen bauen, die nicht auf die Erdoberfläche zurückfallen mussten.

Nur Tilla schien die Aufregung nicht zu kümmern. Während

die Leute überall in den Wohnzimmern vor den Fernsehgeräten hingen, wollte sie auf den Green Mountain im Osten von Huntsville fahren. »Gerade heute ist es dort oben schön ruhig«, sagte sie.

Auf der Fahrt dorthin ließen sie das Radio laufen. Die Nachrichten spielten immer wieder Sputniks Signalton. Mindestens zweimal am Tag werde der sowjetische Satellit Amerika nun überfliegen, Experten rätselten, ob in dem Piepen ein Code versteckt sei. Tilla schaltete das Radio wieder aus.

»Interessiert dich das gar nicht?«, fragte Hermann.

»Nicht im Geringsten«, erwiderte Tilla.

»Viele Leute haben Angst.«

»Warum soll ich Angst haben?«

»Es heißt, die Russen könnten nun auch eine Wasserstoffbombe auf New York schießen.«

»Ich habe keine Angst. Hast du Angst?«

»Nein, weil –«

»Dann können wir das Thema ja ruhen lassen.«

Sie schwiegen, draußen zogen die Laubwälder vorbei.

»Ich arbeite übrigens gerade an einem Konzept für eine Mondfahrt«, sagte Hermann nach einer Weile.

»Aha.«

»Es ist nicht ganz einfach, die Berechnungen machen mir immer noch Probleme.«

Tilla schaltete das Radio wieder ein. Es ging immer noch um den Sputnik. »Verflucht«, rief Tilla. »Entkommt man dem denn gar nicht mehr?«

»Was denn?«

»Kann man nicht einmal seine Ruhe haben?« Sie schaltete das Radio wieder aus und trat aufs Gas.

»Vor allem das Andockmanöver von der Landefähre und dem Mutterschiff ist wirklich ziemlich kompliziert.«

»Jetzt gib doch mal Ruhe!« Tilla hieb auf das Lenkrad.

»Was hast du denn? Ich wollte es dir doch nur erzählen.«

»Es interessiert mich aber nicht!« Sie sah ihn an. »Es interessiert mich kein bisschen!«

»Tilla, Vorsicht!«

Der DeSoto war ins Schleudern geraten. Der Asphalt ging plötzlich in einen Schotterweg über und der Wagen rutschte in hoher Geschwindigkeit über den Kies. Panisch versuchte Tilla, das Lenkrad herumzureißen, die Reifen quietschten, die Welt um sie herum drehte sich, dann knallte das Auto gegen einen elektrischen Mast. Hermann schlug mit dem Kopf gegen die Windschutzscheibe. Der Mast knickte um und krachte auf das Wagendach. Dann war es still.

Hermann befühlte seinen Kopf. Aus seiner Nase blutete es. Neben ihm richtete Tilla sich stöhnend auf. Die Wucht des Aufpralls hatte sie gegen das Lenkrad geworfen, an der Stirn klaffte eine Platzwunde. Sie nahm ein Taschentuch und presste es dagegen. Keuchend saßen sie nebeneinander. »Alles in Ordnung?«, fragte Hermann. Tilla nickte stumm. Sie öffnete die Fahrertür und stieg aus. Hermann folgte ihr. Sie ging leicht gebeugt und hielt sich die Brust. Er traute sich nicht nachzufragen. Sie beugte sich über die zerbeulte Motorhaube und strich über den zerkratzten Lack. Unsicher stand Hermann neben ihr. »Der schöne Wagen«, sagte er und kam sich sofort dumm dabei vor.

»Der blöde Wagen hat mir auch nicht geholfen«, sagte Tilla und ging hinüber zur Straße.

»Wobei?«

»Mich abzulenken.« Sie winkte ein vorbeifahrendes Auto heran.

»Wovon?«

»Hier sein zu müssen.«

Zum Nikolaustag geschah ein anderer Unfall. Die U.S. Navy hatte als Reaktion auf den Sputnik rasch eine Rakete zusammengezimmert, die die Ehre der freien Welt wiederherstellen und einen amerikanischen Satelliten in den Weltraum tragen sollte. Der Start der Vanguard wurde live im Fernsehen übertragen und so mussten Millionen von Amerikanern miterleben, wie die Rakete sich ein paar Meter vom Erdboden erhob und dann in einem riesigen Feuerball aufging.

Im neuen Jahr kam von Braun triumphierend in Hermanns Büro gestürmt. »Endlich ist es so weit«, rief er. »Ich werde den Karren aus dem Dreck ziehen! In einigen Tagen schon wird die Army den ersten amerikanischen Satelliten ins All befördern!«

Es interessierte Hermann nicht wirklich. Während die Amerikaner immer noch mit dem ersten Satelliten kämpften, hatten die Russen schon ihren zweiten Sputnik in den Orbit gebracht. Sogar ein lebender Hund war da an Bord gewesen. Auch wenn der Hund dabei gestorben war – bestätigte das nicht im Grunde schon seine dritte These? Denn es hätte auch ein Mensch sein können, der da den Weltraum erreichte, und es war absehbar, dass das passieren würde. Fehlte nur noch die vierte, der wirtschaftliche Nutzen. Dafür würde man den Weltraumspiegel bauen müssen, an den er schon im Studium gedacht hatte. Aber wer wusste schon, wie lange die Menschheit sich dafür wieder Zeit lassen würde.

Von Braun lief beschwingt auf und ab. »Und wie geht es mit Ihrer Arbeit über die Mondfahrt voran?«, fragte er.

»Ich habe ein paar Ideen entwickelt«, erwiderte Hermann zögernd.

»Dann ist die Arbeit also bald fertig?« Von Braun trat vor und beugte sich neugierig über den Schreibtisch. Schnell schob Hermann einen Zeitungsartikel über unbekannte Flugobjekte unter einen Stapel unbeschriebenen Papiers. »Es gibt leider nach wie vor ein paar Probleme«, gestand er.

»Probleme? Was für Probleme?«

»Mit den Berechnungen.«

»Welche Berechnungen?« Von Braun hockte sich mit halbem Hintern vor Hermann auf den Schreibtisch.

»Die Berechnungen für die Manöver.« Hermann räusperte sich. Es sei ihm etwas peinlich, aber er tue sich wirklich schwer, das Problem zu lösen. Er müsse gestehen, seine Manöver seien rechnerisch so kompliziert, dass er sich nicht sicher sei, ob sie wirklich praktikabel wären.

Von Braun legte ihm die Hand auf die Schulter. »Da haben Sie aber etwas missverstanden, Professor. Es geht bei Ihrer Arbeit nur um das Prinzip. Berechnungen müssen Sie selbstverständlich keine durchführen.«

»Aber irgendwann wird das ja jemand machen müssen«, erwiderte Hermann.

»Das wird nicht nötig sein.«

Hermann sah von Braun fragend an. Der lächelte. »Kommen Sie mal mit.«

Von Braun führte Hermann durch das Gebäude zu einer Abteilung, die sich Computational Laboratory nannte. In dem Raum waren nur wenige Mitarbeiter. Einige Schränke mit Spulen von Magnetbändern standen herum, ein großer Kasten mit vielen blinkenden Lämpchen und grauen Schaltern, daneben ein Schrank mit unzähligen Elektronenröhren. Von Braun führte Hermann an den Schrank heran. Er breitete die Arme aus. »Das hier ist der Grund, warum Wissenschaftler künftig nie mehr selbst werden rechnen müssen«, sagte er feierlich. »Dieser elektronische Rechner hier führt fast zwölftausend Additionen in der Sekunde aus. Er wird Ihnen zukünftig die lästigen approximativen Berechnungen abnehmen.«

Ungläubig trat Hermann an den Schrank heran. Unzählige Elektronenröhren, die kompliziert miteinander verschaltet waren. »Ein Elektronengehirn«, sagte Hermann.

»Bald werden es statt Elektronenröhren Transistoren sein«, sagte von Braun. »Die können dann Millionen Additionen in der Sekunde durchführen. Da kann selbst das beste menschliche Gehirn der Welt nicht mithalten.«

Hermann betrachtete den grauen, leise vor sich hin summenden Kasten. »Woher weiß der Schrank denn, welche Formeln er berechnen muss?«

»Das programmiert man ihm ein«, erwiderte von Braun.

»Und wenn dabei ein Fehler unterläuft?«

»Dann ist das nichts anderes, als wenn man eine Formel vor dem Rechnen falsch auf das Papier schreibt.«

»Aber wie löst der Schrank denn die Formel? Das kann ihm doch niemand zeigen.«

Von Braun legte seine Hand auf die blecherne Oberfläche. »Der Schrank löst die Formel nicht. Er nähert sich dem richtigen Ergebnis nur sehr nah an.« Von Braun strich über den Schrank. »Es ist wie mit der Zahl Pi. Die kann man auch nicht exakt bestimmen, aber eben so genau, dass die Abweichung keine Rolle mehr spielt. So ist es bei den Rechnungen in dem Schrank auch. Das Zeitalter der Numerik hat damit begonnen.«

»Aber was, wenn der Schrank sich verrechnet?«

»Tut er nicht.«

»Kann man das ausschließen?«

»Es ist extrem unwahrscheinlich.«

»Aber passieren kann es.«

»Theoretisch.«

Hermann trat einen Schritt zurück. Dann wolle er lieber doch selbst rechnen.

»Auch Sie können sich verrechnen, Professor.«

»Das passiert mir selten.«

»Aber doch häufiger als dem Schrank.«

»Das ist nicht bewiesen.«

Von Braun lachte. »Die Zeiten des Herumrechnens sind vorbei, Professor! Es ist nicht mehr wie bei Ihnen damals, wo man Ewigkeiten allein hinter seinem Schreibtisch sitzen musste. Und das ist doch ganz wunderbar! Wissenschaftler können hinaus in die Welt! Ihre Aufgabe ist es nun, von einem Ort zum nächsten zu fliegen und den Fortschritt zu organisieren.«

Hermann schnäuzte sich. »Vom Fliegen habe ich nie viel gehalten.«

Adolf war nun endlich doch nach Amerika gekommen. Aber warum zog er nicht auch nach Huntsville? Stattdessen ging er nach Kalifornien und arbeitete dort bei einer Privatfirma an etwas, das man hier am Redstone Arsenal längst erforscht und für untauglich befunden hatte.

Tilla wollte Adolf sofort besuchen. Als sie sich für die Abreise fertig machte, schrieb Hermann seinem Sohn einen Brief, den sie mitnehmen sollte. Es gab so viele gute Gründe für Adolf, zu ihm nach Huntsville zu kommen! Längst hatte er seinem Sohn geschrieben, wie erfüllend die Arbeit in Huntsville war und wie günstig die Lebensmittel, und dass Adolf viel leichter einen amerikanischen Pass erhalten würde, wenn er für das Militär, die U.S. Army, arbeite. Noch einmal schrieb er ausführlich, warum Adolfs neue Arbeit vergebene Liebesmüh war und warum sein Sohn diesen Weg nicht weiter beschreiten sollte. Er dachte nach. Da war noch ein weiterer Grund, warum Adolf nach Huntsville kommen sollte. Gerade hatte er ihn noch gewusst, nun fiel er ihm nicht mehr ein. Er zögerte, dann zog er hastig die Seite aus der Schreibmaschine und stopfte sie in einen Umschlag. Schnell lief er hinunter in den Flur, um ihn Tilla zu geben. Doch ihre

Reisetasche stand nicht mehr auf der Kommode und ihr Mantel hing nicht mehr am Bügel.

Später am Abend war wieder Wernher von Braun im Fernsehen. Der 31. Januar 1958 wurde zu einem historischen Tag erklärt. Von Braun saß hinter einem Tisch mit Mikrofonen, neben ihm der Direktor der *Jet Propulsion Laboratories*, William Pickering, und der Entwickler der wissenschaftlichen Instrumente des Explorer 1, James van Allen. Gemeinsam hielten sie ein Modell des amerikanischen Satelliten in die Höhe, der nach dem erfolgreichen Start der Juno I, die von Braun mit der Army gebaut hatte, nun um die Erde kreiste.

Seufzend stand Hermann auf und ging in die Küche. Er öffnete das Kühlfach. Ein Schwall kalten Wassers stürzte ihm entgegen. Sofort waren Hemd und Hose klatschnass. Er fluchte. Im Kühlfach ging die Lampe nicht an, die TV-Dinner waren lauwarm und stanken. Der Kühlschrank musste im Laufe des Tages kaputtgegangen sein. Er wollte nachsehen, woran es lag und prüfte, ob irgendwo im Fach etwas verschraubt war. Doch alles war fest miteinander verschweißt und er kam nicht an die Elektronik. Vermutlich wollten die Hersteller gar nicht erst, dass man selbst etwas reparierte. Er sank auf einen Stuhl, rieb sich die nasse Hose. Eine Weile sah er zu, wie es aus dem Kühlfach heraustropfte. Die Tropfen fielen hinab und zerspritzten auf den glänzenden Fliesen am Boden. Eine Pfütze breitete sich vor ihm aus, bald gelangte das Wasser an seine Pantoffeln. Hermann legte den Kopf in den Nacken und holte Luft. Dann stand er auf und ging zum Telefon. Er wählte die Nummer. Es klingelte. Einmal, zweimal. Endlich nahm jemand ab. Adolf war selbst dran.

»Hallo, hier ist dein Vater.«

»Ist etwas passiert?«

»Nein, wieso fragst du?«

»Weil du anrufst.«

Hermann schwieg.

»Glückwunsch wegen des Satelliten«, sagte Adolf. »Es ist euch jetzt also auch gelungen.«

Hermann sah zum Fernseher. Von Braun zeigte gerade ein Modell der Juno I. Die Rakete war hässlich, ein plumpes langes Rohr. Die zweite Stufe elf Feststoffraketen, die dritte Stufe drei und die vierte eine. »Es ist von Braun gelungen«, antwortete er.

Adolf schwieg.

»Es gibt am Redstone Arsenal übrigens neue Stellen«, sagte Hermann. »Wenn du willst, kann ich mit Stuhlinger sprechen.«

»Wer ist Stuhlinger?«

»Mein Vorgesetzter, ich kenne ihn noch aus Peenemünde.«

Eine Pause entstand.

»Ich werde in Kalifornien bleiben«, sagte Adolf nach einer Weile.

Hermann schaltete den Fernseher aus.

»Also, warum rufst du an?«, fragte Adolf.

»Ich habe nachgedacht. Es ist an der Zeit, nach Feucht zurückzukehren.«

»Warum?« Adolf klang verwundert. »Du sagst doch immer, du hättest eine gute Arbeit.«

»Das stimmt.«

»Niemand stört dich bei deinen Forschungen und du würdest gutes Geld verdienen.«

»Ohne Zweifel.«

»Die Leuten wüssten zu schätzen, was du geleistet hast.«

»Ich will das gar nicht abstreiten.«

»Aber warum willst du dann gehen?«

Hermann sank auf einen Sessel. »Ich habe mich informiert.

Wenn ich bis Ende des Jahres nicht nach Deutschland zurückkomme, verfällt mein Anspruch auf eine Pension.«

»Deine Pension«, sagte Adolf.

»Ich werde nicht jünger«, sagte Hermann. »Man muss an die Zukunft denken.«

»Die Zukunft«, sagte Adolf.

»Ja«, sagte Hermann. »Die Zukunft.« Er wischte sich über die immer noch nasse Hose und räusperte sich. »Jedenfalls, sag doch bitte deiner Mutter, sobald sie ankommt, dass wir nach Hause fahren.«

EINS

Im Foyer drängten sich die Leute um Hermann, jeder wollte ihm die Hand schütteln. Endlose, langweilige Gespräche und lästige Fragen. Wie sei es ihm damals mit dem großen Fritz Lang ergangen? Ob er auch einmal in einem Raketenauto von Max Valier gesessen habe? Ob er stolz sei, der Lehrmeister von Wernher von Braun zu sein? Ein dicker Kerl mit rotem Gesicht trat an Hermann heran und legte seinen verschwitzten Arm um Hermanns Schulter. Seine Gattin schoss derweil ein Foto. »Von dieser Begegnung werde ich noch meinen Enkeln erzählen«, rief der Mann, während Hermann unter dem Arm wegtauchte. Er wollte lieber nicht wissen, was dieser Kerl oder irgendein anderer Trottel einmal für einen Humbug über ihn erzählen würde.

Überallhin wurde er nun eingeladen. Er hatte den Prix Galabert in Paris bekommen und die Joseph-Ritter-von-Prechtl-Medaille in Wien, er war Ehrenmitglied der Griechischen Astronautischen Gesellschaft in Athen und der Assoziazione Internazionale in Rom, er besaß den Goldenen Schlüssel der Stadt El Paso und die Dieselmedaille des Deutschen Erfinderverbandes. Und jetzt, im Jahr 1963 schließlich, wollte ihm die Technische Universität Berlin zusammen mit Wernher von Braun die Ehrendoktorwürde verleihen. Widerwillig, und nur, weil Tilla gesagt hatte, diese Einladung könne er nun wirklich nicht ausschlagen, war er mit ihr hergefahren.

Tilla stand am Rand der Menge und unterhielt sich angeregt mit dem Berliner Oberbürgermeister Brandt. Hermann wusste, wie sehr sie für den Mann mit der kräftigen Stimme und den tiefen Geheimratsecken schwärmte. Jemand fasste ihn an der Schulter. Er drehte sich um und schaute in das vollbärtige Gesicht des Rektors der Hochschule. Ob er einen kurzen Moment Zeit habe? »Natürlich«, erwiderte Hermann, zwängte sich aus dem Pulk und folgte ihm in eine ruhige Ecke. Der Rektor sah ihn unsicher an. Er wisse nicht, wie er es sagen solle, erklärte er. Aber trotzdem müsse er es sagen.

Das kenne er, sagte Hermann und nickte.

Der Rektor fuhr sich mit den Fingern durch den Bart. Er wolle vorausschicken, dass er Hermanns Arbeiten sehr schätze. Vor allem natürlich *Die Rakete zu den Planetenräumen*, aber auch *Wege zur Raumschiffahrt*. Das seien zweifellos großartige Werke. Nicht umsonst wolle man ihm heute die Ehrendoktorwürde verleihen. Nun habe er aber gerade von seinem Sekretär den Titel von Hermanns heutigem Vortrag erfahren ... und er habe es auch durchaus interessant gefunden, worum es da gehe ...

»Nicht wahr?«, sagte Hermann. Darüber müsse einmal gesprochen werden.

Interessant sei es schon, sagte der Rektor vorsichtig. Aber leider nicht ganz dem Anlass entsprechend.

Was genau er meine?

Der Rektor räusperte sich. Nun, es sei nicht ganz das, wofür man ihn heute auszeichnen wolle.

Inwiefern?

Er bekomme ja den Doktor Ingenieur ehrenhalber ...

Da liege der Fehler bei der Hochschule, sagte Hermann. Er habe sich nie als Ingenieur verstanden. Immer als Physiker.

Auch von der Physik sei der Vortrag ein Stück weit entfernt, sagte der Rektor. Er wisse nicht recht, ob der Professor ihn wirklich so halten solle.

Hermann fragte, ob man ihm den Mund verbieten wolle.

Nichts liege ihm ferner, sagte der Rektor schnell.

Er könne auch gehen, sagte Hermann. Er habe ohnehin keine Lust auf die Verleihung.

Aber der Ehrendoktor sei doch eine großartige Auszeichnung. Auf die wolle er doch bestimmt nicht verzichten.

Er habe schon einen Ehrendoktor, erwiderte Hermann. Er brauche keinen zweiten.

Mit Verlaub, aber es sei wirklich ein schwieriges Thema. Mit Parapsychologie sei das Publikum einfach nicht vertraut.

Umso wichtiger, dass er darüber spreche, erwiderte Hermann.

Der Rektor sah ihn flehentlich an. »Können Sie nicht ein wenig über Ihre alten Arbeiten sprechen? Für die man Ihnen damals in Heidelberg die Promotion verweigert hat? Schließlich geht es doch heute auch darum, dieses Versäumnis zu korrigieren.«

Hermann schüttelte den Kopf. Die Vergangenheit habe ihn nie interessiert. Ein Wissenschaftler beschäftige sich mit der Zukunft und den unbeantworteten Fragen.

Aber es gebe da doch noch so viele andere Fragen, warf der Rektor ein. Da finde sich bestimmt eine, die seinen alten Arbeiten näher komme.

Hermann dachte einen Moment nach. Er wisse da etwas, sagte er schließlich.

Hörbar atmete der Rektor auf.

»Unbekannte Flugobjekte.«

Der Rektor sank in sich zusammen. Das seien doch alles nur Irrtümer.

Vieles, erwiderte Hermann.

Aber warum um Himmels willen dann darüber sprechen?

Ein paar seien eben glaubhaft.

Der Rektor rieb sich das Gesicht. Hinten im Foyer entstand Unruhe. Die Leuten drängten in Richtung Hörsaal. Tilla kam zu ihnen herüber. »Die Verleihung geht los«, sagte sie. »Was treibt ihr noch hier?«

»Es gibt da ein kleines Problem«, sagte der Rektor. »Ihr Gatte möchte über Parapsychologie sprechen.«

»Oder über Ufos«, wandte Hermann ein.

Tilla runzelte die Stirn, dann wurde ihr Blick plötzlich neugierig. Sie schaute Hermann an. Neulich habe er doch über diese Hubschrauber gesprochen.

Der Staurohrhubschrauber, sagte Hermann und hob den Zeigefinger. Mit Hilfe des Geschwindigkeitsmultiplikators könnten die Hubschrauber Raumschiffe in die Stratosphäre tragen. Die übrigen Kosten für die Raumschiffe wären dann gering.

Ja, furchtbar spannend sei das gewesen, sagte Tilla. Selten habe sie ihm so gerne zugehört.

Der Rektor nickte eifrig. Das klinge in der Tat sehr interessant. Davon wolle er auch unbedingt hören.

Es lohne sich außerordentlich, sagte Tilla.

Oh, das glaube er, sagte der Rektor.

Es sei vielleicht sogar der beste Vortrag ihres Mannes überhaupt, sagte Tilla.

Und das wolle etwas heißen, sagte der Rektor.

Hermann wog den Kopf. Über den Staurohrhubschrauber könne er natürlich auch sprechen.

»Unbedingt«, sagte der Rektor. Er schob Hermann durch das inzwischen leere Foyer in Richtung des Hörsaals. Während Hermann eilig versuchte, in seinen Gedanken den Vortrag neu zu ordnen, sah er aus dem Augenwinkel, wie Tilla dem Rektor zuzwinkerte. Manchmal war sie ihm immer noch ein Rätsel. Seit wann mochte sie Männer mit Vollbart?

Als sie von der Verleihung aus Berlin nach Feucht zurückkamen, war der Briefkasten zu Hause schon wieder überfüllt. Wissenschaftliche Zeitschriften stapelten sich darin, dazu Prospekte und Bücher von Hobbyforschern. Drei Weltverbesserer wandten sich mit dringenden Vorschlägen an ihn, vier Erfinder berichteten von bahnbrechenden Entdeckungen, zwei Bettler baten um eine kleine Aufmerksamkeit für ihre Ideen. Hermann schleppte den ganzen Stapel in den Abfallkeller und schmiss ihn dort in einen der vielen Kartons fürs Altpapier. Als er mit schmerzendem Rücken wieder hinaufkam, saß Tilla in der Stube am Nähtisch und schnitt einen Stoff zurecht. Seit sie nach Deutschland zurückgekehrt waren, beschäftigte sie sich wieder mehr mit der Mode. Sie plante, am Feuchter Marktplatz ein kleines Geschäft zu eröffnen. Hermann setzte sich auf das Sofa und schnäuzte sich. Tilla faltete den Stoff zusammen. »Du konntest es doch nicht lassen«, sagte sie.

»Was meinst du?«, fragte er.

»Die Parapsychologie in deinem Vortrag zu erwähnen. Wenn ich ganz ehrlich sein soll, war mir das schon etwas peinlich.«

»Peinlich?!«

»Ich will es nur verstehen«, sagte Tilla.

»Die Parapsychologie ist die Wissenschaft der Zukunft«, sagte Hermann. »Es gibt schon ein Institut dafür in Freiburg und sogar in Leningrad. Und in North Carolina hat man Telepathie schon statistisch zweifelsfrei nachgewiesen.«

»Ich weiß nicht recht«, erwiderte Tilla. »Auf mich wirkt das alles eher wie Scharlatanerie.«

»Einen Scharlatan hat man mich vor über vierzig Jahren schon einmal genannt. Und am Ende hatte ich trotzdem Recht.«

»Aber um was geht es dir denn überhaupt?«

»Um die Erforschung der Seele.«

Tilla lachte. »Dazu braucht es keine Parapsychologie. Den meisten reicht dafür der Gang in die Kirche.«

»Was mit der Seele nach dem Tod passiert, weiß aber auch der Pfarrer nicht.«

Tilla legte die Schere beiseite und kam zum Sofa herüber. Sie setzte sich neben ihn. »Hast du Angst vor dem Sterben?«

»Ich will es einfach verstehen. Vielleicht kann man ja mit den Toten kommunizieren?« Er errötete.

Tilla nahm seine Hand. »Ach«, sagte sie. »Vielleicht solltest du erst einmal lernen, mit den Lebenden zu sprechen.«

Alles in allem genoss Hermann den Ruhestand. Alleine im Zimmer am Schreibtisch zu sitzen, um sich herum die gefüllten Bücherregale, vor sich die Schreibmaschine. Wann in seinem Leben hatte er je so viele Ideen gehabt? Was kam ihm nicht alles in den Sinn! Stundenlang saß er da und schrieb alles auf. Manchmal schaute Tilla herein und beschwerte sich, es stinke im Zimmer. Wenn sie dann die Fenster aufriss und mit ihm schimpfte, erinnerte er sich an Winter und die wunderbaren Jahre in Göttingen und Heidelberg. Nur damals waren die Gedanken so sehr auf ihn eingestürzt wie heute.

Gelegentlich schrieb er so viel und so lange, dass ihn die Fingerknöchel schmerzten. Dann fuhr er mit dem Fahrrad in den Feuchter Forst und unternahm ausgedehnte Wanderungen. Absichtlich verließ er dabei die Waldwege und spazierte zwischen Bäumen umher. Er lauschte dem Rascheln der kleinen Tiere im Unterholz und dem Zirpen der Heimchen. Er roch das feuchte Moos und die modrigen Äste, und irgendwann, wenn er so ziellos umhergelaufen war, wusste er nicht mehr, wo er war. Ihm kroch dann ein wohliger Schauer über den Rücken und er vermied es, hinaufzuschauen und am Stand der Sonne die Himmelsrichtung abzulesen. Stattdessen lief er weiter, ohne jede Ahnung wohin, und hin und wieder, wenn er die Augen schloss und vorsichtig mit vor sich ausgestreckten Armen weiterging, geschah es, dass sich die Geräusche des Waldes zu einem Rauschen verdichteten, wie von Wellen, die an diese Welt des Lichts und der Schatten brandeten. Und die Ideen fluteten ihn dann noch mehr als daheim an der Schreibmaschine und wenn er die Augen wieder öffnete, erkannte er plötzlich Muster in den Geometrien der Bäume und Ahnungen überkamen ihn von Verbindungen, die sich seinen Sinnen eigentlich entzogen und die doch da waren und von ihm erkannt werden wollten.

Eines Nachmittags geriet er in ein heftiges Gewitter. Schlagartig wurde es dunkel, in den Wolken krachte der Donner, der Regen brach in Strömen durch das Blätterdach. Schon nach Augenblicken war Hermann nass bis auf die Haut. Der Sturm wirbelte das Herbstlaub auf, es tanzte um ihn herum und die Blitze am Himmel warfen zwischen den Bäumen dämonische Schatten. Hermann zitterte vor Kälte und irrte weiter. Der Regen rann ihm übers Gesicht, die Kleidung klebte am Körper, er blieb mit den Schuhen im Schlamm stecken. Auf einmal sah er vor sich einen Schatten zwischen den Bäumen. Er eilte hinterher und rief ihm nach. Doch es kam keine Antwort. Im Dickicht um ihn herum wurde das Rauschen des Regens lauter. Eine Stimme schien sich hineinzumischen. Außer Atem blieb Hermann stehen und lauschte. Die Stimme kam ihm bekannt vor, doch die Worte, die sie sprach, klangen fremdartig. Waren es überhaupt Worte? Es war ein Klicken und ein Zirpen, schrecklich und schön zugleich. Hermann lief weiter, wollte der Stimme folgen, doch sie schien von allen Seiten zu kommen. Egal, welche Richtung er einschlug, die Stimme wurde nicht leiser und nicht lauter. Geisterhaft umgab sie ihn. Der Regen wurde stärker und Hermann lief schneller, die Umrisse des Waldes verschwammen, die Welt wurde dunkelblau wie der Abendhimmel. Plötzlich stolperte er über eine Wurzel, die aus dem Boden ragte. Er versuchte, das Gleichgewicht zu halten, stolperte weiter, rutschte über nasses Laub, fiel hin und schlitterte einen Hang hinunter, stieß sich Arme und Beine an Baumstämmen. Vor einem Waldweg blieb er liegen. Ein älteres Ehepaar kam angelaufen und beugte sich über ihn. Hermann versuchte, sich zu bewegen. Seine Glieder schmerzten. An den Armen und im Gesicht hatte er blutige Schrammen, seine Kleidung war nass und dreckig. Der Mann zog ihn hoch, die Frau fragte ihn, ob man ihm helfen könne. Hermann bemühte sich, gerade zu stehen. Sein Atem rasselte, er schmeckte Blut. »Nein, nein. Alles in Ordnung.«

Wann hatte er das letzte Mal so krank im Bett gelegen? Seine Glieder und Gedärme schmerzten unaussprechlich, er schwitzte ununterbrochen. Tilla musste ihm helfen, den durchnässten Schlafanzug zu wechseln. Hilflos war er ihrem Schimpfen ausgeliefert, während er sich in einen Eimer erbrach.

Wie könne er in seinem Alter bloß so unvernünftig sein und bei Gewitter durch den Wald streifen, fluchte Tilla und hielt den Eimer für ihn fest. Er sei schon über siebzig!

Hustend sah er auf. Was habe das bitte mit dem Alter zu tun? Vor zwanzig Jahren hätte sie doch genauso geschimpft.

Da wäre er aber wenigstens noch nicht so krank geworden, erwiderte Tilla.

Unsinn, ächzte er. Im Krieg, als junger Mann, sei er noch viel kränker gewesen. Er übergab sich erneut.

»Und wie kommst du überhaupt auf die Idee, die Waldwege zu verlassen?«

Hermann würgte und spuckte Magensäure. Er habe sich eben ein Tier aus der Nähe ansehen wollen.

»Was für ein Tier?«

Einen Luchs.

»Im Feuchter Forst gibt es Luchse?«

Was tue das überhaupt zur Sache, stöhnte Hermann. Es sei doch nicht verboten, die Wege zu verlassen. Er habe sich eben verirrt. So was komme vor.

Und genau das sei eben das Alter, sagte Tilla.

Hermann wollte ihr widersprechen, aber der nächste Schwall drang aus ihm heraus und er riss den Eimer an sich.

»Schluss jetzt«, schimpfte Tilla. »Auch der Starrsinn ist ein Zeichen des Alters. Wobei, so gesehen bist du schon immer ein Greis gewesen.«

Es dauerte, bis es ihm endlich wieder besser ging und er das Bett verlassen konnte. Er hasste es, sich das eingestehen zu müssen, aber wahrscheinlich hatte Tilla Recht – es lag am Alter. Dass ihm der Arzt einige Zeit später Tabletten gegen Bluthochdruck verschrieb, bestätigte das nur. Jeden Morgen legte Tilla die Tabletten nun zum Frühstück auf seine Untertasse, daneben stellte sie ein Glas Leitungswasser. Er wusste, die Tabletten würden von nun an immer morgens dort liegen, und die Vorstellung quälte ihn. Die Tabletten waren wie eine ständige Mahnung an etwas, an das er nicht erinnert werden wollte.

Die Zeit verging so schrecklich schnell. Großvater Friedrich hatte einmal gesagt, wenn man viel erlebe, dann vergehe der einzelne Moment zwar rasch, aber später erscheine die Zeit dennoch lang. Wenn man wenig erlebe, sei es umgekehrt. Hermann stellte fest, dass das Unsinn war. Es kam nicht aufs Erleben an, sondern aufs Denken. Entweder man dachte viel. Dann verging die Zeit schnell und erschien auch später kurz. Oder man dachte wenig. Und was dann war, das wusste er nicht.

Er las mehr Zeitung als früher. Oft ärgerte er sich. So viele Kriege hatte es schon gegeben, der letzte war schlimmer gewesen als jeder zuvor und trotzdem schien der nächste bereits ins Haus zu stehen. Mit Atomwaffen würden die Menschen ihn führen und drohten sich so in die Steinzeit zurückzubomben. Wo blieb da nur der Fortschritt? Hermann hatte das Gefühl, dass wieder etwas ins Rutschen geraten war.

Auch über die deutschen Politiker ärgerte er sich. Nach dem Krieg hatte Adenauer für jede noch so unsinnige Beschuldigung um Verzeihung gebeten. Kein Wunder, denn das tat man eben, wenn man einem bewaffneten Geisteskranken gegenüberstand. Doch wann endlich würden die Alliierten sich von ihren Wahnvorstellungen gegen Deutschland erholen? Wann würden sie begreifen, dass der Nationalsozialismus nicht von ungefähr gekommen war? Man hatte den Deutschen zuvor Unrecht angetan und das hatte sie zu den scheußlichen Verbrechen getrieben. Und was war das für eine Unverschämtheit, den Deutschen immer noch Kriegsgelüste zu unterstellen? Besonders die Israelis hetzten. Und trotzdem gab man ihnen weiterhin Geld. Hermann fühlte, dass dieses Land schon wieder eine falsche Richtung einschlug. Die Regierung hatte nun die Verjährungsfrist für Naziverbrecher verlängert. Wieso spürte man denen nach, die ohnehin niemanden mehr im KZ ermorden würden, anstatt die zu jagen, die auch heute und morgen noch morden und stehlen konnten? Wenn die Deutschen so mit sich selbst umgingen, dann konnte der Rest der Welt sie nur für Bestien halten! Und für die Siebenbürger, denen es unter den neuen Machthabern in Rumänien unvorstellbar schlecht ging, tat die deutsche Regierung erst recht nichts. Die Rumänen brauchten dringend Arbeitskräfte – vielleicht sollte man im Austausch ein paar der deutschen Vergangenheitsbewältiger dorthin schicken!

Stundenlang hätte er sich über diese Sachen aufregen können.

Doch das hätte die morgendlichen Tabletten nur noch mehr gerechtfertigt.

Aber es gab auch Hoffnung. Eine neue Partei hatte sich gegründet. Sie schien eine echte Opposition zu den übrigen Parteien in der Bundesrepublik zu sein. Wenn man politisch etwas bewegen wollte, musste man sich engagieren. Also war er beigetreten. Die Begeisterung in der Partei war groß gewesen. Man hatte ihn zu einem Parteitag eingeladen, er hatte auf der Bühne gestanden, es hatte viel Applaus gegeben. Sie hielten ihn hier für einen guten Deutschen. Zehnmal wog das die bösen Briefe auf, die er seit seinem Beitritt bekam.

Eines Nachmittags kam Tilla zu ihm ins Zimmer. Sie knallte eine Broschüre auf den Schreibtisch. »Was ist das!?«

Hermann schaute auf das gelbe Heft. »Ach das«, sagte er. »Das habe ich geschrieben, nachdem man mich öffentlich beleidigt hat. Dieser Brandt, den du so liebst«, er drehte sich zu Tilla um, »der hat sehr unschöne Worte gesagt. Da habe ich ihm eben diese Broschüre geschickt.«

Schweigend ließ Tilla den Blick über die Regale wandern.

»Rechtsradikal haben Leute mich genannt«, sagte Hermann. »Ist das nicht eine Unverschämtheit?«

»Und darüber wunderst du dich? Was bist du sonst, wenn nicht rechtsradikal?«

»Hast du noch alle Sinne beisammen?«

»Wie soll man dich denn sonst nennen, als Mitglied von so einer Partei!«

»Das ist die einzige Partei, die in Deutschland eine Opposition bildet.«

»Eine Opposition gegen was, Hermann? Dagegen, dass Deutschland zu seiner Verantwortung steht? Zu den Gräueln, die wir anderen angetan haben?«

»Wir tun uns die Gräuel selbst an! Wir hassen uns selbst, und damit machen wir uns im Ausland erst recht verdächtig. Leute werden für Taten bestraft, die noch gar nicht strafbar waren, als sie diese begangen haben.«

Tilla stand auf. »Ach, und deshalb sind die Nürnberger Prozesse Barbarei gewesen?«

»So hat es jedenfalls eine Schweizer Zeitung geschrieben.«

»Und du hast sie zitiert«, rief Tilla.

»Und ich habe sie zitiert.«

»Und die Verjährungsfrist für Nazis soll man lieber nicht verlängern?«

»Es muss auch einmal Schluss damit sein!«

»Du hast doch nur Angst, dass sich dann auch deine eigene Gewissensfrist verlängert! Weil du nach Deutschland gegangen bist und für Hitler deine Waffe bauen wolltest! Man soll die Naziverbrecher nicht weiter verfolgen, weil du selbst einer bist!«

»Ich war nie ein Nazi!«

»Weil sie dich nicht aufgenommen haben!«

»Weil ich sie kritisiert habe, wie sie mit den Juden umgehen!«

»Und doch hast du begeistert mitgemacht!«

»Jetzt reicht es«, rief Hermann. »Mir geht es darum, dass alle Völker friedlich miteinander leben! Ich will Gerechtigkeit für alle! Auch für die Deutschen!«

»Ach, und du und diese Partei wissen, wie diese Gerechtigkeit aussieht?« Sie starrte ihn fassungslos an. »Hast du nicht selbst gesagt, die Deutschen seien das Volk der kleinen Seelen? Sieh dich an! Kaum jubeln dir die deutschen Nationalisten zu, rennst du ihnen wieder hinterher und lässt dich vorzeigen als einen von ihnen.«

»Die Deutschen sind kleine Seelen, dass sie so mit sich selbst umgehen!«

Tilla schüttelte den Kopf. »Und dein Rassismus in dieser Broschüre ist unerträglich!«

Hermann warf die Hände in die Luft. »Früher haben alle die Vorteile der Rassenlehren gesehen! Alexander Graham Bell hat sich dafür ausgesprochen. H. G. Wells und Margaret Sanger. Heute aber haben auf einmal alle eine unsinnige Angst davor. Und das nur, weil die Nationalsozialisten damit Schindluder getrieben haben.«

»Schindluder?«, rief Tilla. Sie schloss die Augen und ballte die Hände zu Fäusten. »Ich habe auch Angst«, sagte sie.

»Aber Tilla, wovor denn?«

»Vor dir.«

Er stand auf und sah sie an.

»Mit dir ist etwas Schreckliches passiert. Du hast deine Schüchternheit verloren. Früher hast du nur über das gesprochen, was du wirklich verstanden hast. Heute redest du über alles.«

»Was soll das heißen? Ich habe mich mit der Rassenlehre schon lange sehr gründlich beschäftigt!«

»Davon merkt man in der Broschüre überhaupt nichts!« Tilla blätterte in der Broschüre. »Hier schreibst du, es gäbe in jedem Volk brave und fähige Menschen.« Hastig blätterte sie weiter. »Und hier, die Geisteskrankheiten seien unter schwarzen Akademikern elfmal häufiger als unter weißen, und deshalb solle man ihre Köpfe nicht mit Dingen quälen, für die sie nicht geschaffen seien.«

»Das muss man doch im Zusammenhang lesen!«

Tilla warf die Broschüre auf den Boden. »Ich lasse mich scheiden.«

Hermann erbleichte. »Wie bitte?«

»Wenn du nicht sofort aus dieser Partei austrittst, lasse ich mich scheiden. Du kannst dich mit jedem Mist beschäftigen. Du kannst dir deine Verbitterung bewahren, deinen Rassismus, deinen Nationalismus. Es ist mir egal, ob du darüber den Verstand verlierst, Hermann. Aber wenn du das Grauen vor zwanzig Jahren, bei dem wir zwei Kinder verloren haben, noch einmal als Schindluder bezeichnest, dann lasse ich mich scheiden.« Es schien, als wollte sie noch etwas sagen, aber dann schüttelte sie nur den Kopf und verließ das Zimmer.

Hermann sah ihr nach. Langsam setzte er sich. Er durchblätterte die Broschüre, die Tilla auf dem Stuhl liegen gelassen hatte. Sicher, er hatte manches im Zorn geschrieben, aber lag er wirklich so falsch? Er wollte den Frieden für die Menschheit. Er wollte ihn wirklich. Er würde noch einmal über den Nationalismus nachdenken müssen. Verurteilte er ihn nicht genug? Er legte die Broschüre beiseite. Er würde über vieles nachdenken müssen. Aber er ahnte, es würde seine Zeit dauern und viel würde ihm nicht mehr gelingen. Er war zu lange in eine Richtung gelaufen. Der Weg zurück war zu weit.

Auf dem quadratischen Tisch in der kleinen Kammer brannte ein Teelicht in der Dunkelheit. Die Vorhänge am Fenster waren zugezogen und bis auf den Regen, der dumpf gegen die Scheibe trommelte, war kein Geräusch zu hören. Es stank süßlich nach Parfüm. Im Schein der Kerze sah Hermann seine Hände flach vor sich auf dem Tisch liegen. Er fühlte sich nicht wohl in der Stille und der Dunkelheit, doch die Frau, die ihm gegenübersaß, hatte es ihm vorher genau erklärt: Jegliche Sinneswahrnehmung müsse minimiert werden, nur dann sei ein Gespräch mit Schea-Tal-Wir vom Planeten Gralo möglich. Hermann fragte sich, ob das stinkende Parfüm nicht auch ein Problem darstellte.

Vor ein paar Wochen hatte sich die Frau bei ihm gemeldet. Sie habe seine Texte zur Ufologie mit großem Interesse gelesen und sei begeistert, dass ein so bedeutender Wissenschaftler sich der

Sache annehme. Schon seit Jahren beschäftige sie sich mit dem Okkultismus, seit einiger Zeit sei sie in der Lage, telepathischen Kontakt herzustellen. Hermann hatte den Brief beiseitegelegt. Schon viele andere Esoteriker hatten ihm geschrieben, nie war das Geschwätz ernst zu nehmen gewesen. Dieses Schreiben aber beschäftigte ihn dann doch. Nach ein paar Tagen holte er es wieder hervor. Die Frau schrieb bemerkenswert nüchtern, ihre Ausführungen waren von geradezu mathematischer Sachlichkeit. Auch drängte sie sich nicht auf. Geld wollte sie keins, genau so wenig suchte sie die Öffentlichkeit. Sie bat sogar darum, ihren Namen geheim zu halten. Was, wenn er ihr Unrecht tat? Man musste fest davon ausgehen, dass Außerirdische die Menschen beobachteten. Konnte es dann nicht auch sein, dass die Außerirdischen zu ausgewählten Leuten Kontakt suchten? Warum es nicht auf einen Versuch ankommen lassen?

Tilla erzählte er nichts davon. Am Morgen hatte er ihr gesagt, er werde wandern gehen. »Bleib bitte auf den Wegen«, hatte sie geantwortet.

Nun summte die Dame, es war ein tiefer, gleichförmiger Ton. Ob schon die Trance einsetzte? Er lauschte. Seine Nase juckte, er zwang sich, die Hände auf dem Tisch liegen zu lassen. Das Summen wurden höher. Musste sie nicht zwischendurch atmen? Ein scharfer Geruch breitete sich aus, der das Parfüm überlagerte. Das Summen wurde unterbrochen. Ein Flüstern. Hermann verstand nicht und rückte ein Stück näher an den Tisch heran. Wieder das Flüstern. *Tolba ra karinto reu.* Er beugte sich vor, um besser zu hören. *Lu korila seuga sal.* Der Geruch wurde schärfer, er trieb ihm die Tränen in die Augen. Ein Nebel senkte sich über den Tisch. Die Umgebung wurde unscharf, die Frau gegenüber war kaum noch zu erkennen. *Kurina remm tinilamo.* Hermann blinzelte ein paarmal, aber die Sicht wurde nicht besser. *Rotsch lo pande leuleleu.* Der Nebel wurde noch dichter.

Ihm wurde schwindlig, während die Stimme gegenüber sich zu einem Zischen verzerrte. *Tamm sa lull koruna keu. Fann sala blorama.* Hermann unterdrückte ein Husten. Vater? Der Raum drehte sich. Schwebte er? Er versuchte, ein Bein auf den Boden zu stellen und trat ins Leere. *Gusiko perelemell. Scha mosal vanitiki.* Der Nebel bildete Formationen. Ein Kegel rotierte in einem Ring. *Ro ra moren lo. Ha wiel kore scho.* Der Kegel löste sich aus der Formation und glitt auf ihn zu. Er umkreiste seinen Kopf. Hermann griff danach. Julius? Der Kegel wich zurück, er fasste ins Leere. *Welentier ton premon. Gusu ma vereun.* In diesem Kegel musste die Antwort liegen. *Ruku mi huli.* Noch einmal griff er danach. Und plötzlich hörte er Schea-Tal-Wir.

»Weißt du, wo die Alufolie ist?« Tilla trat in den Garten. Hermann hörte sie, aber er versuchte, sich nicht ablenken zu lassen. Der Himmel war wolkenlos, die Sonne stand im Zenit, es war beinahe geschafft. Er richtete den Parabolreflektor aus, die Strahlen bündelten sich im Brennpunkt. Hermann hörte, wie Tilla seufzend neben ihm stehen blieb. »Aha, hier ist sie.« Er richtete sich auf. Sie deutete auf den Hohlspiegel, den er mit der Aluminiumfolie ausgekleidet hatte. »Was treibst du denn da schon wieder?«

»Ich habe ein solarthermisches Kraftwerk gebaut.«

»Und es kann dabei auch nichts in die Luft fliegen?«

Er schüttelte den Kopf.

»Der Garten wird nicht in Flammen aufgehen?«

»Ich habe nur nichtentzündliche Materialien verwendet.«

»Und niemand kann sich einen elektrischen Schlag holen?«

»Es ist eine reine Wärmeleitung.« Hermann fasste an den kleinen Wassertank, der sich zu erhitzen begann.

»Und wozu das Ganze?«

Hermann bat sie, nicht zu lachen. Ihm sei eine Idee aus seiner

Kindheit wieder eingefallen. Er habe sie in seinem Ruderboot gehabt, kurz nach der Einschulung. Er habe sich damals Blitzfabriken ausgedacht und Wasserräder. Und auch einen Spiegel, um die Wärme der Sonne einzufangen. Nur habe es eben noch keine Aluminiumfolie gegeben und er habe ihn deshalb nicht bauen können. Er habe das unbedingt einmal nachholen wollen, auch wenn es heute natürlich keine bedeutende Erfindung mehr sei.

»Wie kommst du da jetzt nach der langen Zeit wieder drauf?«

»Wegen des Energieproblems«, sagte Hermann. »Die Atomforschung auf der Erde ist furchtbar, viel zu gefährlich. Man sollte sie komplett in den Weltraum verlegen. Aber bis das gelingt, muss die Menschheit eine andere Lösung finden.«

»Und du bist derjenige, der sie findet?«

»Sagen wir so, ich will zumindest helfen.«

»Ach, Hermann«, sagte Tilla und schüttelte dann nur den Kopf. Sie bückte sich und schaute auf den Wassertank, aus dem schon der Dampf aufstieg. Sie nahm ein Stück ihrer Schürze, umfasste den Tank und hob ihn hoch. »Komm mit rein, mein Lieber, ich mach uns einen Kaffee«, sagte sie. »Wenn du helfen willst, dann kannst du dir mal den Backofen ansehen. Das Licht brennt nicht mehr.«

NULL

Noch nie hatte er so viele Menschen auf einmal gesehen. Unter blauem Himmel saßen und standen abertausende Zuschauer mit Sonnenbrillen am Ufer des Indian River vor ihren Zelten, auf den Dächern ihrer Kleinwagen und Wohnmobile, auf den überfüllten Parkplätzen und den vollgestopften Straßen, auf der Zuschauertribüne des Kennedy Space Center um ihn herum, und sie alle starrten gebannt in Richtung der Startrampe 39 A.

Dort stand neben dem roten Startturm, groß wie ein Hochhaus, die Saturn V. Hermann konnte sie mit bloßem Auge erkennen. Fünf klobige Düsen schauten unten aus dem Heck heraus, darüber winzige Flossen und ein plumpes, langes Rohr, das weiter oben in ein zweites, schlankeres Rohr überging, das sich wiederum stufenweise verjüngte und in einer dünnen Spitze wie bei einem Wolkenkratzer mündete. Die Rakete war mit großen schwarzen und weißen Flächen bestrichen. Nur etwas unterhalb der Mitte konnte Hermann ein kleines Bild erkennen. Er schaute durch sein Fernglas und drehte an der Vergrößerung. Er war erleichtert, als er nicht die Frau im Mond, sondern nur die amerikanische Flagge erkannte.

Er sah sich um. Tilla saß neben ihm, ihre grauen Haare glänzten in der Sonne, sie sahen so blond aus wie früher. Wie alle anderen schaute auch sie hinüber zur Startrampe.

Über drei Dutzend Menschen waren bisher im Weltraum gewesen, hatte er neulich gelesen, dazu hatten alle möglichen Tiere die Schwerelosigkeit erlebt – Fruchtfliegen, Mehlwürmer, Rhesusaffen, Totenkopfaffen, Schimpansen, Mäuse, Katzen, Hunde, Kaninchen, Meerschweinchen, Schildkröten, Frösche –, und einen Moment schmerzte es Hermann, dass ihm all diese Tiere immer etwas voraushaben würden. Neulich hatte er sich den Amerikanern für einen Mitflug angeboten, doch sie hatten ihn wegen seines Alters abgelehnt. Als er später mitbekommen hatte, welche Schindereien sich die Raumfahrer zur Vorbereitung aussetzen mussten, war er etwas weniger traurig gewesen.

Die nüchterne Stimme aus den Lautsprechern übertönte die aufgeregten Gespräche um ihn herum.

»T minus three – we are go with all elements of the mission at this time. We're on an automatic sequence as the master computer supervises hundreds of events occurring over these last few minutes.«

Hermann musste an von Braun denken, der jetzt im Launch Control Center saß, um sich herum verkabelte Männer in weißen Hemden, mit schwarzen Krawatten und Kopfhörern, vor ihnen Telefone, Mattscheiben und Knöpfe. Hermann war froh, hier draußen unter der Sonne zu sitzen. Kurz verspürte er das Verlangen, Tillas Hand zu nehmen, die auf der Armlehne neben ihm ruhte. Aber dann erinnerte er sich, wie ungern sie mitgekommen war, und er ließ es lieber bleiben.

»Two minutes, ten seconds and counting. The target for the Apollo 11 astronauts, the moon, at lift-off will be at a distance of 218 096 miles away.«

Was Verne wohl gedacht hätte, hätte er hier oben neben ihm auf der Zuschauertribüne in Cape Canaveral gesessen und gesehen, dass anstelle einer zweihundertvierundsiebzig Meter langen Kanone eine Rakete mit einer Höhe von über einhundertzehn Metern Menschen zum Mond schießen sollte. In so vielem hatte Verne sich geirrt, aber in einem, immerhin, hatte er Recht behalten. Es waren drei Menschen, die auf die Reise zum Mond gingen. Und war das nicht das Entscheidende?

»T minus one minute, fifty-four seconds and counting. Our status board indicates that the oxidizer tanks in the second and third stages now have pressurized. We continue to build up pressure in all three stages here at the last minute to prepare it for lift-off.«

Drei Stufen waren es also, und er erinnerte sich, wie er damals auf die Idee mit den Stufen gekommen war. In jener Nacht in der Universitätsbibliothek, allein auf dem Lesestuhl, um sich herum die Bücherregale und die alten Gemäuer. Als ihm von Braun vor ein paar Tagen die Anlagen der NASA hier im Kennedy Space Center gezeigt und Hermann einige seiner Mitarbeiter vorgestellt hatte, hatte Hermann ihnen erzählt, dass er damals während seines Studiums etwas gebraucht hatte, um auf die einfache Idee mit den Stufen zu kommen. Die jungen Leute hatten das für einen Witz gehalten und gelacht.

»Thirty seconds and counting. Astronauts report, ›It feels good‹.«

Wieder sah er zu Tilla. Ihre Hand lag immer noch neben seiner. An den Führungen hatte sie nicht teilgenommen, aber heute war sie dabei. War sie bei ihm.

»TEN«

Er schaute wieder durchs Fernglas. Die Saturn V stand noch still neben dem Turm.

»NINE«

Es war schon merkwürdig. Er hatte diese Rakete nicht entworfen, nicht gebaut, er startete sie auch nicht. Und trotzdem war er auf einmal so aufgeregt wie damals auf dem Friedhof hinter der Bergschule.

»IGNITION SEQUENCE STARTS«

Aus der Ferne drang ein leises Grollen herüber. Hermann hatte das Gefühl, er konnte die Hitze spüren, die nun in die Raketenöfen trat.

»SIX«

Kurz dachte er, die Tribüne würde erbeben unter der Kraft der Verbrennung in den Düsen, aber dann merkte er, dass es nur Tillas Hand war, die zitterte.

»FIVE«

Gewaltige Flammen traten aus dem Heck heraus.

»FOUR«

Wieder schaute Hermann zu Tilla und plötzlich sah er, dass sie weinte.

»THREE«

Hastig nestelte er das Einstecktuch aus seiner Sakkotasche heraus.

»TWO«

Er wandte den Blick von der Rakete ab und reichte Tilla das Tuch.

»ONE«

Sie sah ihn an und griff danach. Ihre Finger berührten einander.

NACHWORT

Ein Physiker sehnt sich nach einfachen und widerspruchsfreien Theorien. Das unterscheidet ihn vom Schriftsteller. Die Literatur beginnt mit den Widersprüchen.

Als Physiker entwickelte ich selbst beim Schreiben dieses Romans zunächst eine Theorie: Hermann Oberth sei der idealtypische Wissenschaftler. Ganz und gar der Erkenntnis verschrieben, wollte er fremde Welten entdecken. Ein Mann, der sich nicht mit dem Hier und Jetzt zufriedengab, sondern immer schon ans Morgen dachte. Einer, der aus der Gegenwart in die Zukunft glitt.

Als ich dann zum ersten Mal an seinem opulenten Grab im bayrischen Feucht stand, drückte mich die Verantwortung – vor diesem tatsächlich gelebten Leben, vor dem Menschen Oberth, aber auch vor der Zeit, in der er gewirkt hatte. War Oberth seiner eigenen Verantwortung als Wissenschaftler gerecht geworden? Trug er nicht eine Mitschuld daran, dass die Nazis seine Idee von der Rakete missbraucht hatten?

Zweifel trieben mich immer tiefer in die Recherche – und in die Widersprüche. Oberths Leben war eines voller Sehnsüchte und voller Verfehlungen. Dieser Mensch war nirgendwohin entglitten, in kein Morgen, keine Zukunft, keine ferne Galaxie – er hatte mit beiden Beinen in einer Welt gestanden, in der

Nationalismen und Ressentiments herrschten. Als Siebenbürger Sachse hatte er um seine Identität als Deutscher gerungen, er hatte mit den Nazis sympathisiert, hatte sich auch antisemitisch geäußert ja, er hatte sogar Hitler persönlich seine Rakete als Waffe angeboten. Seine Idee war nicht einfach missbraucht worden – er selbst hatte sie missbraucht.

Oberth war kein idealtypischer Wissenschaftler. Er war ein Mensch voller Widersprüche, er sehnte sich nach der Zukunft und war doch ganz verhaftet in seiner Gegenwart. Die Physik sehnt sich nach einfachen Theorien. Der Literatur reichen sie nicht.

Ich habe versucht, meiner Verantwortung gerecht zu werden – der historischen Person gegenüber, aber auch der literarischen Figur. Ich hoffe, es ist mir gelungen.

DANK!

Ich danke Franziska Schwarz, beste Schwester und Erstleserin, Martin Halewitz für das Licht im Dunkeln, Katharina Brauer und Stephan Roiss für Hugs and Kisses, Adam Heise für Vertrauen und grandiose Unterstützung, Lars Claßen für Ideen und Gelassenheit, den Schäßburgern Walter Mărăcineanu und Erwin Gärtner, meinen Großeltern und meinen Eltern.

Großer Dank gilt außerdem Dorian Steinhoff und Til Strasser, Angelica Ammar und Saša Stanišić, Malte und Caro Hoffmann, Michael und Nadia Dörich, Jakob Mellem, Sibylla Hirschhäuser, Carsten Tabel, David Blum, Karlheinz Rohrwild und Michael Zuber vom Hermann-Oberth-Raumfahrt-Museum, dem Deutschen Literaturinstitut sowie allen Beteiligten der 13. Schreibwerkstatt der Jürgen-Ponto-Stiftung, der Werkstatt für junge Literatur Graz 2017 und der Kölner Schmiede 2018/19.

Ohne sie hätte dieses Buch nie entstehen können.